U0032897

獻給

出生成長於日治時代，換中國國民黨治台後，終其一生重新學習、重新適應、努力順服，以及努力不順服的所有台灣人。

播磨丸

李旺台 著

目錄

第二部　播磨丸

播磨丸是一艘超級大的油輪，大得像一座島。它載著七千多人回家，在台灣海峽不停地搖晃動盪，大小風暴連番來襲。船上的人用力吸氣吐氣，聞到死亡的氣味，也呼吸到生命的氣息。

自序

探索一座島嶼一艘巨船上的台灣心情——創作緣起

二〇〇九年春節期間，我在屏東一位涂姓朋友家喝茶閒聊，記得在座一位朋友感慨春節到處吃喝，天天肚子發脹，另一人接話，說我們這一代人眞幸福，從來不知飢餓滋味。這個話題把涂家老爸涂榮芳從房間引出。他已高齡八十八，但身體硬朗，坐下來加入聊天，跟我們說一個許久許久以前，他和七千多人在一艘船上餓了十幾天，餓到想一頭撞死卻沒有力氣的故事。他從頭到尾稱呼那艘船爲「地獄船」，講講停停，依然清澈的老眼裡閃著異光，像一位退休老船長虛構什麼遙遠的歷險故事給我們聽。

能容納七千多人的船是一條什麼樣的船呢？那個年代能有那麼大的船嗎？東南亞的日本兵、台籍日本兵不是都由美日兩國合力疏運回國了嗎？我帶著許多疑問，過幾天再去涂家，又多談了一些，他說那地獄船名叫「播磨丸」，我回家上網搜尋之後，確有此一巨輪。次日再去，用了一些採訪技巧，誘導他努力回憶，又說了一些。那個月，我一共跑了涂家九次。

我感覺這故事會是很好的寫作題材，專程跑一趟台中圖書館。一位館員陪我在地下室戴著口罩逐櫃翻查，找到民國三十五年四月十三日《台灣民報》上所刊登關於「播磨丸」抵達高雄港的報導，僅數百字，小標題，新聞中包括當天緊急送醫的名單。

後來我多次上網搜尋，在浩瀚的電腦檔案裡一關關一頁頁進入，最終只查看到下列幾則封塵的記載：

——日本發動侵略戰爭後，強徵台胞入伍。戰後流落中國各省者達十餘萬人，皆生活艱困，掙扎於餓死或回鄉之途。

——瓊島約兩萬一千台胞，有乞食度日者，或集結四處求賑，或因病而死，或淪爲竊盜。

——播磨丸由海南島載七千餘台胞返台，中途因機件故障，致日僅行數浬，船中餓死或病故者數十人。

或許播磨丸上的七千多人，也有檔案裡所說的台籍乞丐、台籍盜匪吧？淪落在大戰剛結束的中國，行乞行竊並不奇怪，但我開始對他們上船之前在海南島的生活情況好奇了起來。像一個探險家在河流的下游探勘完畢，我想去更荒原的上游看看，但是並不順利。我另外找到幾個當年待在海南島的台灣人，他們有的只知其一不知其二，有的只吞吞吐吐一些傳聞，都因年歲太老而記憶模糊了，或仍有什麼顧忌吧。訪問他們，感覺自己像驚擾了阿公午睡的頑童，有點過意不去。

不過，越了解播磨丸，我越發感覺這艘巨輪不只是承載七千多個歸鄉的台灣人，也承載著一種奇特的集體情緒。那一個世代的台灣人，是我的上一代，血肉相連著；他們一出生，國家就是日本，自幼習慣那太陽旗，習慣朝拜天皇，認定內地就是日本；而我這一代，習慣青天白日滿地紅，習慣有兩位英明偉大的蔣總統，長年被教育內地就是大陸錦繡河山。我們這一代有時會罵他們「皇民」，罵他們「奴性」，不大願意去理解他們。但在了解播磨丸的過程中，我忍不住會想，當播磨丸滑進高雄港的那一刻，他們有什麼樣的心情呢——是興奮？忐忑不安？有點像回國又有點像出國？

這是台灣歷史正要翻頁時被人忽略的「台胞」的故事。夾在日華兩個截然不同的統治者中間，既是戰敗國臣民也是戰勝國國民，他們是如何努力為自己找到一條活路？又是用何種精神力量一路支撐到台灣家中？

我後續又做了一些研究，逐漸把播磨丸的前因後果搞清楚，可以開筆大吉了。接下來，要怎麼寫？專注事情始末，是歷史書；想把他們的集體心情好好表達出來，那應該是文學的任務。我決心用小說來書寫它，小說比較能探索他們當時那些困頓、疑惑、掙扎、跌撞、當危難臨頭，即使打過架也要互助、政見不同也要互相加油打氣的種種種種的心情——這些似乎是台灣人共同的心情，還一直濃濃地留存在這個島國之上，以至於今日，不是嗎？

小說是虛構的。虛構的創作過程，感覺非常自由，沒有顧忌與束縛，但書中那些人那些事，會進入我的心靈裡面，跟他們產生感情，變成我的人我的事，自然而然會敬謹而眞誠地寫作他們。本書初稿完成後，重讀一遍時，我心裡浮出一句以前念過卻不大能體會的英文：「Only fiction can tell the truth.」

本書於二〇一一年二月寫成，儲存在電腦桌面，寂寞地擱著，偶爾點開來潤飾幾頁，自娛一番。直到二〇一五年八月逢「新台灣和平基金會」舉辦第一屆台灣歷史小說獎，寄出去，得佳作獎。

最後成書前，本書曾獲得下列幾個人的幫助。李喬兄，一位老經驗的傑出小說家；馮賢賢小姐，資深的電視工作者也是深藏不露的文學評論家；吳靜怡小姐，圓神出版社主編；賴眞眞小姐，圓神出版社專案企畫經理；周奕君小姐，圓神出版社編輯。他們分別給我許多出色的建議、珍貴的提醒，讓最後的完稿更臻完善。

還要感謝我的老同事，自由時報國際新聞中心日文編譯林翠儀小姐協助處理書中相關的日語運用。

最後必須感謝我太太李錦珠。她曾經是一位教小朋友寫作文的老師、童話作家。她仔細爲本書校對，抓錯別字，抓錯用標點，像在有機菜圃戴著老花眼鏡抓蟲子那般專注。

出場人物（按登場順序）

伊藤隆次　日本石原產業海南島田獨礦山熔冶課課長，曾在台灣工作十一年。
黃榮華　日本石原產業海南島田獨礦山熔冶課技工，伊藤隆次的得力助手。
陳宏仁　台北帝大醫學部學生，因逃避徵兵，赴海南島任石原產業低階工員，後來成爲海南島台灣同鄉會會長。
蔡墩土　海南島日本石原產業低階工員，陳宏仁死黨之一。
松本威雄　日本石原產業海南島田獨礦山管理部長。
張松吉　松本威雄的台籍祕書。
岡本末五郎　日本石原產業海南島田獨礦山工場課課長。
小泉健二　日本石原產業海南島田獨礦山管理部情報主管。
織田一郎　小泉健二得力助手。
西村利吉　日本石原產業海南島田獨礦山管理部會計主管。
山本清鈴　日本石原產業海南島田獨礦山護衛隊長。
李玉仁　日本早稻田大學畢業，曾任職滿州國外交部，因逃避徵兵，赴海南島任石原產業低階工員，後來成爲海南島台灣同鄉會副會長。
松村俊幸　原播磨丸副船長，後來成爲船長。
謝秀媛　海南島日本石原產業台籍護士，陳宏仁的女友。

林阿亮 海南島日本石原產業低階工員，石原產業撤離後在當地成爲「台商」。

洪敏雄 海南島日本石原產業低階工員，歌唱高手。

陳正高 海南島日本石原產業低階工員，後來成爲海南島台灣同鄉會重要幹部。

吳成吉 海南島日本石原產業低階工員，後來成爲海南島台灣同鄉會重要幹部。

黎秀琴 海南島當地黎族女子，與黃榮華因奇特因緣結婚生子。

吳振武 海南島日本陸戰隊中尉隊長，台籍日本軍官，本書唯一用眞名的人物。

林鴻國 播磨丸上台籍乘客，學過中醫，在船上助人無數。

洪金珠 海南島台籍慰安婦。

邱菊妹 海南島台籍慰安婦。

敏子 海南島台籍慰安婦。

序章

台灣縱貫線鐵路進入屏東縣南端，有個小小的竹田火車站。那是民國卅五年，從二月開始，便有三個拿著小銅鑼的中年男子常在車站等人。

這三人，分別是竹田鄉公所、內埔鄉公所、萬巒鄉公所的職員。他們接到通知，來迎接遠從南洋解甲回鄉的台籍日本兵，接到後要列隊，由鄉公所職員在前引導，打著銅鑼送他們回家。這個習俗從何時開始已不可考，據說自從組成六堆[1]，打完第一場仗之後即是如此。

那天是二月初三，快過年了，時值寒冬卻陽光和煦。他們這天接到八個人，分別要回竹田鄉的二崙和美崙、內埔鄉的忠心崙和萬巒鄉的萬巒莊。三個鄉的人剛好可以走同一條路線。

出征回來的八人整隊時，火車站左前方那一大欉緊密生長在一起的竹子，在微風中互相摩擦，不斷擠出「吱—咿—哇—喳—茲」的聲音。八人不約而同看了竹欉一眼，「啊！家鄉的聲音，好久沒聽到了。」

銅鑼噹噹噹地開響，引來許多村民看熱鬧。八名回鄉的士兵跟著銅鑼列隊行走，個個瘦骨如柴，面有菜色，衣衫襤褸，但都盡可能穿戴整齊，束緊腰帶，並刻意抬頭挺胸，一副日本兵行軍的模樣。

第一站先到二崙。有四位母親和兩位妻子走到路中央的最前頭，但只有三個人看到自己的兒子和丈夫回來。她們在路上蹦跳、喊叫，高興得哭了出來；其餘沒有看到親人的，沒人哭，沒人發問，低著頭回家，似乎不敢多看旁人一眼。

公所職員大聲告訴她們：「等不到的，別擔心！後面還有幾批要回來。」

噹噹噹的銅鑼聲離開二崙，進入美崙時，路上也擠滿了看熱鬧的民眾。一位謝太太站在最前面，踮高腳跟，伸展脖子眺望，顯然是沒有看到丈夫，低下頭，伸腳撥走一粒石塊，紅著眼眶，先回家了。另一位姓邱的太太不敢出門，躲在屋內，瞇眼從門縫往外看；她怕等不到兒子心會絞痛，怕看到隔壁鄰居那些同情的或幸災樂禍的眼睛；但沒多久隱約聽到有人在喊：「邱貴有，你住這裡吧？」她「啊」了一聲，趕緊開門，果然看到兒子從路口衝進來。她迎上前抓住兒子粗沙沙的手掌，透著一層淚水瞧了又瞧：「怎麼瘦成這樣！」

銅鑼噹噹噹地離開美崙，進入忠心崙。路過一個廖屋夥房[2]時，銅鑼敲得很急，公所職員高聲說：「這裡，應該就是廖純聯的家了。」喊話的同時，廖家大小已一擁而上。那做母親的，沒有先去擁抱兒子，卻先就地跪在石頭路上，雙手合十，直唸：「阿彌陀佛，感謝佛菩薩保佑。」廖純聯上前扶起母親，發現有小石粒黏在母親膝蓋的硬皮上，拍一拍，已有輕微割傷，紅紅的，一塊一塊。

銅鑼噹噹噹離開忠心崙，走了好遠一段路，進入萬巒，平安送達兩人。那位公所職員目睹了

---

1 滿清治台時期，台灣南部的十三個客家村莊，爲了保鄉護民，合組民間義勇軍隊，分前、後、左、右、中及先鋒等六個營隊，合稱「六堆」。

2 台灣南部的客家人同一家族合住的ㄇ字型三合院，客語叫「夥房」。

生離死別後再度重逢的場面，久久忘了敲銅鑼。此時，他公務已了，準備返家，三個中年婦女走近，其中一位穿著藍衫的怯生生詢問：「你手上的名冊中，有沒有從海南島回來的？」

「有，有幾個。但南洋的比較多。」

「你說有下一批，是什麼時候？」

「現在還不知道，你們的兒子是去海南島當兵嗎？」

「不是，我兒子是海南島日本一家大商社的技術員，漢文名字叫黃榮華。」

「唔，我看看，沒有這個名字呢。好像是有軍人身分的才會列在我們的名冊中。」

那幾位婦女默默離去。公所職員踏著輕鬆的腳步下班。戰爭已經遠離，四周是如此的安詳。

他深深吸了一口氣，隱約聞到有人蒸年糕的氣味。

瓊島

第一部

那些年，台灣和海南島同屬一個殖民政府。台灣人有的應徵去海南島日本會社工作，有的去做小生意，爲數多達兩萬一千。直到有一天日本戰敗了，全都陷入絕境，據說乞食度日或淪爲竊盜者不少。他們都想回家，回台灣的家，偏偏回家是一條萬分艱難的路。

1

昭和二十年八月十二日傍晚，瓊島（海南島）榆林港區的警報喇叭又尖聲響叫起來，一聲急過一聲。日本軍部所屬石原產業田獨礦山一陣騷亂，一大群工人，像被牧羊犬追趕的羊群，向防空壕狂奔，腳步慌亂，揚起一路灰塵。

日本技師伊藤隆次一直到美軍轟炸機隆隆悶雷似地自天空由遠而近時，才飛奔到一處擠滿中國工人的防空壕洞。他怕被認出，盡量靠向牆壁，憋著氣，偶一呼吸，便有泥腥與汗臭撲鼻。最近，被空襲的經驗多了，他仔細聽著外面的聲響，聽出礦廠到港埠的道路挨受最多炸彈，怕已全毀，外海遠處接著傳來一聲巨響，似乎有船艦中彈。幾分鐘後，他判斷敵機已去，不會突然折返，於是率先走出壕洞。

伊藤一步出，看見黃榮華也從另一個壕洞現身，撇著的嘴角放鬆了下來，用生硬的台語[1]向榮華打招呼：「你嘸要緊喔？」黃榮華沒回話，用手指著海上遠方，一艘巨大的船半沉在外海。船尾和大部分船身還在海面，船頭已斜斜沉下。伊藤說：「它看起來是貨輪，怎麼連貨輪也炸！馬鹿野郎！[2]」

「現在正是要漲潮的時間，說不定它會往岸邊移動。」榮華用日語說。

伊藤隆次年紀約三十五歲，頭髮短短，額頭寬廣飽滿，泛著油光，日本靜岡縣人，在台灣工作了十一年，四年前調來海南島，目前是石原產業田獨礦山最有權威的日本幹部之一。黃榮華是他的得力助手。

遠眺著海上的伊藤一轉頭，看到大批海南島當地工人正慢吞吞走出壕洞。伊藤臉色一沉，用日語下令：「養護班全體集合，今天晚上都要加班，明天早上以前要把路修好，知道了嗎？」

通譯不在身邊，黃榮華在旁用廣東話[3]將伊藤的意思轉述了一遍，雖然說得很生硬，還是傳達出了伊藤的命令語氣。

「不可能，今天晚上沒有人要上工。養護班也不屬你管轄。」一句頂撞的話從海南島工人群中爆出。伊藤認出是養護班副班長宋達在說話，說的是廣東話，他聽不懂，但聽得出是違抗命令的意思。伊藤「咦」了一聲，習慣性要發飆罵人，卻像踩了油門又緊急改踩剎車那樣，即時忍住了。伊藤想起黃榮華昨晚提醒的話：「沖繩已被攻下，美軍正在轟炸日本本土，帝國軍潰敗的大勢已現，支那將成為戰勝國，這裡的支那工人態度會轉變，我們要暫時吞忍一些。[4]」

---

1 台灣社會原稱閩南話為福佬話，後來有大量外省人遷台後，閩南話被約定俗成為台語，但必須與客家話區分時，仍稱為閩南話。本書依循此一實際情況，交互稱呼為台語或閩南話。為凸顯人物是台灣人時，多以台語稱謂。

2 混帳東西，日語中罵人的粗話。

3 在本書故事發生的年代，廣東話是海南島通用語言，普通話也逐漸被使用（普通話後來在台灣被統稱為國語，當地的人都以普通話稱之），本書視故事情節有時亦稱普通話為華語，尤其在相對於日語時。

4 「支那」是本書故事發生的年代，日本人稱「中國」時慣用、通用之詞，事實上那時的台灣人也普遍使用這個稱謂。它的字源是China，原無褒貶之意；後來被認為是蔑詞，則是很久以後的事。本書將「支那」和「中國」分開使用，日本人說話時用「支那」，台灣人口中則稱「中國」。

伊藤每次聽到這位台灣技工談話時用「我們」一詞，心裡便很舒服。於是挪動一下身子，故作有急事得匆忙離開的樣子，走了幾步，回頭向黃榮華交代：「請告訴他們，明天之後再修了。」

他的話剛落，突聞半空中輕微的一聲「伊哇」，然後便有一個重物落地，先是一道碰撞聲，接著是窸窣聲，在場工人們不覺心頭一緊。原來是一片椰子樹葉高高掉下，巨大堅硬的乾殼先猛然撞地，乾葉隨後慵懶地躺下。海南島住久了，這些聲響就像人會打嗝放屁般尋常，只是剛跑過一次空襲出來，眾人的神經還未鬆懈。

伊藤快步走進礦區事務所，日籍工作夥伴都在。收音機響著，不斷出現吱吱喳喳的雜訊；岡本末五郎和小泉健二正在閱讀敵機空襲時撒下的傳單；部長松本威雄和會計主任西村利吉，以及台籍祕書張松吉等人，站在窗邊觀看港區外那艘中彈的貨輪，並交頭接耳一些消息。伊藤在短短幾分鐘內聽到兩個壞消息：一個是繼廣島之後，長崎也挨了原子彈；另一個是支那的蔣介石委員長很可能在這一、兩天發表廣播，說是接受日本投降的勝利宣言。

難道日本帝國軍真的會投降？伊藤這兩天才逐漸接受這個現實。幾年來，早晚所聽到的都是日軍大本營播出的戰勝消息。伊藤想起十五年前學校畢業，才滿廿歲，第一個工作即在台灣農機具製造組合本部，並曾有幸受邀參加嘉南大圳竣工典禮，參觀心儀的前輩八田與一及其團隊用生命工作的地方。記得那天，與一群前輩站在一個高崗上，眺望那陽光璀璨、稻作豐美的嘉南平原，一位前輩驕傲地說：「大日本帝國，有如剛升起的太陽，光芒萬丈。」

伊藤正沉思中，外面廣場傳來了淒厲的吆喝聲響。眾人跑出來一看，見五、六個人正在圍毆黃榮華，一旁還有十餘名中國工人高聲鼓譟著。黃榮華手長腳長，頭髮濃密，和那些南方華人比起來，高出一個頭，在鬥毆現場十分突出，而更搶眼的是他的大鼻子，洋人般的大鼻子，已經流出了血，鮮紅的鼻血。

這種事故若發生在以前，日本工頭吹個口哨，大喝幾聲，通常會停止，但今天沒人理會日本長官的喝止，毆鬥越打越激烈。

圍毆群中有兩人說台語，一面攻擊，一面說：「早想好好制裁你，你以爲日本人可以永遠乎你靠！」另一些說廣東話和普通話的則叫喊：「打死他，打死這個日本走狗。」

那名說台語的突然轉向，朝島上的工人大聲說：「這是阮的歹誌，請嘜插手。」但工人沒有停止。

此時大家注意到一名臉上蓄滿鬍渣的年輕人躍入現場，手中拿著一個乾硬的椰子葉殼。年輕人一面幫黃榮華擋棍子，一面用日語高減：「陳桑、阿土兄，不要這樣，拜託拜託！」「陳桑宏仁，你這樣會把榮華哥打死的，不要打了！」

站在辦公室門前的張松吉告訴部長松本：「下去幫忙的是黃榮華的親戚，叫徐瑞松，大家都叫他鬍鬚松。」

「他怎麼用日語跟台灣人講話？」

「他是客家人，不會講台語。打人的，一個叫陳宏仁，另一個塊頭較大的叫蔡墩土，大家都習慣叫阿土。」張松吉答畢，請示一聲：「要不要請護衛隊來阻止？」

「且慢！」松本猶豫著說：「我怕護衛隊一來，反而激化打鬥。」

鬍鬚松的勸架似乎有效，陳宏仁和蔡墩土停了下來，站立一旁，但仍有幾位工人陸續加入圍毆。

陳宏仁站在那裡，腦中浮起一個畫面。一天下午放學回家，在台北永樂町父親所開的食堂前，目睹阿爸向一位日本警察下跪，雙手合十，不斷用日語說：「別再打我，別再打我，我只是一個生意人，不知道什麼叫抗日救國會，也不知道是哪一個夭壽仔在我店裡張貼那張傳單，眞的不知道。」

陳宏仁略一歪頭，看見伊藤隆次跑回事務所又跑出來，手上拎著一張高腳木製板凳，上前遞出，高聲喊：「榮華，拿去！」

見有日本人出來助陣，陳宏仁像一條已經垂頭縮頸的眼鏡蛇，又再昂首張頸嘶嘶嘶竄入戰場，蔡墩土跟在後面。攻擊的目標是伊藤隆次。

在事務所前觀看的日本人見狀，四、五人飛奔上場。眼看戰火就要燒向日本長官，現場爆出一聲慘叫，是鬍鬚松倒地。一名海南島工人擊倒他後，在他胸部重重補上一腳，又是一聲悶嚎。黃榮華見狀本能地用板凳全力橫向擊出，正中那名工人的後腦，像寺廟撞鐘「鏗」的一響，那人受此重擊，整個身子飛撲出去，倒臥在一丈開外。黃榮華此時不理會背部會被攻擊，趕緊跪下查看鬍鬚松的傷勢，眾人隨即聽到榮華焦急地喊著：「鬍鬚松死了，打死人了！」

此時，仍有海南島工人想從後面攻擊榮華，卻見陳宏仁反過來護衛。宏仁向四周的工人大喝：「停！嘜擱打。」有人不聽，宏仁從阿土手中搶來木棍，呼呼連揮數棒，擊退多名工人。這個瞬間，眾人看見宏仁眼睛瞪得圓圓大大凸凸，怒氣外衝，一臉威嚴，都不自禁地罷手。

打鬥結束了。那名受傷的海南島工人被同伴抱走。伊藤快步上前察看倒地的鬍鬚松，安慰黃榮華：「可能還有救。」但見黃榮華走向陳宏仁，用台語哀求：「去救伊，來幫忙，快！」

陳宏仁自己也受了傷，聽榮華這麼一說，圓凸的眼球不見了，像日本人那樣，重重地「嗨」

了一聲，上前，與伊藤合力將鬍鬚松抬往醫務室。

圍觀的台灣人和日本人見識了這個陳宏仁。引發鬥毆的是他，喝止鬥毆的也是他；一開始視黃榮華爲敵，後來又挺身護衛黃榮華；前一分鐘咬牙切齒要攻擊伊藤，後一分鐘又與伊藤合作救人。

在醫務室，伊藤認眞打量了這個方才要追打自己的年輕人：身體壯碩但不高，半邊頭髮不時垂落右額，因而經常用手撥髮。手撥開頭髮後露出一雙銳利的眼神，配合那薄薄的上唇，透著一股剛毅之氣。剛才在一起抬著鬍鬚松奔跑時像極了日本浪人，現在在檢視傷勢並側著頭思考時又像學校的「先生」[5]。

大約一個小時後，噩耗傳遍整個田獨礦區——這場集體械鬥中，台灣人鬍鬚松和一名叫洪荃的海南島工人，皆重傷不治。

大家都聽到黃榮華在醫務室哭喊，邊哭邊喊：「阿松，嘸莫死啦！」「嘸莫放我一個人在這！」許多人跑去看，看見黃榮華抓著陳宏仁的衣領，拳頭舉起，而宏仁竟然垂著手，一副隨你打的意思。榮華拳頭尚未落下即被伊藤架開，轉個身又滿面淒楚的再去抱鬍鬚松的屍體，未再嚎哭，只是對屍首不斷低語，沒人聽得懂他說什麼。時爲傍晚，夕陽剛好在這時跌落海平面，天空爲之一暗。

沒多久陳宏仁步出醫務室，神情木然，沒向誰打招呼。

5 日語，意指「老師」。

陳宏仁一邊漫步走回工寮，一邊想著剛才那場打鬥。他越過一處鐵路平交道，鐵軌邊有個昏黃的信號燈，那是此地唯一的路燈。他在燈旁停下，從口袋掏出一本用油紙包著的小筆記本，比手掌略大，打開，取出夾在裡面的筆，寫下：

今日大憾事。原僅欲予黃榮華略施薄懲，卻使翦鬚松意外冤死。憾！極憾！極極遺憾！謹記：仍應嚴懲日人與日人走狗，惟應避免此地華人同胞之介入攪局。切記！切記！

宏仁寫好用閩南話輕聲唸一遍，再仔細包好放回口袋。

隨時記下生活心得和勵志語，是從台北二中的川崎先生身上學來的。不過，川崎先生是用日文寫，宏仁則是用外公自幼教的，可以用閩南話唸出來的漢文書寫。

把筆記本放回口袋時，宏仁心中浮起川崎先生的臉孔，「剛才那個伊藤隆次，一直不說話盯著我的時候，那高凸的額頭、細長的眉毛下面，一雙專注的眼睛，跟川崎先生真正有像。」宏仁想。

走進工寮時，宏仁感覺跟他打招呼的人比以前少，也比以前冷淡。「沒關係，過幾天就好了。」他這樣安慰自己，走向自己的床位。那是一個大通鋪，床的最裡頭有一個橫放的置物箱。眾人睡覺時是頭朝裡，腳朝外。床的前緣掛著每人的名字。

宏仁回到床位後，從床底拉出臉盆，拿出碗筷，走進餐室。裡面已有許多人在等待晚餐。他逕自走到阿土在的那一桌，默默地坐下，神態自若，像沒發生什麼事似的。

這起職工群毆事件，是松本威雄經管石原產業田獨礦山五年來最嚴重的一次，二死五傷。松本難過的是，戰敗後日本人將從此地全面撤離，但招募來的台灣人卻自己打了起來，而且有支那人在旁介入。松本認為應該親自來管管這種事情。「尤其像黃榮華這種台灣人，我不能讓他吃虧。」

或許最艱難的工作現在才正要開始，松本威雄突然有這個警覺。

松本威雄是一位因傷殘提早除役的日本陸軍中尉，曾在中國廣州、南京等地參戰，右手掌被炸斷，重新學習用左手生活。父親是大阪第六帝國大學知名的冶礦工程教授，兼任石原產業會社大阪總部首席顧問，在日本政界和軍方高層交遊廣闊。應該是因為這層關係，松本除役後被軍方派來此地管理礦山。父親平均每三個月會來視察指導一次。身為部長的松本在此很受敬重，也並非全由於家世背景；他處事明快而圓融，有家學淵源又無軍人的嚴酷作風。他有個圓圓微胖的臉，留著短髭，眼睛明亮清澈，已經四十五歲，看起來比實際歲數年輕。

松本管理下的田獨礦山，有日本技師一百人，台灣技工約一千人，海南島當地的挖礦工人約一萬人，比在部隊時管理更多人，任務更艱鉅。石原產業在此除了挖礦外，還設有巨大的熔礦爐，是挖礦與煉鐵一貫作業的大事業體，日產五噸生鐵，定期會有貨輪前來載往八幡製鐵所，是日本皇軍龐大軍工體系的一環。

松本的事務所設在礦山半山腰的一處台地，向南可遙望榆林港區和無邊無際的大海，向北則能監看整座礦山的心臟地帶，包括那廣袤的挖礦工場以及高聳的熔礦爐。採礦工場經常有上萬工人流動，多是海南島當地工人，也有從中國各地來的逃兵和流民，松本在此設工場課，由課長岡本末五郎管理；熔礦爐作業場則是日本技師和台灣技工每日上工的地方，設熔冶課，課長是伊藤隆次，黃榮華就在這個單位。

田獨礦山還設有運輸課，負責建造並管理礦區內外交通，包括一條從礦山到榆林港十二公里長的鐵路和到三亞市的四線道路，是它的血管。課內甚多來自台灣的土木技工，也配有由海南島當地工人爲主的養護班。課長剛剛病故，由伊藤隆次暫代。

松本轄下的一級主管都在事務所內設有辦公桌。所內還有一個行政課，松本兼任課長，下設會計、情報、庶務、人事等係[6]。情報係的兩位要角是主任小泉健二和其副手織田一郎。松本從台灣技工中挑了一位名叫張松吉的擔任祕書，已跟隨松本工作了四年多。

小泉健二和織田一郎是松本倚重的情報幹才。這幾年，戰況緊急，情報係經常在採礦工場放一些假消息，從而在上萬名中國工人中抓出中國特務和美軍特務。每有所獲，這兩人總是這樣報告：「昨天，我們又抓到了幾隻蟑螂。」

松本威雄在黃榮華嚎聲未歇之際，即要求小泉健二和織田一郎去詳細了解這場職工鬥毆的背景，「明天上午九點幹部開會時，我要聽你們的調查報告。」松本說。

小泉和織田帶著幾個人分頭進行時，松本目睹披著濃密長髮的小泉和長年剃光頭的織田並肩走在一起，那畫面，原本感到很滑稽，但此刻，心情實在「好笑」不起來。他緩緩步出辦公室，高高的椰子樹葉在頭頂上迎風窸窸窣窣搖著，外面蟲唧和蛙鳴四起。這是熟悉已久的海南島夜晚。想著未來即將面臨的處境，也想念起遠在大阪的父母，以及暫時被父母接回同住的妻女。

「上次是五月，父親因公來訪時順便帶著她們來看我；再上一次是二月初過新年時，我回大阪述職順便探望她們。」松本威雄一面算著月分，一面想著家人。

在蟲唧和蛙鳴吵鬧的間隙，偶有鳥聲啁啾。

「唉！我大日本帝國軍將敗，我將卸下這個職務回大阪，快回家了。」想起即將可以回鄉和家人長住，松本心中湧起一股期盼，一種即將可以得到幸福和甜蜜的憧憬。「難道是因爲我大和民族、我天皇的不幸敗北，才能得到個人的幸福？」這個念頭閃過腦際，松本驟然止住腳步，不敢再想，「不可以再這樣想！」輕拍一下大腿，心中叮嚀著自己。隨即快步走向練武場。他睡前都要用左手劈劍一百次，再用左手開槍打靶十顆子彈。在此五年多未曾間斷。

在距離礦區不遠的一家食雜店前的小空地上，當地人晚飯後都在那裡乘涼，一堆一堆的，有的在下棋，有些只是圍坐閒聊。陳宏仁、蔡墩土、李敏捷、翁順治、王政雄等人買了一些零食也坐在那裡。他們自幼習慣台日語混著交談。

「今天下午這場打架，沒想到會變這樣，打出兩條人命。不知松本威雄會如何處理？」阿土坐下沒多久就這樣說。

「現在不必怕了。日本已戰敗，他還能怎樣？是該換他們擔心我們會有什麼行動才對吧！」這是宏仁的口氣。

「我們要特別小心，石原產業在這裡，半軍半民的。它有個護衛隊，大家忘了嗎？」

「那個護衛隊總共有幾個人？」

6 石原產業的行政組織分部、課、係三級，部設部長，課設課長，係的主管爲主任。

「十二人，都是日本人。」

「才十二個？」

「千萬不要小看他們。他們配備有長短槍枝、機關槍、防空自走砲、一個隱密的軍火彈藥庫和練武場。我在運輸課聽說日本幹部都要排班去練武。」翁順治說。

「有誰知道他們的練武場在哪裡？」

「不知道。不過，若是遠遠地跟著護衛隊長山本清鈴，一定可以發現。」

「誰來跟蹤？」

「我來做。」阿土自告奮勇。他是一個肌肉男，粗脖子，手臂和腿上的肌肉一用力便條紋深深，還會微微跳動。

「要小心，聽說他武功眞正好。」

2

第二天，伊藤隆次天未亮就起床，匆匆刷洗後即向港邊的方向走去，朦朧中果見一幢巨大的黑影在港外不遠處。黃榮華說的沒錯，漲潮果然將它移近了些。

昨晚伊藤本想先跟同事們討論這條船，但被那場職工鬥毆擔擱了。近月來，附近海域常有船艦被炸沉，眾人已見怪不怪。但如果那艘巨輪是我們日本的船，而裡面還有待搶救的重要物資，或還有人在船上等待援助呢？伊藤想念及此，快步走向松本部長的寢室。

伊藤剛走進，就見松本正在做「宮城遙拜」[1]，上前一起做完後，說出了他的想法，松本當下回說：「我們先去開會。上午已排定討論昨天的事件，會完午餐後立即前往一探那艘大船。」

在松本的事務所內，所有幹部準時在八點鐘都到了，圍著一張大會議桌，都挺著腰，肩頸擺直，縮下巴。松本簡單開場後，小泉開始報告：

「事件起因於黃榮華昨天傍晚好意向步出防空壕的支那工人問好，榮華一如往昔使用日語，沒想到之前用日語沒事，昨天卻成了吵架的導火線。一名支那工人對榮華說：『你是台灣人，是

1 朝日本神宮和天皇皇居方向鞠躬行禮。二戰初期，日本所實施的皇民運動中強調精神層面的動員，包括定期神社參拜（為出征戰士祈福）、國民奉祝時間唱國歌〈君之代〉和愛國行進曲，以及宮城遙拜等。

漢族，你應該改用華語跟我們講話。』榮華回說：『我從小在台灣講日語長大，你們支那人的普通話我不會講，廣東話也講不好。』」

「『什麼你們支那人，你不是中國人嗎？』」

「『你不會像那個陳宏仁一樣，用閩南話跟我們講話嗎？我們聽不懂也舒服一些。』」

「支那工人揚著手指，責難他，七嘴八舌的。榮華僵在那裡，未再說話。此時，陳宏仁和蔡墩土剛好也從防空壕走出，聽明白他們的談話之後，陳宏仁附和著罵榮華：『你們奉公會這些日本走狗呀，就是欠人制裁啦。』」

「『制裁』一語冒出後，榮華生氣了，回說：『怎麼樣，想怎麼制裁！』蔡墩土就近撿了一支木棍，擺出日本武士制裁惡棍的姿勢，多少有玩笑的意味，不是要眞打。是有一名支那工人先從背部用力推一下榮華，才引起混戰。」

「好了，之後的情形我們都看到了，陳宏仁這個人是什麼背景？」松本打斷報告。

「他是我們的『行政補』，兩年前才從台灣來，目前還是初級任用，帽章爲白石。據台灣總督府軍聞參謀的資料，陳宏仁畢業於台北艋舺公小，再念台北二中，然後考上台北帝大醫學部。在醫學部二年級時可能被吸收參加中國國民黨外圍的三民主義青年團，嚮往孫文革命。四年級時，我日本帝國軍戰況緊急，在台灣積極徵兵赴南洋作戰。他爲了逃避徵兵，醫學部辦理休學，去報考台北州立商工獎勵館工業學徒養成班，畢業後輾轉來到此地服務。」

「這種爲了逃避徵兵，高材低就來此的，不只陳宏仁，可能還有幾個，我們還沒有完全摸清底細，有一個甚至是日本早稻田大學畢業，在滿洲國當過外交官……」

聽聞至此，日式拉長聲調的「伊」「哇」驚嘆聲紛紛響起，會場氣氛稍稍輕鬆了下來。小泉稍微低一下頭，濃密的長髮便滑落在臉上，隨即用力仰頭甩髮，放低聲調說：「此人什麼名字，我還沒查出；據說常約一些人一起念書，類似讀書會，但主要都是此人在發言，詳情也還沒弄清楚，眞是抱歉呀。」

「沒關係。像黃榮華這種皇民奉公會的忠誠者在此地有多少？」

「約兩百人。他們的日本化多從上學即開始，是台灣總督府教育成功的結果。不過，他們有的未忘自己是漢族，有的心存迷惘，有的只是隨從的羊群。部長提到的黃榮華，是優秀的機械繪圖技工，心中只有機械，對政治認識不多。他與被打死的鬍鬚松是表兄弟，自幼一起長大。」

伊藤技師此時要求發言，請求眾幹部在各方面多協助黃榮華這一類的忠誠者。說著說著，還自口袋掏出一張紙，攤開，是本廠熔礦爐的平面圖。伊藤指著左邊的管線圖和用鉛筆所畫的風扇和閘門說：「這是榮華最近設計上的傑作，現在已裝置好，效果一級棒。」

伊藤還要繼續解釋，但松本要求只針對會議主題發言。

小泉接著報告：「陳宏仁是台北『列星會』的成員……」

「『列星會』是什麼？」

「列星會是陳宏仁在台北念書時參加的一個祕密組織，該組織以『台灣脫離日本，復歸中國』爲目的，主張訓練武鬥能力，要常與日本人打架，是台北最激進的學生抗日組織之一。來此地後，陳宏仁每天下工後常約一些台灣人小聚，談談鄉情，私下罵罵日本人，沒多久他吸收了一些會員，成立了海南島的列星會。此地國民黨的人好像有跟他聯絡。」

此話一出，會場氣氛又凝重了起來。大光頭的織田適時換個話題：「陳宏仁有個女友，是我們醫務室的護士，名叫謝秀媛。兩人是到了此地才認識的，戀情已公開。陳宏仁多次說，回台灣後要先與謝女結婚，再繼續念完醫學院，因而，已有人戲稱她為『先生娘』。不過兩個月前醫務室全體被送去廣州支援，兩人被迫分開了。」

「好，事情大致已清楚了。」松本打斷織田的報告，說：「這個時節，對於兩位死者的喪葬補助和家屬慰問金不可少發，通知會計係去辦。海南島長官官署和大阪會社總部還是要給個書面報告，請張松吉來寫。」

「還有，我們可以提供自衛武器和未來逃亡所需物資給台灣職工中的忠誠者，要私密進行。這事誰來辦？」

山本清鈴和小泉健二搶著回答：「我來做。」

「好，你們兩個私下協調執行。」

「部長，這種情勢，海軍陸戰隊吳振武中尉那邊要不要讓他知道？」張松吉問。

「要。由本人口頭為之。」

散會時，松本宣布下午前往探視外海的中彈貨輪，除相關技師、醫務、護衛隊長之外，他點名黃榮華、陳宏仁、鍾明亮三個台灣職工隨行前去。「叫陳宏仁是我想多接近了解他。至於鍾明亮，聽說他以前是跑船的漁民。」松本說。

松本和伊藤等人走出辦公室，感覺今天的天空比較灰暗，而潮湧似乎特別澎湃。

兩條搖櫓小船板划行約十分鐘到達巨輪旁，松本等人認出它是播磨丸[2]，是一萬噸級的油輪。它以前曾多次前來載運鐵礦。船身大得像一座島，一座傾斜的島嶼，一頭高傲的翹首，聳立如尖峰；另一頭是緩緩的斜坡，延伸入海，任由波浪沖刷。小船板上的眾人從遠處看，它渾身墨綠深藍一體，依然雄偉厚重，重重壓著大海。靠近時才看到它的斑駁——到處都有的雜亂的歲月刮痕，一大片又一大片橫橫斜斜的擦撞痕跡，而那中彈之處，厚厚掀起的大洞，猙牙猙獰，火藥燒過的氣味依稀可聞，海水灌進又湧出，泛著慘白的泡沫。

船上顯然有活人，聽到船外叫聲，放下繩梯。眾人危顫顫魚貫上去，很快知道了情況：船長濱田吉和九名船員已死，副船長松村俊幸正帶領其他八名未受傷和僅受輕傷的人員努力善後，另有四人因傷勢太重，已被放棄救治。

這艘油輪並未載油。它是十天前從橫濱出發，載了一些海軍軍需在馬尼拉卸了貨，要再前往中東出任務。松村副船長率員仔細檢查破壞程度後，一時無法決定是否要棄船。他們已將所有可用的物資搬到未淹水處，食糧搶回半數以上。

松村副船長說：「昨天傍晚中彈時，幸好已航行到靠近淺海的位置，濱田船長於危急中調整方向，讓船滑行至可擱淺又易於滑動處，才沒有沉入大海。也因爲做了緊急轉舵，中彈部位只在船頭右方十五米高的地方，若船尾中彈，引擎就毀了。濱田桑眞是一位經驗豐富的船長呀！」

說至此，松村頭歪了一下，眾人頓時發現此人下巴好長，還略微上翹。松村換成憂心忡忡的語氣詢問：「本船通訊未斷，我聯絡了馬尼拉、日本國內和海南島三方的海軍單位，報告中彈情況，但迄無回音，是不是我們的海軍已癱瘓，或通訊網已被破壞？」

「情況可能比你想的更糟糕。」松本威雄接著問：「如果棄船，如何處理那些物資？」

「幸好你們來了，我們先幫傷者治療，讓他們進食並休息。棄船的問題並不迫切。」松村又

2日語，口語叫「哈利瑪輪（ハリママル）」。

問：「你們應該有醫務室吧？」

「有的。我們有完備的醫務室，醫療器材和藥品也很充足。不過醫生和護士都被送去廣州救急去了。」

松村不解，沒答腔。松本又說：「本來，我們的醫務室有常駐的退除役軍醫，也有台灣來的實習醫生和護士，每三個月輪調一批，現在全部不在。我今天臨時請這位先生陳宏仁來幫忙，他是學醫的。」

松村友善地看了陳宏仁一眼，感覺此人眼神冷峻，似乎連最起碼的點頭問候都不願意。只聽松本接著提醒：「海南島衛生條件極差，熱帶疾病很多，瘴癘橫生，很多人都生病了，病死者每月都有幾個，大家一定要小心。」宏仁此時也回了松村一眼，心想，在台北，這個副船長一定被喚作「屌斗」。

之後，大家開始聊起日本的戰局。船上人員講述著六天以前日本本地的情況。日本將敗，勢已難免。這個大帝國的未來會如何發展？日本人要如何生活下去？眾人熱烈談論著。一旁的三個台灣人都聽到了一些以前不易從日本人口中聽到的說法：

「打敗仗不是壞事，看此情勢，應早投降。」松村如此說。

「怎麼說呢？」岡本末五郎問。

「打贏了會一直打下去，打到全世界去。日本人只有虛的尊榮，永遠在備戰和作戰，永遠不會有幸福和安全。」一位自稱是大副的鈴木義夫搶著回答。

伊藤隆次接著說：「戰爭輸了，日本人的精神可不能輸呀！大家還要努力下去，將戰敗的善後和重建的工作做得盡善盡美才行啊！」

陳宏仁聽到「日本精神」「努力再努力」之類的話，心裡不舒服。在台灣從小到大，被這類的話轟炸了廿幾年，不想再聽下去，緩緩移動腳步走開，黃榮華也隨後挪步。不久，陳宏仁發現餐室內的收音機還能用，彎下腰慢慢轉鈕尋找頻道，黃榮華則拿出捲尺，這裡量量，那裡量量。

護衛隊長山本清鈴見兩個台灣人走開，也離開松本身旁，在看得見陳、黃兩人的距離內東看看、西瞧瞧，意外發現船長室掛著一把武士刀，取下抽出彈了一下，是能用的眞品，心想：「這位去世的船長也是會劍道的。」

山本握著刀，想起隱居在荒尾岳的師父，腦中浮起他的叮嚀：「我教你的這種刀法太快太銳利，不祥呀！不祥呀！」「你不要輕易跟人比試，要遮掩你的銳氣才好，眞正的高手還是制服得了你的。」

山本偏個頭看了一眼松本部長，想起松本在練武場用左手練刀時一臉的挫折與氣餒，「我一時不忍心，上前改了他出手的姿勢和腳移動的方位，現在他的左手已夠快了。」想起這些，山本的眉毛微微上揚，嘴角現出些許得意。

正握著刀出神，山本聽見了松本呼喚。眾人已商定讓船員們攜帶足夠的生活用品上岸醫療並休息，同時打電報給海南島日本海軍陸戰隊，請求支援警備。在軍方人員來到之前，由石原產業護衛隊支援。

油輪上有兩條倖存的小艇，加上石原的兩條小船板，剛好夠用。一行人正要起步時，太陽已要變成夕陽，海面逐漸變了顏色，陳宏仁對大家說：「我剛才從收音機聽到，日本已決定無條件投降，天皇將發表玉音廣播，日本內閣正與美國和中國研商降書內容。」

陳宏仁一說，船上眾人才突然驚覺今天一整天都沒有空襲警報，這是好幾個月以來第一次如此安寧。「是的，大勢已定，美機已不必再來轟炸。」松本威雄說，同時嘆了一口氣。

「不必跑空襲了，不是要眞歡喜嗎？爲何嘆氣呢？」陳宏仁心中這樣想著，但沒有說出來。眼前這些日本人從征韓論[3]開始，到扶植滿洲國，乃至發動「進入支那」戰爭，是在戰爭中成長的一代。備戰與作戰是他們教育的全部內容，生活的全部內容。他們每年每天都在打仗，經常是戰無不勝，攻無不克。

例如這座海南島，聽說只用了一千名正規軍就攻占下來，再從台灣募來一萬多名「巡查補」，就能海賊仔作王，管到那邊過去！有夠厲害呀！宏仁想，在海南島八年，前四年拚命建造鐵路公路，後四年拚命採礦挖礦，一切是如此成功順利，而這一切的一切就要結束，不，已經結束，就在這一、兩天。

「明天以後，看我怎麼向你們報復。」陳宏仁這樣想的當頭，察覺到松本部長一雙亮晶晶的眼睛正望過來，似乎是看出了他的心事，但又隱約感到那不是屬於敵人的眼神。

當晚，松本威雄設宴爲新到的九名難友接風，並邀同去的三位台灣人一起吃飯，此爲未曾有過的事。吃的是在來米滲進當地旱糯的白飯、澤庵[4]、有魚乾的味噌湯，再加上剛從播磨丸上運下來的番茄沙丁魚罐頭。日本幹部用餐安靜、乾淨、快速，一切秩序井然，典型的日本軍中風格，只是空氣中瀰漫著淡淡的悲傷和不安。

飯後，松本威雄請陳宏仁留下幫忙照顧傷患。由於松本口氣溫和，宏仁不知如何拒絕。

在陳宏仁木然地幫船上傷患消毒傷口並上藥的同時，小泉健二在另一個角落低聲吩咐織田一郎全天候監視陳宏仁，「有任何異常舉動，儘快來報，不得有誤。」

大約半小時後，醫務室主要的工作已結束，只剩下一些小事和雜務。陳宏仁沒有向任何人打招呼就離開了。

織田一郎遠遠地尾隨在後，遠遠地看著。

3 日本針對朝鮮的一種對外擴張論調，於幕末至明治政府初期由西鄉隆盛等維新志士所主張，爲日本「大陸政策」侵略思想之始。

4 醃漬的黃蘿蔔片。

3

這是一個天色很暗的夜晚，不見月光星光。陳宏仁從醫務室出來，摸黑越過鐵路，回到工寮。

工寮內外三、五成群的台灣人在閒聊。織田一郎猜想他們都在談論日本無條件投降的事吧，但見陳宏仁這裡哈拉哈拉，那裡打打屁，有時比手畫腳一番，然後便去洗澡。織田遠遠探見，宏仁睡前點了小煤燈，摸出信封，抽出舊信來看。

第二天，小泉健二和織田一郎分工，織田負責監控外出時的陳宏仁，小泉則前往工寮寢室檢查。

全體工員上工後，小泉溜進工員寢室，裡面空無一人。小泉從陳宏仁床位摸出三封信，正要低頭閱讀，頭髮滑下，先猛然仰頭甩一次髮，看到了第一封混雜著日文和漢文的信，是其母親的家書，寫些家事和叮嚀之語；第二封是毛筆寫的漢文信，內容看不懂，信箋上有淡淡的漢草藥氣味；讀第三封時，再一次甩髮，訝然發現了兩首日文情詩：

世の中に恋といふ色はなけれども深く身にしむものにぞありける

（這世上並沒有一種顏色叫「戀」，然而心卻爲其深深所染。）1

人にあはむ月のなきには思ひおきこむね走り火に心焼けをり
（見不到你，在這沒有月光的夜。我醒著渴望你，我的胸部熱漲著，我的心在燃燒。）2

詩後有一行漢字，用猜的，應是「夜深，無法入眠，想念你」的意思，最後有個「媛」字，應為其女友謝秀媛所抄贈。

小泉很快唸了一遍，沒有發現任何與安全有關的情資，感到有點意外。做這種事，他受過專業訓練，手法熟練俐落，看完迅速將一切放回原處，不留任何痕跡，前後費時不到五分鐘。臨走時小泉又摸出那兩首情詩，仰頭甩髮，重唸一遍，再小心放回。

織田見陳宏仁匆匆用完早餐就快步向榆林市街走去，在最熱鬧的地方停住，認了一下路，看見昌盛食雜店隔壁的隔壁已掛起兩個木牌，一個較新，寫著「中國國民黨海南島黨部榆林市支部」；另一個是舊的，上面刻有較大字體的「中華革命黨海南島分部」。

陳宏仁大方跨步進去，織田隱身在街頭人多處候著。原本大光頭的織田，這天特別戴了一頂斗笠。

1 日本平安時代中期歌人和泉式部詩作，其與《枕草子》清少納言、《源氏物語》紫式部並稱為「王朝文學三才媛」。譯文引自《世界情詩名作一百首》，陳黎、張芬齡著，九歌出版。

2 日本平安時代早期知名歌人小野小町詩作，其題材多男女之愛，風格鮮麗哀婉。譯文引自《世界情詩名作一百首》，陳黎、張芬齡著，九歌出版。

廿分鐘不到，陳宏仁走出，快步回到工作崗位。織田發現他根本無心工作，不斷找台灣工員搭話，交談一下就離開，一個換一個，一直等到他和林阿亮談完話之後，織田才有所行動。織田與阿亮頗有交往，常一起喝酒尋歡。

織田藉故上前與林阿亮交談，得知陳宏仁方才通知各工員今晚七時到榆林市區的國民黨黨部開會。織田開門見山要求：「告訴我開會內容，代價是日圓兩百至三百，視內容價值而定。這筆錢會放進你在台灣銀行海南島分行的帳戶內。」

林阿亮聞言，那貓一樣靈動的眼睛輕輕一眨，只半秒鐘就答應了。那是一道簡單的算術題：「我在此月薪一百五十圓，一百圓在台灣由阿母領，五十元在這裡領，現在一次可賺兩百或三百，那麼……」

那晚開完會，林阿亮很快在約定地點找到織田，毫無保留地報告：

「一開始陳宏仁就說，他和松本部長上了港埠外那艘半沉的播磨丸，發現船上收音機沒壞，『一轉開，就聽到大好消息，原來日本已經投降了，天皇的投降廣播這兩天就會播出。各位，戰爭已經結束了！日本人和中國人都知道了，只有我們這些憨台灣人還被蒙在鼓裡！』」

「宏仁說完，會場一陣騷動，有人露出驚訝的表情，有人興奮地站起來，也有人看起來心情沉重而複雜。宏仁請大家安靜，開始簡報播磨丸裡的情形，包括有多少軍需品和食物，然後要求：『從今天起台灣職工應該武裝起來，才能在未來的亂局中自保，並伺機向以前作威作福的日本長官報仇。』宏仁說完，大家熱烈討論起來，最後做了分組，蔡墩土、洪敏雄、陳國棟、李敏捷和陳宏仁分別帶領一個小組，開始蒐集、籌備所有可能獲得的槍枝、棍棒、刀械等等……織田桑，我說的這些有沒有價值？」

織田沒回答，緊迫追問：「會中有無支那人？」林阿亮答：「半個都沒有。海南島的人晚上吃過飯都納涼去了，怎會有人出來開會！」

織田輕吁一口氣，用感激的眼光盯著他，說：「兩百圓明天上午就會進去你的戶頭。沒有人會知道。」

聽到織田這句話，林阿亮那貓一樣靈動的眼睛又輕輕一眨，馬上補充：「還有一段話可能很重要，陳宏仁問大家：『上個月會社發給每一個台灣職工的開山刀、鐵甲帽、背包和紅米，是否都有收到？當時說是爲了美軍可能登陸此地而準備的，現在美軍已不會登陸了，日本會社也不可能收回去。大家回去檢查一下，我們快要用到這些東西了。』」

林阿亮停頓了一下，又說：「宏仁講完這些時，一個褐色皮膚，戴黑框眼鏡，斯斯文文的人站起來說話。我後來聽說他叫李玉仁，在滿洲國外交部做過事。那人要大家注意一點，上次會社發給我們那四樣東西的同時，也發給每一位日本幹部兩顆手榴彈，以備萬一時用。那些手榴彈威力很大，當初畫圖設計彈型的是我們台灣人，叫黃榮華。發手榴彈給日本幹部這件事，台灣職工和中國工人都不知道。就像發那四樣東西給台灣人時，沒讓中國工人知道一樣。」

「接著陳宏仁問：『你是怎麼知道的？』李玉仁答稱從吳振武中尉那邊聽來的。」林阿亮又補充了一些情報。

織田一聽，急著要離開向松本報告，林阿亮又說：「還有一件是私事，陳宏仁留了一封信在黨部主管辦公室，附有照片，請求透過黨的系統尋找女友謝秀媛。」

「哦，知道了，那是他的『先生娘』。」

黑暗星空之下，日本幹部宿舍區傳來一陣陣急促的腳步聲。

松本威雄召集緊急會談。伊藤隆次、小泉健二、織田一郎、山本清鈴等七人擠進松本的寢室，時已十點半，多人臉上已有倦容。

聽完小泉和織田的報告之後，眾人都感沉重。雖然日本是個大軍國，日本人長年征戰各地，石原會社也是軍方所屬，但在座諸人還是多以產業界人士或工程技師自況，一聽到什麼「武裝起來」的話，彷彿比賽了十幾回合的摔角選手，已想回家沖澡休息，卻又遇上有人叫陣般，感到心煩。

松本見眾人情緒低落，提高音量，一字一頓地說：

「我們要盡量避免支那人與台灣人這兩股報復浪潮合流在一起，因此應設法與陳宏仁那批人交好，未來視情況說不定是要跟他們合作而非敵對。這是我的最高策略，大家謹記。」

說完又做了兩點裁示：「一、護衛組加強警戒，檢查武器彈藥，並不斷演練如何保護日本人；二、林阿亮要好好運用，另外多培養一、兩個類似的人出來，物質酬勞可以增加，在座每一個幹部都可以去培養。」

等祕書張松吉記錄完畢，松本又說：「還有一件事，我想不必討論，也不必記錄，我就直接說了。那天傍晚職工鬥毆中死去的海南島工人洪荃的家人，約集一些村民來找我，要我交出黃榮華，要他償命。以前，這種事交給警察可以壓下，但現在海軍、警務部都在想撤退的事，沒人管事。」

松本定定地看了伊藤隆次一眼，繼續說：「榮華君一向是我喜愛的人才，但如果我們出面保護他或藏匿他，村民的怒火會變旺，會燒向整個日本人與日本產業，所以我想讓它自然發展，也就是由他們自己去找榮華，若再發生什麼事，是支那人和台灣人的事，這樣可以減輕我們的壓力。爲了大局，我不得不有此想法，希望伊藤君理解。」

松本說完話，無人補充，也沒有人異議。伊藤隆次首先站起來表示已疲倦，請准他先回去休息，松本順勢宣布散會。

伊藤先走一步，是爲了趕緊去向榮華示警。他快步衝進台灣職工工寮，找到榮華的床位，卻只見空床，未見人影。

伊藤不免擔起心來。會不會出去喝酒尋歡了？榮華向來無此癖好呀！會不會已經出事，被綁架或殺害了？伊藤想著想著又輕手輕腳跑去另一棟工員宿舍，找幾個跟榮華要好的朋友，他們都睡了。工員與職工的寢室不同，職工有單獨隔開的床位，工員則睡通鋪。只見眾人睡得東倒西歪，鼾聲此起彼落，榮華沒有可能會在這裡。

至此，伊藤愛睏了，快步走回自己的宿舍，給榮華寫了一張日文字條，要他看到後，不管多晚，立刻來宿舍找伊藤。

伊藤拿著字條，又匆忙走回台灣職工宿舍。現在應該已過了午夜，凌晨一、兩點之間。夜色沉寂，一片漆黑，喘息時已可感覺到濃濕的露。夜光中可見一片片芒草，隱隱約約露出銀白，在微風中搖著頭，好像在叫他不必爲一個台灣技工如此費心思。

大約費了十多分鐘走到時，黃榮華的床位還是空的。伊藤將字條放在顯眼處後，想回去就寢，但愛睏加上腳酸，乃在榮華床鋪邊一靠，心想坐一會兒再走。他的頭動來動去，不久找到一個略爲舒服的依靠處，開始胡思亂想：「我跟榮華非親非故，榮華剛來的時候，高大，粗手粗腳，手指頭節腫筋暴，像做木匠的那種人，沒想到當拿起圓規、三角板時，和我們日本人一樣細膩。榮華做事精細而求全，一種帶有焦慮的求全態度，這和我們日本人相同。我注意到他飯後洗自己的碗，洗了再洗，不會在碗邊留有殘渣；掃地時連邊邊角角都注意到，每週拿棉被和私人用品出來外面洗淨晒乾後再拿回房，這些都像極了日本人。啊！日本治台五十年，好一個浩大又細微的民族同化工程……」想到這裡時，伊藤已張不開眼睛，不管三七二十一睡著了，嘴角和眼角殘留一絲笑意。

黃榮華在拂曉時分才回房，躡腳走近，赫然發現伊藤桑竟睡在自己的床沿，也看到了那張紙條，乃輕輕搖醒他。伊藤睡眼惺忪站起來，深深吸吮了一大口海南島清晨潮濕的空氣，拉著榮華到室外石板凳坐下，迫不及待地把事情告訴他，並要他先上播磨丸躲避幾天。說完，伊藤補了一句台語：「昨暝你係去叨位？」

榮華說他有一個躲避的地方，並且說出一個伊藤完全不知道的事：

「大約在兩年前，有兩個日本人、兩個台灣人，約我出去吃晚飯。他們是此地另一家日本會社的職員。四人中我只認識一人，是在台灣時就認識了。我們走很遠的路到陵水縣，那裡靠近黎民[3]自治區。我們吃到一半，來了一位當地的黎民長者。他們告訴我，黎民有個習俗，男女要結婚前，男方要先住在女方家長所準備的寮房，叫做『隆閨』，等女方懷孕了才辦婚禮嫁過去，沒有懷孕不能嫁。而現在有一對黎民男女，男的無法使女的懷孕，因而無法結婚。那位長者是女方父親，甚為著急，要找一個好的『種馬』，讓女兒懷孕後完婚。我早聽過這個習俗，做夢也沒想到這種事會落到我頭上，我沒考慮太多就答應了。此事當然不能讓任何人知道，事前互不認識，事後不再相認……」

「且慢，」伊藤打斷他：「我也聽過這個民俗，但爲何找上你？現場還有其他的日本人和台灣人不是嗎？」

「我來石原會社不久，因採礦機的轉軸設計獲得採用，破格從初級任用補助員升級爲技工，帽章由白石升爲紅石。這事你是知道的。後來，《軍聞報》有刊出這件事，我的名字和兩張照片也登了出來，那篇報導的小標題上寫有漢字：『台灣諸君很優秀』……」

「這我都知道，那些資料是我提供出去的。」

「此地的中華革命黨文宣刊物拿去翻譯轉載。女方父親看到報導，挑上了我，然後輾轉找到我。」

「眞是奇妙的際遇呀！」伊藤感嘆一聲，再端詳這位台灣技工，不禁心想：「如此壯碩的身材，輪廓分明的五官，果然是一匹好的『種馬』。」

黃榮華接著說：「那件事過去好久了，我遵守事後不相認的約定，也盡量不去想它。今年農曆過年時，會社照例在礦山準備一個大房間給大家賭博。我沒去玩，一個人跑到崖縣縣城逛，沒想到在市集碰到這個女人。她正在擺攤賣蔬菜。我認出了她，上前問候，她似乎也認出我來。她身旁有一個小男孩，還坐不穩，半坐半臥，身子鬆軟軟的。我的直覺告訴我，那是我兒子。我在她的菜攤旁蹲下，她有點害羞，看了看我又尷尬地低下頭，不時又斜睨我一下。她只會講一點點漢人的話，我的華語也很有限。不久，我故意移步去逛別的攤位，感覺她的目光一直盯著我。我

3　海南島原住民族，尚禮且具獨特的紡織、紋身等民俗文化和風情。

看出她想跟我說什麼，於是又折回去。我們語言不通，還是無法交談，眞是苦惱呀！沒多久我就再移到別攤去了。」

「但是我沒有死心，我在遠處觀察，發現她不時站起來四處張望。我知道她是在找我。一直到天黑時，我尾隨她回家。她住的是半新舊的茅屋，一旁有幾棵椰子樹，另一側與一塊農田爲鄰。我在屋外徘徊側聽良久，這個家顯然沒有男主人，我壯著膽敲門，她居然沒有拒絕，讓我進去。」

「後來，她吃力地讓我聽懂，她的丈夫在田裡工作時遇到空襲，躲避不及，被炸彈片擊中肚子，流血過多死亡。我朝著小孩用客家話說：『喊阿爸』，小孩沒反應，她卻大聲笑了出來。那種開懷大笑顯示她是一個爽朗的女人。她居然跟我講起客家話來。哈！原來她是高興這個。她會講七成左右的客家話，宛若水閘門豁然打開，上下游的水暢通了，我們都爲找到一個共通的語言而歡喜不已。」

「她說五指山麓有五、六個村莊全部是講客家話的，她從小在那裡幫人種當歸，一直住到十九歲才離開。她一面講她的故事，我一面抱起小孩，說了好幾次『喊阿爸』，她都沒有否認。因爲是新年假期，我當晚就住下來了。」

「那麼容易？」伊藤質問：「再怎麼說，你都還是一個陌生的男人，不是嗎？還是外地人呢！」

「怎麼是陌生的男人呢？我是小孩的爸爸。」

「她丈夫才剛剛去世不久吧？」

「亡故七、八個月了，有一段時間了。」黃榮華抬頭眺望著高樹上吵嚷的鳥兒，低聲感嘆：

「是呀！她怎麼一下子就接納我了呢？難道眞有什麼天生的夫妻命？」

「所以你昨晚是住在她家？」

黃榮華點點頭，又搖搖頭：「不對，是我的家。」

伊藤略爲沉吟，又問：「崖縣離這裡用跑步也要一、兩個鐘頭，你怎麼有可能那麼早回來？」

「我已讓他們母子住在離此地不遠的村莊，我又弄了一輛腳踏車，約五、六分鐘路程。」

「哈哈！沒想到你居然有家室在這裡，還能通勤上下班。」

「我一直不讓人知道我住那裡，除了那些支那工人會來尋仇，陳宏仁他們也可能再來『制裁』我。」

伊藤接著將昨晚織田一郎所獲得的情報和開會情形告訴黃榮華，只隱去了松本部長所說可以「放棄」他的那一段。

榮華聽後說：「松本部長眞是英明，眞可惜我們現在已經是戰敗國的代罪羔羊。」

伊藤注意到，榮華又用了一次「我們」，接著念頭一轉，又問：「我還有個疑問，你當『種馬』的那晚，只那麼一次，你就確定那個小孩是你的種？」

「不只一次，一次結束停下來約五分鐘我又硬了。我那年才剛滿廿一歲。」

「哈哈！我眞羨慕你。」伊藤興趣來了，還有疑問：「那是一種什麼樣的情境呢？她害羞嗎？尷尬嗎？猶豫嗎？還是有點不想要，又想要？」

「那是一間獨立的小房子，後來我知道它叫『隆閨』，沒有煤油燈，只靠窗外的月光星光。我在朦朧中努力看她的臉。她不讓我看她的身體，一切憑感覺。不知爲什麼，那個當下，我心裡有淡淡的甜蜜的感覺，跟平時去慰安所[4]做那種事時不一樣。總之，或許眞有什麼天生的夫妻命吧？」

黃榮華說到這裡，換個話題：「那女人的名字我到現在還不會發音。我給兒子取名黃玉柱，有空請你給他取個日本名字吧！」

伊藤一口答應：「讓我慢慢想個好名字。」

此時天色已經大亮，海南島的陽光，早上一露臉便很強烈。在約三十公尺遠的另一棟台灣工員宿舍外，早起的工員用日語對剛起床的陳宏仁說：「你看那邊，伊藤一大早來找黃榮華，在那裡整整說了半個多小時，也不知道發生什麼事。」

陳宏仁認眞眺望了一會兒，也用日語回答：「天知道他們是講些什麼，反正他們的好日子已經結束了。」

4 日本在二戰期間，於日軍所到之處普設性交易場所，即軍中妓女户，以解決士官兵的生理需求，是爲慰安所。當年在海南島，是外包給民營的會社經營。

4

伊藤隆次告別了黃榮華，走回自己的宿舍。昨天中午從餐室拿回來的半碗白飯和味噌湯還沒壞掉，草草吃了，躺下補睡個覺。

約九點多，伊藤醒來。外頭穿過椰子樹葉再折射進屋的日光，在眼前跳躍閃動，讓心情恍惚不定。他很不喜歡這種感覺，索性再閉上眼睛。伊藤從未在這時間還賴在床上。田獨礦山已經停工，事務所可去可不去了，記得去年統計產出一千八百噸生鐵，也是由這艘播磨丸分兩次順道運回日本。台灣人說台灣是個寶島，海南島也是寶島呀！隨便挖挖就有鐵礦，上個月在田獨後面發現的鎢礦還來不及開挖呢！

伊藤想念至此，躍身下床，梳洗後走進事務所。只見行政部門正忙著盤點和統計，幾位事務員撥打算盤的聲音輕脆俐落，這在以前聽了會讓人心情輕快起來，但今天不一樣，那急促的滴滴答答又不斷橫拉一下的算盤聲，爲原本沉重的心頭，更增添了些許煩躁。各部門幹部的桌上都堆滿厚厚一疊待盤查的文件檔案。松本部長和小泉健二正在說話，見伊藤進來，揮手打了個招呼。伊藤上前，聽小泉說：「這兩天我們報給司令部、警務部、海軍陸戰隊的案子全部不會有答覆。事實上，停止占領和全面撤退的準備作業，兩天前就已開始，只等待解除武裝的命令到來。」

松本嘆了一口氣，說：「從今以後，我們只能自求多福了。」並叫來會計係主任西村利吉：「趁此地的銀行還沒凍結作業，所有幹部和工員的月薪儘早發出吧！」

小泉在西村回座後，又向松本報告：「昨天提到的李玉仁，我查了，是礦區組岡本末五郎部門的通譯。」

伊藤很有興趣多了解這個人，只聽小泉又說：「我向台灣總督府和吳振武的副官問清楚了。這人真的很特別。他是台北滬尾街[1]的人，祖父是大地主，茶園綿延好幾個山頭；到了父親這一代，發展成製茶大商社，在日本商界交遊廣闊。那麼有錢的人家才能把子弟送去念早稻田，我想去念我家還供不起呢！」

「你家供得起，你也未必考得上吧！」松本調侃了一句。

「哈！說的也是。這位李玉仁在早稻田本來念國際貿易，後來轉科，念國際政治、比較政府等等。台灣人念那些科目是很少會被接受的，聽說他的先生，姓鈴木，我忘了名字，非常賞識他，向學校大力推薦，後來還收他做義子。他大學畢業後參加滿洲國外交官考試及格，前往新京[2]，在滿洲國外交部任職三年。」

松本問：「怎麼會離開滿洲，來到這裡，只當個通譯？」

「李玉仁先回台灣。向台灣總督府民政局外事課申請一個職位，長官問他真正的理由，他回答：母親生病，要就近照顧。總督府的紀錄是如此寫的。他後來順利在總督府上班，考評優秀，紀錄上都是好評。當時結婚，已育有一女，岳父是個名醫，在地方上極富聲望。」

小泉停頓了片刻，又說：「至於來這裡的原因都一樣，台灣總督府從招募志願兵進展到強迫徵兵時，除非是家中的單丁獨子，否則一定會被徵到。李家兄弟眾多，李玉仁年紀最輕，出來當兵的一定是他，於是他又申請到這裡的一個通譯缺，好像不管到哪裡都會有長官或長輩暗中幫助他。」

「他在岡本末五郎那邊工作表現如何？岡本那裡的通譯應該是支那本地人才對，不是嗎？」

「他的表現好得不得了，不但能說流利的北京話[3]，帶東北腔的那種，又學會了基本的廣東話，聽說支那工人都很尊敬他。他幫岡本解決了許多人事上的難題。」小泉低頭思索片刻，然後仰頭甩髮，接著說：「工場課有三名通譯，兩個是當地人，一個台灣人，就是李玉仁。當年台灣總督府一位長官，我忘了名字，給我們寫過信推薦，不是嗎？」

「哦！就是他。還有，你上次說他有個讀書會的組織？」

「那是我職業上的壞習慣，常用有色眼光看一些尋常的事物。其實，沒有上工時，一些台灣人常聚在工寮旁椰子樹下乘涼聊天，久了大家知道李玉仁肚子裡有墨水，來聽他講話的人越來越多，變成讀書會似的。那是開放的空間，大家都可以去，也可以對談。」

松本問伊藤和小泉：「我們下午去參加，你們有興趣嗎？」

伊藤瞇著眼睛問：「有興趣，但不知道他們用什麼語言？」

「他們用閩南話較多，但說到比較高深的話題，就改用日本話。似乎日語才是他們最流利的語言。」

伊藤眼睛一亮：「那太好了，我們去。」說完換一種得意洋洋的口吻：「你們知道我會講台

---

1 滬尾爲淡水舊稱。滬尾街指的則是十八世紀後葉以後（清乾隆）淡水河口地區發展出的街市，爲今日淡水老街福佑宮兩側及後側崎仔頂地區。

2 滿洲國的首都。爲今日中國吉林省省會長春市。

3 北京話晚近也被稱爲普通話，它與滿州話有長久的交融歷史，爲配合情節，本書有時亦使用北京話或滿州話的稱謂。

灣的閩南話嗎？」

松本說：「我知道你在台灣工作多年，不知道你閩南話能講到什麼地步？」

「我有做筆記，我可隨口說出來的一共有廿二句話。」

「哈哈哈，我能說的支那話比你的閩南話還多得多。」松本大笑。

午餐時，小泉將偷查陳宏仁床鋪的事告訴松本和伊藤。小泉說，公事上一無所獲卻偷看了他人私函，有點過意不去。松本問那兩首情詩寫些什麼，小泉把記得的部分說了。松本兩首都曾讀過，說似乎是古代和泉式部的作品，伊藤則曾在雜誌上讀過另一首。

小泉說：「一個普普通通的台灣護士，能用詩歌談情說愛，我以前小看她們了。」說完問伊藤：「在台灣，一般男女都能這樣嗎？」

「那倒未必，這個謝秀媛比較特別。」

這天中午，很多人回宿舍睡午覺。海南島人午睡時間有時長達兩個小時，日本人在進入南洋之初很不能接受，許多打罵和衝突因而發生，後來逐漸融入熱帶民族的這種生活習慣，但幹部不敢，頂多在事務所小憩片刻。此刻，因礦山停工了，幹部們才放心地睡起午覺。

午休中，礦山地區忽的一陣強風，一卷烏雲，下起大雨來了。四面八方猛然淅瀝的雨勢，造成許多低窪處積水。雨停後，松本威雄提著褲管，小心跨過一個又一個水窪，在各處巡視，偶爾掏出紙筆，記下一些應辦事項。

約四點鐘，伊藤隆次和小泉健二來見，一起前去看李玉仁。

遠遠看到李玉仁時，小泉用手掌扶著一頭濃髮，悄聲說：「這情景，有點像以前在千葉念初中時的戶外教學。」伊藤則說：「想起考高中那年，母親帶我去本願寺禮佛，裡面的和尚說印度佛陀都是在樹下對信徒講經說法。」

松本向兩人用手指按唇「噓」了一聲，三人輕輕靜靜躡著腳步走近，但仍難免引起一陣騷動。李玉仁和坐在前排的洪敏雄站起來，要請三位日本人上座，松本趕緊說：「今起停工，三人無事出來閒逛，剛好走到這裡，大家繼續，不礙事，我們三人就坐後面沒關係。」

後面鋪著厚厚的乾椰子葉，日本人盤腿坐著。伊藤抓住機會練了一句台語：「恁講到叨位呀？沒要緊，請你擱講。」

全場台灣人會心一笑。前排幾個人竊竊私語：「現在眞的不一樣了，以前那些住在雲頂的阿本仔，怎麼會來跟我們一起。」

洪敏雄「噓」了一聲：「卡小聲點，伊會聽台語。」

大家聽到李玉仁改用日語講話了。他說：「我剛才講到哪裡去啦？我講到中國現在有一股很大的力量，叫八路軍。八路軍是信仰共產主義的，比蔣介石信仰的孫文主義更激進，哦！這些我剛才都講過了，我是講到共產主義的核心思想是平等，平等的思想是歐洲有個學者馬克思寫了一本叫《資本論》的書所提倡的。它將是今後全世界最重要的思潮。它的精義在於，以前，千年百年以來，都是富人剝削窮人的社會，工業革命後更嚴重，大多數的資產掌握在少數人手中。平等的思想就是要顚覆這個現象。現在日本已經投降，台灣會變成怎樣我還不清楚，不管如何，我們不能不知道這個潮流，因爲台灣也有許多長期被欺壓的人們。」

此時，松本插話，問李玉仁：「據我所知，你家是大地主、大茶商，你在提倡這種思潮時要如何面對你的家庭？」

「沒錯，也正因我出身在那樣的家庭，才看清楚了剝削與欺壓的存在。台灣有許多農民終生勞苦，要交大部分的收成給地主，自己反而吃不飽。台灣有很多生番和熟番長期被漢人欺騙、欺負，沒有人爲他們爭一點公平和公道。」

玉仁一講話，通常滔滔不絕：「但是，我也不可能回家向我的父兄造反，他們有厚恩於我。我想改變我家跟小茶農的關係也做不到，我沒那個能力。我頂多不跟父兄做一樣的事。我可以去教書，去番社工作。我會寫作、寫詩，要專門描寫那些低賤、貧弱，被世人認爲是骯髒、醜陋的人們的生活。」

「各位呀！我其實是一個沒路用的文弱書生，我讀過的書可以裝滿一拖拉庫，每次講話嘴角全是泡沫，其實我改變不了什麼，做不出什麼大事的。我今天就不再講了，換你們講吧！」

玉仁的話聲剛落，松本就說：「你剛剛感嘆的話，使我想起我學過的一句支那的話，叫做『一百無用是書生』。」

玉仁笑著答稱：「你記錯了，正確的說法是『百無一用是書生』。」

「是嘛！」松本聽後認眞地低聲把這個句子默唸好幾遍。

伊藤坐在松本身旁，靜靜觀察這位台灣青年。那是一張略爲黝黑消瘦的臉孔，講話時每隔幾秒或幾分鐘便自然而不做作地微笑一下，眼神中透露出善於察顏觀色的靈敏，也有日本人的殷勤，鼻梁寬大，架著一副黑框眼鏡。

伊藤想起那天在廣場打架的陳宏仁。他髮際低，頭髮又經常滑下，使得額頭看起來更爲窄促；而眼前這個李玉仁，髮際後退很多，頭髮稀疏，更加凸顯了那高而寬的額頭。

全場寂靜了約半分鐘，一個台灣人站起來，自稱侯政雄，朝松本說：「難得三位日本長官來看我們，實在令人感動，大家都知道日本投降了，不知道我們這些台灣職工會被怎樣安排？」

松本也站起來面對眾人說話：「現在情勢雖已明朗，但要談人員的安排還早了一點，不過我時時刻刻都密切注意各種情勢的變化。現在，不管戰勝或戰敗的一方都還處在混亂期，有很多人還沒辦法調適過來。在整個大環境中，我雖然不是站在一個很重要的地位，但我會運用所能用上的資源，讓所有的成員，包括台灣人、日本人，都能安全復員回鄉。」

李玉仁接著也站起來說：「感謝松本部長做出這樣的承諾，聽了感覺心安許多，不過我想提醒一件事，我們應該趕在此地的銀行被凍結之前，趕快把錢領出，好發薪水。」

此時，松本的眼尾餘光隱約看到陳宏仁、蔡墩土等人走向這裡，於是先交代小泉健二，並刻意提高音量：「請你回辦公室請會計係主任西村利吉來這裡，我要問他今天下午去銀行的情況，順便叫山本清鈴保護他。」

小泉略一轉頭，也看懂了新情勢，領悟到最重要的是山本的護衛隊員，應答一聲，仰頭甩了甩頭髮，飛奔而去。

然後，松本好整以暇地回答：「我的事務所今天上午開始盤點和統計。我已指示西村主任搶先一步去提款，現在這個時候應該已有結果，等一下他會來這裡向我報告，謝謝玉仁君的提醒。」

小泉快步離開不到三十公尺，發現山本清鈴帶著三名護衛早已預先隱身在附近，一顆高高掛在椰子樹上的心才放了下來，換成比較輕鬆的步伐走進事務所，呼叫西村利吉。

小泉回到現場後，伊藤低聲告訴他：「陳宏仁率領六個人過來，本來帶著不友善的臉色，李玉仁起身請他們到前面坐，松本將剛才說的話複述一遍，尤其『我會運用所能用上的資源，讓所有的工員安全復員回鄉』，以及『會計係的主任要來說明』這些話，使陳宏仁等人找不到發難的藉口。」

西村利吉到了，站在松本可以看得到的位置，等松本說完話，即上前報告：「會計係整個下午分赴各銀行提款，土地銀行凍了；台灣銀行海南島分行和軍郵便局[4]還能提到錢。郵便局的數額較小，已經領回；台灣銀行的量較大，已約定明天上午去提清。」

松本聽完，說了一句：「辛苦你了。幸好我們搶先一步。」然後朝眾人說：「你們繼續談，我們再到別處溜達溜達。」說完與所有日本人起身離去。

現場有人先回工寮，有人留在原地繼續閒聊。遠處，夕陽剛剛掉落，海面仍有黯淡的餘光。才幾秒間，大地就暗了，蚊子不知從何處一群群飛出，逼得大家一起回房。

散場後，李玉仁的直屬長官岡本末五郎來找他，說松本部長要請他過去一起用晚餐。

日本幹部們和玉仁圍成一桌，菜色很簡單，玉仁知道日本人在戰時沒有人能吃得好。松本發現李玉仁舉止大方，守禮而不拘謹，一下子便能與人親和；比較起來，陳宏仁初見面時有點僵硬，要花點時間才能放鬆下來。

松本先談起自己的家世和經歷，伊藤也說了一些在台北、高雄、花蓮等地工作的見聞。玉仁對伊藤說：「你對台灣可能比我了解更多，我很少去中南部，花蓮還沒去過。」

後來伊藤聊了一些在花蓮山區與生番相處的經歷，玉仁才逐漸談起一個人——他的母親：

「我母親是平埔族，就是你們日本人說的熟番，凱達格蘭族人。她原是我家的女傭，被我父親一次又一次地酒後非禮後，懷上了我，才正式納爲三姨太。」

「一個番女晉升爲姨太之後，尊崇沒有加多，卻受到上面兩位太太與她們的子女無盡的歧視和欺負。我從小到大經常目睹母親暗夜悲哭，母親娘家的土地被我父親巧奪過來，也未能改善母親的地位。」

「唯一讓母親揚眉吐氣的是我，我從小讀書都是拿最高獎狀。我在台灣總督府任職時，甚至有可能升任台灣人所升不到的副局長職位，父兄才不敢再小看我母親。」

玉仁述說至此，一陣哽咽落淚，聲喉黯啞地說：「抱歉，談起母親，總會非常悲憤。我後來帶有左傾的思想，實在是對母親及其族人的遭遇感同身受所致。」

在座沒有人勸他「別哭了」。玉仁激動了一會便克制住了。松本定定看著玉仁，問：「你的左傾思想，是不是會使你同情或支持支那的八路軍？」

「會的。我同情並支持發生在全世界的共產黨革命，但我是台灣人，因爲母親及其族人的處境，使我很討厭漢人。」

「你跟陳宏仁很不相同，他強烈仇日親華。」松本說。

「他也是家庭因素使然。第一、他自幼在外祖父家長大，他的外祖父是一名漢醫，漢族意識很強，曾以台北最晚剪掉辮子的人而自豪，宏仁受其影響很大；第二、他的父親在永樂町開食堂，帶有酒家意味的那種食堂，常受日本警察管束或找麻煩，這使他更加仇日。」

李玉仁頓了頓，恢復那自然而不做作的笑容，又說：「宏仁的個性像海南島中午的天空，明

---

4 日語，意指郵局。

亮、熾熱，下起雨來打在身上會痛。」

「哈，這像詩人的句子，你果然能寫詩。」伊藤笑著說。

玉仁轉頭面向伊藤，刻意用台語回話：「哪裡，我只不過是愛臭彈。」

「『愛臭彈』是啥米意思？」伊藤問。

「哈！就是愛自誇的意思。」

松本接腔：「這是伊藤桑學會的第廿三句閩南話。」

李玉仁告辭時，伊藤也起身，兩人邊走邊聊，伊藤先開口：「你說要為弱勢的人寫作，可是貧弱人群的生活充滿了醜陋的事物，要成為詩文的題材，比較不容易吧？」

「那或許只是我心裡一個不切實際的心願。」玉仁猶豫了一下，說：「我只是愛亂想。譬如海南島人上廁所，他們為了防止被野豬或蟲蛇侵襲，發展出高架的廁所，有時我走在廁所下的路上，會有臭味撲鼻，甚至會有大小便噴過來，天下有比這個更醜陋的事物嗎？我們來自日本或台灣的人，通常會嫌惡它，但如果我們願意這樣想：那是人類適應環境而形成的生活習慣，是大自然的現象之一，就不會那麼嫌惡了，甚至會同情這裡的人沒有機會受公共衛生教育，沒有機會體驗現代化的生活。」

「你這樣的想法是美的，一點都不臭也不醜。只是我所讀有限。松本部長的母親是教文學的老師，一年後，你來日本，我們一起去拜訪他家。」伊藤談至此告別，向右彎，拐進寢室。

李玉仁一個人慢慢踱方步回工寮。這裡和家鄉滬尾街一樣，經常可以感覺到有個起伏擺盪的大海就在不遠處。玉仁抬頭看看天空，尋找故鄉的方向，然後雙手合十，向上天禱告：「保祐我的母親，我的妻子和女兒秀秀，保祐她們平安。」他沒有特定的宗教信仰，只是虔誠地向天空禱告。來此一年多，每在無人處，總是如此靜靜地向天空祈求。

李玉仁在女兒秀秀剛出生不久後就來到這座海島，要離家那兩天，妻子是捶心肝、剁腹腸地哭著；新生的女兒還不懂離愁，眼睛清清亮亮的，像她母親那樣會傳神的眼睛，像此刻黑暗中的星星一閃一閃地看著他。

踏入工寮時，鍾明亮爲他留了一碗飯和空心菜湯，玉仁說：「我在外面吃過了，你把它吃了吧！」

5

礦區雖已停工，但日本幹部如常到事務所工作。大約九點左右，祕書張松吉向松本威雄報告：「美軍電台剛才以日語廣播，被日本海軍招募去菲律賓的農耕隊因領不到薪水引發騷亂，但已被安撫下來。美軍決定將農耕隊員和軍人一樣也收容在集中營，隊員中約三分之二是台灣人，三分之一是朝鮮人。」

「如果那邊的農耕隊員住進集中營，那我們也有可能被比照辦理。」眾人聽到這個消息後都這樣想著。

被送進集中營會面臨什麼樣的處境？憂慮的情緒瀰漫整個事務所。正當此時，一名護衛隊員撞門衝入，上氣不接下氣地說：「西村利吉和另一名隊員被搶劫，支那兵幹的！」

松本「赫」的一聲站起，圓圓微胖的臉上布滿肅殺之氣。山本清鈴帶著三名隊員迅即走入。那名還在喘氣的隊員接著說：「我們護衛西村從台灣銀行走出不到十步，四名支那兵突然現身，持槍圍住他們。我在五、六步遠處盯著，來不及上前，眼睜睜看著他們被逼進一旁的小路，另有兩個兵持槍等在那裡。我看護衛隊是否對抗才決定是否現身，結果沒有。大概是認為敵我太懸殊吧！之後他們被押往昌華村的一處農舍。我決定趕緊跑回來求援。」

「大白天的，沒有人圍觀？西村沒有呼救？」

「事起突然，前後不到兩分鐘，等路人發覺的時候，已經被押走。」

山本清鈴今天是派了兩人護衛西村，自己帶著三人護衛事務所，另派五人在礦廠區守衛。他深感自責，請命帶人前去救援：「我一定能辦到，請部長放心。」

松本深知自己這方的實力，要武裝衝突，並不擔心。但處在這個時機，一旦開打，整個海南島仇日的報復浪潮必定洶湧而起，想到這點，臉色和緩了下來。

「我們可以向所有工員公開這個事態，表示西村去提款發薪水，連人帶錢被擄走，薪水將發不出來。」伊藤隆次飽滿的額頭上，油光發亮，慢慢說出此議，松本點頭稱許。

消息很快在工寮傳開。

沒多久，陳宏仁、李玉仁、蔡墩土、李敏捷和另兩名台灣工員一起來到事務所，建議日本方面暫不行動，由他們去交涉放人還錢。

松本同意，見幾人腰間鼓凸，知道那是上月剛發的開山刀，說：「能不動武就不動武。你們之中指定一人隨時回來報告情勢，真要用武力時，我會仔細部署，一起出動。」

陳宏仁指定李敏捷擔任回報工作，一夥人快步前去。

「這批台灣青年真好，果敢，有行動力。」松本輕聲喃喃自語。

待陳宏仁等人走後，松本問：「我前幾天要求所有文職日本人也要分批去練武場鍛練，不知有否執行？」山本清鈴回說：「有的，出席相當踴躍，幾乎沒有間斷。」

此時，在事務所內的播磨丸副船長松村俊幸告訴松本：「播磨丸上的幾名船員也都可用，我去召集他們來此待命。」

小泉、山本、織田三人此時畫好一張昌華村的地形圖，討論進入的路徑，研究支那兵匪們可能藏身之處。松本望見小泉等三人認真研議，想起十七歲進入士官學校後持續了廿三年的軍旅生涯，這種上戰場廝殺的活兒，他的腦筋突然頓了一下，這次應該沒記錯，支那的話把「事情」說成「活兒」。唉！這種活兒還要在退役五年後再幹一次嗎？而且在我大日本帝國軍戰敗投降後，還有必要再幹嗎？

心念至此，松本正要走向小泉等三人的座位，突聞五、六聲槍響。松本和小泉衝出室外，山本和伊藤不約而同走入一間儲藏室，各拿起一枝槍和幾顆比鴨蛋稍大一點的圓形鐵器，也快步奔出。

外面，約五十米遠的倉庫附近，兩隊人馬持槍對峙著。一方是石原產業的人馬，七個人；另一方是軍服不整的中國士兵，山本點了一下，共十一人。

那天天氣晴朗，烈日好像就在大家額頭頂上，一粒粒汗珠被晒了出來。中國士兵瞧這幾個橫排在面前的日本人，樣子很謹慎，臉帶焦慮，算算他們手上持的，短槍三枝，刀子四把，估量還能嚇唬得住，真要打起來也一定能壓制對方。一位帶頭的中國士兵高聲發話，說的是廣東話：「給糧就走人，不傷一人。若敢反抗，格殺勿論。」說完用生硬的華語再說一遍。

小泉低聲對山本說：「方才就是這人對空鳴槍，連開了五槍。」松本打了一個手勢，小泉和山本湊近，三人低聲交談片刻，小泉和山本重重地「嗨」了一聲，然後分開。山本在凝結的空氣中緩緩向前邁出兩步，右手握著一顆圓形鐵器，接著以誇張的日本忍者的動作，蹲低，快速就地翻滾，再猛然高高躍起，同時向附近一個空曠泥地丟出了一顆圓形鐵器，只聽一聲爆炸聲響，泥沙四濺，火藥的煙硝氣味挾著泥沙衝進每一個人的鼻孔。

中國士兵一陣錯愕，紛紛舉槍。松本即時咳了一聲，用日本腔的華語說：「我們這裡沒有多餘的糧草，但是有幾十顆私製的手榴彈，一顆可殺死五、六人。」松本說至此，要站在身後的通譯用廣東話講一遍。小泉開始分發手榴彈，一人一顆。松本沒等手榴彈發完，換了軍事指揮官的口氣，改用日語且提高音量：「我們這方的人退後幾步，準備投擲。我一唸到十，對方不走，立即擲出。」

通譯又用廣東話大聲照說一遍。不等通譯說完，松本已開始數秒：「一、二、三、四、五……」

松本的數秒越唸越大聲，速度也慢了下來，因爲那批中國兵已快速離去。中國士兵撤離時，注意到另有七、八人，戴著日本海員的帽子，各持手槍，伏在其退路旁，但沒有開槍。

解除了這場危機之後，松本不斷向馬路的方向張望。掛念起西村利吉那邊的情況，那群台灣青年不知把事情處理得如何了。海南島的八月，高溫多濕的中午，蟬鳴和鳥叫，吵得讓人心煩。松本眉頭緊皺著。

此時，事務所的門被打開，松本以爲是李敏捷回來，卻是松村副船長。

松本對他說：「你今天帶著船員埋伏的位置，很具軍事專業。不過，我最喜歡的是你叫所有船員穿了整齊的海員制服出現。眞的很好。」

松村問：「剛才那些支那搶匪，有的帽子戴歪，有的上衣鈕扣沒扣，階級臂章有的掛有的沒掛，不知是眞的士兵還是百姓冒充的？」

「是支那士兵沒錯。他們一直都不太注重軍容。」

「我在東南亞各國出任務時常聽說，我們帝國軍光靠整齊的軍容，伴隨著雄壯有力的軍靴踏步聲，再加上馬蹄聲所產生的威勢，仗就打贏了一半。」

「這是眞的。」

大家在事務所內一面談話一面等待，兩個多鐘頭後，李敏捷才氣喘吁吁跑回來。但還來不及開口，門前已有汽車引擎熄火的聲音，西村利吉和陳宏仁等人陸續下車進門。

原來陳宏仁等人走了一條日本人不想走也無法走的道路。他們找到中國國民黨榆林支部的書記，一同前往中國軍團部。陳宏仁透過李玉仁的翻譯，告訴一位自稱是政戰官的王中校：「石原產業那些錢，不是日本鬼子的，而是五百多名台灣職工和近萬名海南島工人這兩個月的薪水。這件事傳出去，工人和家屬會起騷亂，一定鬧大。」

王中校報告指揮官，隨即出動百餘士兵在昌華村內外逐戶搜索，結果在另一個叫昌黎村的農戶內找到。裡頭住著七名士兵，六人參與作案，他們持槍拒捕，對峙了許久才救出人質和金錢。

軍團部爲了表示歉意，派車送眾人回來。

松本放下了心中巨石，等王中校告辭後，邀大家就地喝水談話，順便將另一個搶糧事件詳細述說一遍。松本說完，帶著擔憂的表情說：「以後若支那兵常來，我們更不好過了。」

陳宏仁本想趁機向日本人噴火冒煙，罵一罵：「你們侵略人家八年，現在換他們來攪亂。」但看了松本的表情，卻說出有違初衷的話：「對來接收海南島的國民政府，黨還是使得上力，我們可以從黨的方面向軍團部施點壓力。」

李玉仁接話：「中國自從軍閥割據以來，軍紀就是這樣。軍人出來搶劫，殺人放火的事例很多。在東北，一般人稱這種穿軍服的土匪爲『兵痞』，說他們『兵匪一家』。」

松本說：「我判斷擄走西村主任的是低階軍士私自的行爲，而前來搶糧的說不定是上級長官的授意。支那軍團部來接收時，許多團體到驛站列隊迎接，但我們沒去，也沒立場去。所以我有個想法，對方政戰官幫我們找到人和錢，又派車送回，我們應該去登門致謝，順便擺個陣仗給支那軍營裡的人看看。」

松本話還沒說完，有人敲門，是黃榮華，還在喘氣，說話像機關槍掃射那麼快：「我人剛好在昌華村，在昌黎村交界處看到大批憲警，又見西村主任坐上軍車，於是騎著單車跟在後面趕過來。」伊藤隆次很快將兩個意外事件告訴他，松本補充一句：「你和伊藤君設計的手榴彈今天發揮了關鍵性的作用，再一次謝謝你們。」

黃榮華眼睛瞪得老大，久久才冒出一句話：「他們未免太看不起我們了。」

松本接著榮華的話，又說：「我剛才的想法還沒說明清楚，我的意思是，我們組一個以台灣職工爲主體的拜訪團，去向中國軍團部致謝。因爲宏仁跟這裡的軍部、黨部比較熟，所以請宏仁擔任團長，玉仁爲副團長。日本技師、行政幹部、包括我本人只當團員。感謝是主要目的，示威的意思能順便表達也很好。」

陳宏仁和李玉仁想了想，交換了一下眼神，雙雙表示同意。眾人於是商定先由陳宏仁聯繫相關事宜，松本派出兩名日籍事務員擔任助理並準備禮品。

那晚睡前，宏仁拿出那本用油紙包的筆記本，寫下：

吾任團長，松本部長以下諸多日狗長官皆成吾之隨員，可乎？否乎？夢境乎？

組隊拜訪中國軍營，感謝與示威兼顧，此松本威雄之夢幻乎？彼等日狗長官存何居心？

是否吾過於輕易爲其所用？

且不理其眞耶僞耶，是奸是巧，認眞當一回團長可也。

媛，汝在何方？可知吾日夜以汝爲念。

未知中國軍部能助吾找尋秀媛否？

宏仁寫完從頭再看一遍，仔細用油紙包好收妥，倒頭便睡。

伊藤隆次在日期敲定後去找陳宏仁。

「我們要整隊進去支那營區時，大家穿什麼服裝，如何排序，你和玉仁的所有舉措和講話，我們最好事先演練幾次。」

「裝蝦米派頭！這是恁日本狗仔虛假的禮數，幹恁老母卡好！」陳宏仁用閩南話當面衝出這話，他有把握伊藤聽不懂那句四字經。

伊藤臉色沒有任何變化。不過，宏仁念頭一轉，日本人的列隊行動也不錯，起碼很有精神。讓中國人多看看或許能增加警惕，中國人要振作呀！不能散漫無紀律。他是衷心希望中國振作起來。

拜訪那天上午，陰天，有風，石原產業一行共三十人分乘三輛礦山貨車出發。車行至一個靠海小徑時，李玉仁低聲向鄰座的伊藤說：「你看那些海鷗，牠們坐在海面上休息時，不知爲什麼都是朝風吹來的方向，逆風坐著浮在海面。是這樣才能穩住坐位？還是牠們喜歡吹風？」

「是呀！逆著風才能坐得穩。日本人自明治維新以來，打敗清國，打敗俄羅斯，以爲順著風可以打遍全世界。太順還是要敗的。」伊藤答非所問，出神地看著海面。

三輛貨車在中國軍團部大門前停下，三十人魚貫下車，很快集結列隊，齊步走進軍營。一位在門口迎接的崔副官，略作寒暄後也不得不擺手臂，高抬腿，陪著進來。那是剛自日軍接收的營區，松本以前來過幾次，舉目四望，一切未變，只是遠處的交誼大廳裝了新的匾牌，叫「中山堂」。

在崔副官帶領下，大夥從營區大門列隊步行至中山堂。那條水泥路約五十公尺，兩旁有成排的椰子樹，樹後是一公尺寬的草坪，之後是營舍。許多中國士兵看著這支穿淡藍色工人制服的隊伍，在一支印有「石原產業」的旗幟引導下，虎虎生風經過。

「他們不就是田獨礦山的工人嗎？怎麼像是來參加閱兵似的！」松本聽懂了這句從旁邊營舍傳出的華語。

那是演練過的隊伍，陳宏仁的角色演得十分出色，口令喊得很大聲；那是他在台北艋舺公小和帝大醫學院耳熟能詳的日式行進口令。進入中山堂，眾人坐定一分鐘後，兩位中國軍官走進來，崔副官率先向眾人介紹，一位是林副指揮官，另一位是政戰官王中校。雙方介紹完畢，陳宏仁用事先練好的華語向團員喊「起立」「立正」「敬禮」「禮畢」，三十人隨著口令動作齊一，儼然是一支訓練精良的軍隊。

兩位中國長官臉上寫著驚異。副指揮官請大家坐下後，簡單說了幾句開場白，用的是廣東話，王中校再用華語翻譯一遍。陳宏仁接著以團長身分說話，用閩南話，主要是對軍團部協助士兵擄人案表達感謝之意；李玉仁隨後也用華語翻譯。副指揮官聽李玉仁北京話講那麼好，用生硬的華語禮貌性地徵詢玉仁：「不知副團長有何高見？」但李玉仁好像朋友聊天般隨口說出一大段話：

「戰爭終於結束了。我們多麼盼望所有的國家和人民從此脫離苦難，不要說受盡苦痛的中國人、台灣人、朝鮮人，就是日本的一般百姓也可以結束漫長的痛苦呀！蔣介石委員長前天在廣播中說中國人不念舊惡，與人為善，勿以暴易暴，我們多麼希望今後確實如此呀！讓我們大家今後都為苦難的百姓著想，譬如海南島上這些礦山，盼望它以後生產的鐵，不是拿去造艦製砲，而是拿去為農夫做鋤鏟，為漁民做鐵船。哦，我是不是話多了，大家多包涵，謝謝各位。」

李玉仁語畢，團長陳宏仁起身準備告辭，又是一次整齊劃一的列隊動作。王中校送行至大門口，臨上車時上前問玉仁是哪裡人，李玉仁回答：「我是台灣人。」王中校說：「哦！你華語說得眞好，像是東北口音。」

回程的路上，陳宏仁看著沙灘上高高低低飛翔的海鷗，低聲用台語對李玉仁說：「今日，日本人乖乖ㄚ作咱ㄟ團員，ㄟ當將姿勢調加那麼低，眞嘸簡單呀！這點中國人做抹到，咱台灣人嘛做抹到。」

「朝鮮人嘛做抹到。我住過滿洲，我知影。」李玉仁回說。

6

接下來的幾個星期，田獨礦區沒再發生事故。倒是海南島的天氣惡劣，一個撲向廣東的颱風帶來豪雨，一連好幾天。西村利吉準備了五份禮物，在風雨中分送給營救他們出來的台灣工員，大家都很高興。

礦區不上工，薪水已領，伙食照樣供應，工寮內台灣工員聚賭的時間增多了，附近日本會社聯營的慰安所生意也變好了。有人每天去逛市集，看看有什麼生意可做。李玉仁等人在椰子樹下的「聊天會」陣容也越來越大。

一天，難得的乾爽天氣，來了快五十人，陳宏仁也在。玉仁說呀說著，說到了一個切身的話題：「雖然松本部長曾在這裡做出承諾，但我還是擔心。通常，大戰結束之後，軍人的去向一定會由各個政府優先處理；但是現在我們兵不是兵，民不像民，可能會叫爹爹不應，呼娘娘不理，在海南島這裡成為『放山雞』。」

「山雞穩死，乎人吃進腹肚。」李敏捷接話。

「一隻一隻ㄟ山雞會呼人吃進腹肚，但是如果是一大陣，又擱四處走闖、啼叫，緊慢會被人注意到。」陳宏仁接話。

「宏仁的意思是，為了自保，咱要有一個組織對外行動？」李玉仁問。

「對！頂擺，咱一隊人馬去拜訪軍營，頭前拿一個『石原產業』的旗子，那時我就在想，咱以後要用自己的旗子行動。」

全場熱烈討論起來。前一陣子陳宏仁喊的「列星會」已不合時宜，「海南島台灣人自救會」「海南島台灣人返鄉團」等名稱陸續被提出，最後決定使用較爲中性的「海南島台灣同鄉會」。

台灣同鄉會經過一個多星期的籌備即召開第一次會員大會，會場借用國民黨地區黨部，參加者八十多人，皆爲當然會員。然而因幣制紊亂，光是要用何種貨幣繳交會費就傷透腦筋。於是大會的第一個決議是：停止使用日圓或日本軍用券，改用中國幣；第二個決議是推舉陳宏仁爲會長、李玉仁爲副會長，下設行政組、外交組、行動組、情報組，分由蔡墩土、洪敏雄、陳國棟、李敏捷擔任組長。

同鄉會成立這天，晚飯後陳宏仁拿出懷中的油布包，在筆記本空白的封面寫上「台灣同鄉會會長陳宏仁專用筆記本」幾個大字，並在旁邊註記「昭和二十年十月」。註記完又把它劃掉，改成「西元一九四五年十月」。改完發覺還是不對，又再劃掉，改成「中華民國三十四年十月」。

這次他沒什麼記事，只潦草寫了幾個字：

秀媛，汝在何方？汝平安否？汝知吾此刻魂魄皆與汝相牽繫乎？

之後的一個月裡，李玉仁跑了多趟官府，想爲台灣同鄉會辦理組織登記，但日本占領政府已撤，接手的國民政府還在忙亂中摸索，連應該要如何歸類都尚未建制。他搖頭嘆氣，決定不登記了。

又過了幾天，陳宏仁思考著該如何爲同鄉會多籌些錢，突然想起那艘播磨丸上有許多軍需品和食物，問鍾明亮能否摸黑上去偷搬一些出來賣錢，鍾明亮一聽就笑了出來：「慢了，日本人已在船上敲敲打打，正在修理。我是看見黃榮華每天上船工作才知道的。」

這件事祕書張松吉應該最清楚，陳宏仁找他打聽。原來修復工作早在一週前即已展開，海南島日本海軍司令派來廿多位輪機專才，加上石原產業的所有技師一起進行。修好後要載運所有海南島的日軍和日僑回國。

「海軍一旦插手，便是軍事機密，別說是我說的。」張松吉叮嚀。

「免驚！今嘛哪裡還有什麼是軍事機密。」陳宏仁說。

陳宏仁在走回工寮的路上，想起松本威雄的承諾：「我會用上所有的資源，送大家復員返鄉。」但現在播磨丸修好後是要載運日軍和日僑回日本的，我們台灣人上得去嗎？台灣人現在還能算是日僑嗎？若被認爲是日僑就太好了。陳宏仁想到這裡，拍了一下腦袋：「眞該死！我陳宏仁怎麼可以有這種念頭，眞該死！」

宏仁不禁又想起玉仁說的話：「我們兵不是兵，民不像民，爹娘都不理。」隨即自言自語：「眞正是好字句呀！我嘛可以加上一句：咱是漢人又不被看作中國人，不是日本人又想被當成日僑。」

終戰已經快三個月，大家還在這個海島像圳溝裡的浮萍，任隨河水漂流，無依無靠，無定位，無定時。陳宏仁向來做什麼都快、狠、準。現在這種處境，模糊、遲疑、複雜，他感到無奈，開始厭惡起這裡的一切，連時序都令人心煩，已經入秋，還無半點涼意。

陳宏仁邊走邊胡思亂想，腦中思想時用的語言也亂，日台語夾雜著，快到工寮時，李玉仁從後面叫住他。宏仁轉述了播磨丸的最新情況，玉仁聽完說：「我剛去找吳振武，在他的宿舍住了兩晚。你所說的我全都在那裡聽說了，還更詳細。」

宏仁知道玉仁一旦講起話來，可以半個小時不必呼吸，因而走到不遠有幾塊亂石崗的地方，坐了下來，聽他發表，全用日語：

「作爲全日本軍階最高的台籍軍官，吳振武最近十分焦慮，他不只擔心自己，他手下有八百多名海軍陸戰隊，全部是台灣兵。對他們來說，上策是隨遣返的日軍一起回日本，再回台灣；中策是台灣的國府接收當局把他們接回台灣；下策是被留在海南島的集中營或監獄，困死在此。中、下兩策都有可能面臨漢奸或戰犯的懲處。」

「吳振武很贊成我們組成台灣同鄉會對外發聲，他說廈門有大批台灣人也組成了台灣同鄉會在奔走。但他礙於身分不能參加我們的同鄉會。」

「你ㄚ抹講到那條大船，播磨丸。」陳宏仁插入一句話。

「吳中尉十分盼望走的是上策，因而當他獲悉日本當局決定用播磨丸當運兵船時，便主動積極參與。他派出手下最好的輪機養護人員，台灣兵裡一些有經驗的水泥工和木匠也全部動員。

「吳振武中尉曾兩次上去播磨丸。他告訴我，那眞是一個萬分艱難的工作。艙底的龍骨全浸在海水裡，他們先在龍骨兩旁的直骨和橫骨之間一格一格做隔間，一格隔好後即用馬達抽出那一格的水，然後再做另外一格。因爲這艘船很大，三百米長，三十米寬，底艙龍骨的一格就像一個房間那麼大，全船做成一百廿格。他們需要水泥工，是因爲那個中彈的大洞要用鋼筋水泥來修補。這種克難的工法，大概全世界沒人會做。」

「這條船修復後，日本人要在甲板上蓋兩層巨大的『通鋪』，全部用海南島這裡最堅實的木材。」

陳宏仁聽到此，叫了出來：「哇塞！那恐怕要修到明年才會好。」

李玉仁說：「就算現在馬上修好也走不了，因爲占領日本的麥帥司令部前天發布禁令，不准日本與外地的機、艦有任何航行與聯絡。禁令執行期間，正好給日本人充裕的時間修船。日本軍方做了仔細的規畫，光是施工前的繪圖和設計就花了十天。黃榮華從一開始便被叫去參與。」

「吳振武認識黃榮華？」

「他很早就從軍官限閱的情資彙報中知道榮華；上次我所說手榴彈的事，就是從吳中尉那邊聽來的。」

「剛才你說吳振武那邊有上、中、下三策，我腦中便一直盤算咱自己有一個對策嘸。你頂擺講咱『兵不是兵，民不像民』，咱的難處還不只如此呢！以前講咱是日本人，今嘛已經不是；今嘛講咱是中國人，但這裡的中國人還將咱當作日本人看待。」

玉仁深深看了宏仁一眼，說：「這就是台灣人的宿命呀！我們有可能眞的走到叫爹爹不應，叫娘娘不理的地步。」

宏仁以無奈的口吻接話：「日本人喜歡罵我們是『清國奴』，中國人則罵我們『漢奸』，不知道誰罵的比較對？」

「兩個都對。這就是爲什麼我要把自己認定是台灣人，因爲這樣，那兩個罵名都不對了。」

「哈哈，有道理。」

兩人分手時，玉仁又補了一句：「吳振武還告訴我，松本部長身邊有個台灣人，每天幫松本收集外地情報，可以好好把握他。」

「這個我已經知影，伊叫做張松吉，彰化人。」

李玉仁回工寮後，陳宏仁決定再折回張松吉那裡坐坐。

只有張松吉一人在事務所。大概所有的人都在播磨丸上工作吧！陳宏仁一面這樣想一面輕輕敲了門。

或許是因爲長官都不在的關係，張松吉任由陳宏仁拿起已整理好準備呈閱的簡報資料。宏仁一則一則看著：

集中在台灣的美軍俘虜，被美軍第卅八機動艦隊自基隆港接走，台灣總督府善後人員提供最有效的協助。（九月十六日，美軍電台廣播）

外務省官員首次向麥克阿瑟占領軍司令部試探外地日軍與日僑遣返事宜之協商時間表。（九月十七日，東京密電）

日本内閣籌設「遣返援護局」，由總理大臣親自監督。（九月十八日，東京密電）

張松吉見陳宏仁看得津津有味，又從抽屜拿出一張紙，看起來密密麻麻，說：「這張你會更有興趣。」宏仁接過來看，眼珠彷彿被磁鐵吸住了，久久移不開。

此時，西斜的夕陽從事務所外的木柵欄一條一條地射進來，射在宏仁手拿著的紙上。他緊張、興奮，在條條框框的光線中焦急地把紙上的消息一看再看，把大部分的字句默記下來，就像以前在學校準備考試時那樣。

陳宏仁感觸良多，在海南島擔任的是低階工員，剛來時還和故鄉的家裡有通信，後來空襲多了通信便少了，終戰後飛機輪船沒來，家書也斷了。他們在此與世隔絕，完全不知道外面發生了什麼事。原來台灣正在進行一連串根本性的交接呀！在每一所學校每一間教室裡，在每一個官府衙門內，在每一張報紙上，在每一天的電台廣播中，日本政府與國民政府正在交接，日文與漢文正在交接。他想起醫學院一年級時，和台北二中的朋友祕密地在大橋町淡水河畔加入列星會，以找日本人打架爲行動方針，決心促成「脫日歸漢」。如今，台灣正在地毯式全面脫日歸漢呀！

陳宏仁大致默記好了之後，把紙遞還給張松吉，問道：「難道松本部長會有興趣看這些台灣的情報嗎？」松吉答：「先前那張才是給部長看的。這一張是順便記錄下來，我自己和伊藤隆次攏有興趣知影。」

「伊藤桑？」

「伊藤桑廿歲從工業專科學校畢業後便在台灣任職。他很喜歡台灣，已說服父母在花蓮新開發的『日本村』買下了一個單位，原計畫後年完工，全家就要移民台灣。」

「他懂閩南話？」

「能聽懂很多，但只能講一點點。他常跟我練講。」

「原來如此。」陳宏仁想起曾經當面用閩南話罵他。

陳宏仁告辭後，回到工寮，正是晚餐時分。才扒了一口飯，就忍不住開口：

「你們知影嗎？現在咱台灣已經『脫日歸漢』了。日本政府眞正撤走了。中國政府先遣人員到了台灣，最高長官叫陳儀，尚未就任，先派祕書長葛敬思到任。祕書長一來就發布兩個公告，說日圓可以繼續流通，交通、電信、學校繼續遂行，不得停滯。」

「日圓還能用，那怎麼算是『脫日歸漢』了？」翁順治說話。

「應該是過渡期才這樣吧。譬如各學校仍能用日語教學，但期限半年；有些報紙由國民政府接收後，編幅一半漢文版，一半日文版。」

「不這樣，我們家沒人看得懂漢文，要怎麼看報紙！」

「會長呀，你係去叨位知影這款代誌？」

「張松吉的事務所。」

李玉仁捧著一碗熱騰騰的南瓜湯，吹一吹，等它涼，說：「今天宏仁給大家帶回來一頓豐盛的精神食糧。真難得呀！在這個音信隔絕的時候。」說完用力喝一大口湯，順便撈起湯裡的幾塊南瓜吃了。

「還有兩句話尚有意思，」聽玉仁這麼一讚揚，宏仁又說：「說台灣本島人有雙重性格境遇：像是戰敗國國民，又像是戰勝國國民。」

「這兩句話是誰說的？」

「台灣總督府警務部撤走時，發布最後一份『措置』[1]中說的。」

1 日語，意指日本政府針對敗戰後撤離台灣的因應措施。

7

台灣同鄉會沒辦登記，沒有會址，沒有辦公處所。它只是一大群無法歸巢的孤鳥的鬆散組合。可是這天上午竟有貴客造訪，上次認識的中國軍團部政戰官王中校，由中國國民黨榆林支黨部的書記薛平陪著，專程來拜訪。

雙方在工寮前面椰子樹下的小廣場見面。王、薛二人堆砌著笑臉，一直重複說：「恭喜！恭喜！慶賀台灣同鄉會成立。」「恭喜兩位分別當選正副會長。」

陳宏仁只是微笑點頭，李玉仁則回敬了幾句外交詞令。

場面話說完之後，王中校換了一副臉色也換了口氣，一句一頓，帶著威權：「廣州的上級長官馬上要來視察，閱兵是一定要的，但經清查我們缺了三十六名士兵，這是重大瑕疵。我們今天來，要請求同鄉會撥借三十六人。三天就夠了，但要住在軍營，前兩天參加閱兵操練，第三天正式點閱完畢即全部歸還。」

李玉仁完全聽懂王中校的華語，陳宏仁聽懂約一半。玉仁翻譯完，宏仁眼睛張得大大的，好像小孩聽到一個新奇的鬼怪故事那樣的表情。

李玉仁見狀，提出：「是否給我們一點時間，去請示一下石原產業？畢竟，我們才剛剛領了一筆他們的薪水，是他們的人。」

王中校聽完，臉色更顯冷峻，回答得十分果決：「在中國的領土上，現在已沒有石原產業。

那些日本鬼子和他們的產業將如喪家之犬滾回日本。我不認為你們有必要請示他們。」

李玉仁聽了很是不爽，但想想王中校所言確也是實情，日本敗戰，中國是戰勝國，自己一時腦筋還沒轉過來。玉仁怔怔地看著面前這位看似熟悉卻又陌生的中國軍官，不知如何回答。

王中校接著又說：「上次你們拿著石原產業的旗幟來軍營拜會，好好的一群台灣同胞竟帶有那麼濃的日本軍作風。我們的長官很不喜歡。」

陪同前來的國民黨部書記薛平是汕頭人，會聽閩南話，但講得不好。陳宏仁沒有回王中校的話，但告訴薛平：「戰爭期間有一、兩萬個台灣人在海南島，現在都想儘快回鄉，這方面要拜託黨部大力協助。」

薛平用閩南話吃力地回話：「所以呀！我們要做好各方面的關係，說不定到時軍團部也幫得上忙。」

由於語言的關係，四人竟分成了兩組。陳宏仁和薛平交談的同時，李玉仁和王中校切入了實質的問題：

「點閱儀式何時舉行？」

「下週三。今天是週二，下週一開始閱兵彩排，也就是說，還有五天就要進駐。」

「怕是怕台灣同鄉會中找不到三十六個願意參加的人。」

「如果會長和副會長多鼓勵，一定會有的。我們指揮官有點老粗，他會用強的，所以我人先過來打聲招呼。」

李玉仁聽到這句話，心裡翻江倒海，先是驚訝，後是氣憤，又有點怔忡不安。怎麼剛才還滿面笑容來道賀的人，幾分鐘內竟講得出這種「土匪仔話」？

玉仁轉頭看宏仁，他跟薛平的交談似乎碰到了困難，兩人都蹲下來，一個用樹枝，一個用扁石塊寫起字來。玉仁轉述了王中校的話，宏仁聽了沒生氣，也沒有要拒絕的樣子，還這樣說：「薛平答應用黨的力量，發動國府情報系統，全力尋找謝秀媛。」同時，聽到薛平在一旁告訴王中校：「陳會長原則上答應了，他會糾集同鄉，自己帶隊參加。」

李玉仁至此還想爲己方爭取一點談判空間，問王中校：「怎麼保證在閱兵結束後，全員能歸還呢？」得到的竟是這樣的回答：「腳就長在他們身上，還要什麼保證，說不定他們參加後，有人會想留下來當中國國民革命軍呢！」

王中校等人獲得陳宏仁原則上同意後，急著告辭回去覆命。宏仁見玉仁神情恍惚，軟言安慰，習慣性地日台語混用：「這個年代，土匪和士兵沒什麼差別，這是你講過的，叫什麼『兵痞子』『兵匪一家』。你放心好了，這件事我來做。」

灼燙的陽光透過椰子樹葉傾瀉下來，照射在這兩個個子都不高大的台灣青年身上。漸漸的，林中已有蟬聲，宏仁已習以爲常，那是掛在樹梢的鬧鐘，鐘響了，就是中午近了；但玉仁的耳朵比較尖，他聽到的是一聲又一聲的淒厲。

跟陳宏仁分手後，李玉仁去找松本威雄，事務所只有張松吉在。「部長要過一會兒才會回來。快開飯了，我們先去拿飯，在餐廳等他。」

在餐桌上，李玉仁問張松吉：「聽說你在台灣時是當老師的？」

「不是，我念台中高等商業學校，已畢業了，考入台灣鑄鋼鐵組合，等待上班時爲了逃避徵兵躲來這裡。」

玉仁將上午王中校來訪的事告訴松吉，才開了頭，松本就走進來。松本聽得很仔細，細節問得很清楚，然後自言自語：「是呀！我也經常忘了他們現在已是戰勝國。」

松本低頭連扒幾口飯，將嘴巴塞得鼓鼓的，說話因而嘟嘟噥噥：「這件事，宏仁是一廂情願，你則是有點生氣，才會有不同的感受。」

「這樣吧！事已至此，這件事就全部讓宏仁去操心，你袖手旁觀，看戲就好。」松本說完，補了一句：「套一句支那的話，你『壁觀』就好。」

玉仁知道松本的意思，但看他說得那麼自信，一時不好意思糾正。

玉仁隨後告訴松本，吳振武將台灣兵團可能遭遇的情況，預擬了上、中、下三策。松本聽完好奇地問：「你以前和吳中尉熟嗎？」

「以前不熟悉，是去年你請他來石原產業向全體演講那次認識的。」此時玉仁心中想起吳振武演說時的一段內容，想順便憶述出來，已經到了舌尖又捲吞回去。吳振武那時說：「沒錯，現在是大日本帝國軍最困難的時候，但大家要知道，日軍如弓箭，現在是向後拉，調整好方向後，滿弓，放開，前衝的力量會很大。我們瞄準著敵人的心臟。」

記得吳振武這段話說完，全體日本幹部和職員起立鼓掌。台灣工員中有的跟著鼓掌，有的沒有。演講會場在田獨礦區上面的大房子，日本人約一百人，台灣人約一千人參加，海南島當地工人未獲通知。李玉仁記得松本部長在開場白中這樣介紹：「吳中尉是大日本帝國軍中的台籍菁英。」

松本發覺李玉仁比往日沉默，以為他還在為上午支那軍王中校的話難以釋懷，於是說了個故事解悶：「我在少尉升中尉那年，被送去館山砲術學校受訓，吳振武中尉也在那裡，他高我一期。那時全校都知道一件事：吳振武在結訓時校長要求他改名換姓，用日本名，這樣在部隊才好指揮日本兵。吳中尉回答校長：『讓全亞洲各國都知道大日本海軍軍官中有個台灣人，不是更有象徵意義？』校長同意了。所以他一直沒改名。」

松本停了一下，繼續說：「來海南島戰區後，聽說吳中尉非常兇。若有日本士官兵碰到他未舉手敬禮，立刻喝住，大力賞兩個巴掌；但對台灣兵則似乎沒敬禮也無所謂。這個現象在我們日本軍中廣為流傳，說他有差別待遇。」

李玉仁臉上露出高興的神采，笑著說：「是嘛！吳中尉眞有那麼兇嗎？不過，日本總督府在台灣和朝鮮也有明顯的差別待遇，對日本人好得多。好像人都會這樣。」

松本聽了這話，也笑了出來：「哈哈！你們好像聽到吳振武打日本兵的事，就特別痛快。」

張松吉在旁也面帶微笑。在長官面前，他通常拘謹守禮。

告辭時，李玉仁笑著告訴松本：「你剛才說『壁觀』是錯的，正確的說法是『作壁上觀』。」

「哦，是嗎？眞糟糕！它不能簡稱『壁觀』嗎？」

「沒人這樣說。」李玉仁說。

回到工寮後，李玉仁一進門就聽到鬧哄哄的吵雜聲。陳宏仁正在替中國軍團部「募兵」，立即響應的似乎不多，幹部中只有蔡墩土答應，李敏捷經慫恿後也勉強同意。陳宏仁向眾人曉以利害：「咱這次去幫助伊，講不定以後伊能幫助咱回去台灣。」然後又說：「好玩啦！反正今嘛礦區這邊已經停工，去見識見識中國兵的操練嘛眞有意思，尙多三天爾爾。」

但眾人都聽過一些中國軍隊抓伕的故事，怕三天結束後回不來。

陳宏仁後來發了飆，說了重話：「台灣人不能完全擺不犧牲，就知道等著要回家。我們現在『兵不是兵，民不像民，會被人遺棄在海南島』，這是副會長玉仁時常講的。不去參加閱兵的，以後有機會回台灣時，同鄉會不幫助他們。」

會長發了脾氣，效果卻也不大。到當天就寢，要三十六人，只得九人。這九人都是陳宏仁「列星會」的成員。

第二天、第三天過去，變成七個人。兩個原已同意的，打了退堂鼓。

第四天下午，一陣引擎聲響帶來柴油廢氣的惡臭，兩輛軍用卡車駛進工寮前廣場，老舊車輛的煞車噪音驚擾了樹頂上屋頂上的鳥兒。十幾個中國兵持槍跳下卡車，彈匣上了膛，刺刀亮晶晶晃來晃去。他們由一個少尉排長帶隊，直闖工寮，好像是來敵軍碉堡執行攻堅任務。一位衣著整齊的少尉排長大聲喝令：「每一個人都不許動！」「全體到外面排隊站好！」那口氣像極了台灣的日本警察大人，不過這裡聽到的是廣東話。

石原產業的台灣工員都應付過這種場面，在台灣有經驗，來海南島後也有過一次，只不過這次來施暴的不是日本軍官，換成了中國軍官。只見有人裝腳痛，一拐一拐地步出工寮；有人抱著肚子在地上哀嚎；有人去廁所拉肚子；有人趁亂從背後窗戶爬走。

都沒有辦法的，只好在工寮前排隊，一個一個被喝令捲起褲腳，蹲下，站起，再蹲下，再站起。「好，這個腳沒問題，上車。」三個桃園來的魯凱族人稍有遲疑，背上吃了槍托一擊，還是要上車；另兩個南部的客家人口吐怨言，想抗拒，但刺刀尖尖抵在他們的心口，還是上了車。

李玉仁因為那天王中校說了一句：「我們指揮官有點老粗，會用強的。」到了第四天，聽說只有七人，心想不妙。這天本想約大家一起走避，卻怕壞了宏仁的「好事」，宏仁會因老臉掛不住而抓狂，因而選擇一個人失蹤。躲在附近隱密處觀看了全程，看得頭迸心裂，伏在一堆乾枯的芒草上小心輕聲地呼氣吐氣，眞想放聲哭出來。玉仁懊悔自己的懦弱，應該和宏仁公開唱反調，把大家帶走才對！

距離不遠的另一個隱密處，還有兩個人也看了一整齣的抓兵大戲，那是小泉健二和織田一郎。他們一個濃髮一個光頭，在玉仁驚魂未定之際，輕輕爬近，說：「松本部長叫我們來觀察，順便看你是否平安。」

小泉邀玉仁一同回事務所，玉仁則表示想一個人安靜一下，想些事情。

中國的軍用卡車把人載走之後，李玉仁獨坐在草堆上發呆。小時候在滬尾街，家附近有一戶養鴨人家。每天放學回家，總會看到那家人趕鴨子下河，而他喜歡佇立在河邊，看鴨子快樂地游水鳴叫，偶爾會有幾隻低下頭，深潛入水中覓食，潛到兩個腳蹼朝天，露出紅紅的鴨屁股。

到了晚餐時分，鴨子被趕回家。一大群鴨子好像一個大家庭，兄弟姊妹話講個不停，聒噪吵鬧，直到月亮快走到天空中央的時候，鴨群紛紛席地而睡，一顆顆鴨頭慵懶地斜靠在自己的翅膀上，睡到天明。

大約每隔三個月，菜市場那間賣鴨肉冬粉的店老闆總會來收鴨子。那戶養鴨人家，人叫阿樹伯的，帶著一家大小，連催帶逼，逼鴨入簍。催不動用強抓的，抓不到翅膀竟抓頭頸，抓住後把兩隻鴨腳蹼用草繩綁了，用力丟進大簍子，口中還一面叫罵。「啊！阿樹伯呀！你們不怕鴨子會痛？你們收了賣鴨子的錢，還要罵鴨子幹嘛呢？」

每次看到那些「暴徒」來收鴨子，玉仁便非常難過。他會跟自己賭氣，莫名其妙地生著氣，連功課都不想寫。

李玉仁漫步回工寮，裡頭冷清清，往日此時應該是大夥一起熱鬧張羅晚飯的時候。他心情壞透了，感覺好心慌，有著努力吸氣卻吸不進空氣般的恐慌感。正想今晚不吃也罷，見張松吉遠遠走來，好像看到親人似的迎上去。松吉說松本部長請他過去一起晚餐，這回他沒有拒絕。

8

在中國軍團部，石原產業的台灣傭兵被安排在西邊靠近中山堂的營舍。它原是日本軍部的兵營，居住條件比石原產業的工寮稍好。晚餐有米飯和饅頭，配二菜一湯，完全沒有日本料理的味道，大家口感一新，稍稍沖淡了被強帶來此的氣憤。

晚餐後每人都領到一套草綠色的軍服、軍帽和一雙粗僡草鞋。軍服右臂繡有「V」字型的臂章，只有陳宏仁的是三個「V」。打聽後才知道，「V」字型臂章代表三等兵，軍階中最底下的一階，三個「V」則是一等兵。

第二天起床後，離晨點名還有一段時間，陳宏仁和另一個列星會成員林振興，在營區內四處走看，見一個披著紅色肩帶，上頭寫「值星官」的軍官迎面而來。陳宏仁舉手敬禮，林振興除敬禮外，不小心冒出一句日語的「早安」。那是日治時代從小養成的習慣，明知要改，一時不注意仍冒了出來。這下不妙，那位值星官當場喝住兩人，下令跪下，用腳往林振興頭上猛踢，口喊：「你們這些日本走狗，可惡的小日本！」值星官踢呀踢著，連陳宏仁也連帶踢上，引來十幾名中國士兵旁觀。

長久以來，兩人不管在台灣還是海南島，都是專門以制裁「日本走狗」為志業，沒想到在這裡，竟被當做「日本走狗」拳打腳踢。陳宏仁一時悲憤填膺，赫然站起，順手抓住值星官的腳，用力推開，大喝：「幹！打啥小！」值星官跌倒在地，林振興順勢起身，兩人擺出打架的態勢。

旁觀的中國士兵一擁而上，兩人很快被制伏，倒在地上後亂拳和口水如雨般落下。不久，在意識模糊中被架進一間小密室。陳宏仁在最後依稀聽懂一句：「關起來」，知道是什麼意思，但心中奇怪爲何沒有任何書面文件即被拘留。

這是陳宏仁第二次被關。他坐在這間陰暗的密室地上，心中氣憤難平，想起在台北念帝大醫學部一年級時，曾跟隨幾位前輩半夜去學生會客室，將掛在牆壁上巨大的日本天皇及皇太子的照片，切斷頭部，丟棄在地。不久此事被班上的日本學生間諜探知，幾個人一起被捕，拿到一張裁決書後才被關進拘留所。

那次在日本人拘留所內，帶頭幹這件事的前輩告訴他：「我們有一條抗日救國的道路，畢業後渡海去中國，加入祖國人民抗日戰爭的陣營。」他後來沒去中國參軍，受外公慫恿躲到海南島。沒想到竟然有這麼一天，被祖國的軍官關在類似的拘留室裡，理由是如此的荒誕，過程是如此的粗暴，蹲坐這個牢是如此的不值得。他想到這裡，用肩膀往牆壁重重一靠，然後重重地罵一聲：「幹！」

幾分鐘後晨點名，長官發現台灣人隊伍中獨不見那個帶隊的，特別給予一等兵制服的會長。詢問之下，値星官才報告禁閉室另有兩人。

陳宏仁從黑漆漆的禁閉室被帶出時，海南島早晨強烈的陽光迎面刺來，一時張不開眼睛，閉眼片刻，再張開時，看到一群陌生的中國長官出現在面前。他們的臉上帶著半眞半假的熱絡，卻似乎沒有絲毫歉意。

「難道向我施暴的那些人、將我關起來的那個人，是對還是錯，不必有個釐清？難道一切就像沒發生那樣？」陳宏仁心中用日語這樣想著，感覺命運作弄太甚，感覺自己太委屈，也太窩囊了。此刻，悲傷遠大於憤怒，自幼跟隨外公熱中於親中仇日，而現在，親近中國的結果竟是這樣！站在眼前的這個中國，竟是如此難以親近！這些中國長官，和以前的日本長官有天差地別；然而此刻頭昏腦頓，一時想不清有哪些差別。對以前的日本長官，只要簡單地去恨就可以了；但對這些中國長官，不知道該怎麼樣看待——想和他們講話，連話語都不相通，這支祖國的部隊，除了普通話之外，就是廣東話，沒人會說台語。

憤懣哀傷、備感挫折的此刻，謝秀媛的倩影浮現在心頭。她人現在何方？還在廣州嗎？薛平書記有發動情報單位認眞找她嗎？陳宏仁念及此，下意識地撥了一下掉在前額的頭髮，然後用手抹一把臉，快速收起心中的窩囊和哀怨，用肢體語言要來紙筆。陳宏仁會寫漢字，而且是外公那種有漢醫古書底子的漢文。他用筆告訴指揮官：「余乃華裔，自幼庭訓，以親中仇日爲志。高中伊始，加入中華革命黨，心嚮孫文革命，請詢國民黨書記薛平即知梗概。」

遞出紙條後，宏仁發覺指揮官似乎看不懂他的漢文，隨手遞給副指揮官、崔副官、政戰官王中校傳閱，再由崔副官用廣東話解釋。不久王中校回以字條：「我知你甚深，此純屬意外，純屬誤會，請即回營更衣，然後早餐，一切照常，勿再掛慮。」

在「台灣兵」營房，大家見會長鼻腫眼青回來，有人眞心表示同情，跟他說一些「賭爛」的話；也有人不說話，冷冷笑著，眼神中露出「眞是活該」的嘲諷。約一個小時後，崔副官送來一件新的軍服上衣，有三個「V」的一等兵上衣被收走了。新的上衣領子上有一條橫槓。崔副官給的字條上寫著：「我軍暫授你爲少尉排長，請帶領全體台灣人參加閱兵演練，完成任務。」

一頓毒打，換來升官。官拜少尉排長，爲期僅三天。此時，宏仁感到周遭幾個台灣同伴眼中的嘲笑更濃了。

晚餐後，陳宏仁在中山堂讀著舊書報，想起那天當團長帶石原產業的一批人在此拜會，想起松本部長及所有幹部站在行列中，隨著他的口令動作。一面回想一面掏出筆記本，寫下：

中國軍營區予吾如此不快、不悅，但吾敬愛祖國之心不可動搖，不應動搖。切記。

兩天的閱兵操演中，海南島軍營從所有「台灣兵」中，找出了四個聽得懂普通話或廣東話的人，授為班長，改穿一等兵軍服。一班九人，四班為一排，排長為陳宏仁。

這個「台灣排」被排在閱兵隊伍的最後面。陳宏仁和四位班長後來完全聽懂了，這是一場師級的點閱，沒有踢正步，全部列隊齊步走。排長的任務是在操練時注意隊伍的步伐是否整齊，手臂的擺動和行進的速度是否一致，在隊伍通過司令台時，排長要喊：「向右——看！」過了司令台再喊：「向前——看！」如此而已。

這支「台灣兵」久受日本軍國主義洗禮，在各級學校讀書時，這種操練早已熟練，來海南島之前，又多受了兩週的勤前軍訓，因而「台灣排」一旦開步走，其認眞、嚴謹的程度，遠超過中國長官的要求。「那是一支活生生的日本軍隊呀！」每一個中國士官兵看在眼裡都愛恨交雜，喜怒交織。

而陳宏仁從頭到尾不斷提醒自己：「喊口令時，要萬分小心，不可一時緊張，突然用日語喊出來。」連續兩夜，榻邊的同伴都聽到他在睡夢中用華語，喉音模糊地呼喊：「向右——看！」「向前——看！」。

閱兵操練快結束時，廣州來的師長李少將、政戰部主任及其他隨員已抵達海南島軍營。李師長從中山堂窗戶看閱兵操練，發現了那支最像軍人的「台灣排」，問明來歷後，大聲嘉勉：「海南島營區能招募台灣同胞加入我國民革命軍，很好，太好了！」隨即指示：「明天上午正式點閱時，把『台灣排』從最後面調到最前面，以彰顯其象徵意義，並壯吾軍容。」

點閱典禮完成後，這批「台灣兵」奉命不准離營，一直要到李師長一行視察其他軍務結束，回去廣州之後，才能離開。在這兩天中，政戰官王中校、崔副官、國民黨書記薛平說盡溫言軟語，要求大家留營，爲國民革命軍效力，但效果欠佳，只得三人。有人怕被強留，半夜爬牆溜走。

王中校等人這幾天不斷找機會跟陳宏仁談話，刻意讓他練習普通話。離別時，王中校說：「陳會長宏仁兄，幾天下來，你的普通話越講越好了。它將來會是我們的國語，你回去後可以多和副會長李玉仁練習，連在心裡想事情的時候，也要用普通話想，不要再用日語思考，這樣才能更進步，這樣才是我們堂堂正正的中國人。」

陳宏仁沒有回話，還是習慣性地用日式彎腰鞠躬禮向對方告別，同時用台語在心裡想：「這個政戰官，眞正有夠負責任！」

9

海南島終年炎熱。五十多名各類技師在播磨丸上揮汗工作，修復工程已完成十之八九，中彈的大破洞用鋼筋加混凝土補好後，整艘巨輪便隨著艙底龍骨部位排水的進度，一寸一米地由斜而正。而甲板上的兩層大通鋪在船頭稍稍浮起時就已開工，如今主結構也已架妥。

那天中午，松本威雄赴播磨丸與海軍人員開完會下船，還沒走進事務所，張松吉就叭啦叭啦跑出來，喘著氣，大聲報告：「部長，有大情報！大情報！日本、美軍、支那三方達成了協議，美國將派艦協助運回各地日軍，但不含日本僑民。」

松本還來不及反應，松吉又說：「但是，日本在海南島上由吳振武率領的台灣兵團不包括在內，將由支那政府留置。」

松本「哦」了一聲，沒有表情，沒有說話，掉頭再上播磨丸。擔任修復總指揮的海軍軍官新田堀實也獲悉了這個情報，並已接到新的命令。他們找來副船長松村俊幸，商定改由松村擔任總指揮，海軍留下少數必要工程人員，直到完工。

竭盡日本工藝和工匠精神修建好的運兵船，現在不必運兵了，松本開始盤算，石原產業田獨礦山裡有哪些器械可以利用這艘空船運回日本。他問松村：「你看過我們那座冶熔爐，有無可能把它吊上船運回大阪？」

松村沉吟許久才回答：「要吊上來很難，但要做還是可以做到。不過我想問題不在這裡，在支那政府。支那連吳振武的兵團都不放，這裡的器械都是日本最先進的設備，怎麼會放！」

松本輕拍了一下腦袋：「是呀！我怎麼沒想到這點。它們都將成爲支那的戰利品，說不定連這艘播磨丸都會被沒收。」

「這艘船中彈重傷，幾成廢鐵，支那人大概不會要。不過這幾個星期，我注意到有人從榆林港務局的方向用望遠鏡朝這邊觀察。」松村用手指了指。

松本眺望著榆林港務局的那一排房舍，灰白的牆，灰黑的瓦，整齊而堅牢地排排站在那裡。那是日本海軍施設部所建。記得剛到此地，是由日本營造商「角谷組」包下工程，招募台灣的「樂東生產隊」，一批又一批台日混編的隊伍，完成了建港的工程。「呀！我還沒有完全從戰敗國的觀點去想事情，這不行呀！」松本好像在自言自語，又像在對松村講話。

松村接著說：「我判斷這艘船終究可以開回日本，不妨將體積小的珍貴的器械，先化整爲零，不知不覺地帶上船來。還有，你這裡現在到底有多少人？」

「我們有一百零二名日本幹部和職員，另有五百廿一名台灣工員。」

「若只有這些，那太空了，還可以在通鋪上翻跟斗呢。」

「我們可以先在高雄港將台灣工員放下，再回日本。」

「不，基隆港比較好，台灣總督府以前曾在社寮島設有一萬噸級船舶專用的船塢，十分方便。」松村說。

每個人都可以坐播磨丸回家的消息，在一天之內傳遍礦區。空氣中充滿著歡欣雀躍，幾個人次日天未亮就起床，把全部行李打包妥當。

「沒那麼快，修船還要一、兩個星期才能完工。」那些人聽了，又把行李重新鋪回去。

這個決策也加快了礦區事務所的盤點和打包。

在眾人熱烈期待的氣氛中，黃榮華卻一臉苦惱。那天，他憋不住了，去找伊藤隆次出來散步。

「我的黎民太太要求我不要走，在此地定居。但我希望帶她和小孩一起去台灣。我爲此苦惱呀！」

伊藤沒有立刻給意見，只說：「我想去拜訪你那個家，看看你的女人和小孩。」

「好，後天沒有市集，我帶你去。」

黃榮華的家是一間低矮的茅草屋，屋頂大，屋簷寬，遠看像一艘倒放的大船。當地農家都住這種房子。土牆用泥巴和細木條糊成，粉刷完整，只有朝南的一扇窗框略有破損。一套竹製餐桌就在廚房旁邊，牆腳擺了許多賣剩的蔬菜，排列整齊。屋裡有兩間房，採光不錯，隱約看到裡面只擺放著竹床。家中擺設很簡單，但伊藤一進屋，感覺在簡陋中透著粗獷而強韌的生命力，他喜歡這個感覺。伊藤折了好幾隻紙鶴掛在土角厝牆上和木門框邊，送了鑄有「天皇御賜」字樣的銀幣一枚，給榮華的小孩當見面禮，還有一條絲織的日式圍巾，說是松本部長要送給榮華的「太太」的。

「松本部長知道啦？」榮華問。

「我全部告訴他了。」伊藤接著用閩南話說：「無啥米要緊啦，啊不是啥米歹代誌。」說完改回日語：「你要留還是要走，松本部長和我想了再想，無法幫你做決定。不過我們商量好一件事，因爲播磨丸上有足夠的醫藥，所以現在礦區醫務室的藥材是用不上的，我們決定在支那政府來接收前先送給你。你如果決定留在此地，可用它開個藥局。如果你們要回台灣，台灣人更愛用日本藥材，也可以在台灣開藥局，可以賣很多錢的。」

榮華似乎受到感動，噙著眼淚。

伊藤又補了一句：「其實在所有台灣工員中，松本部長最疼愛你。」

豆大的淚珠，自榮華眼裡滾落。女主人見狀趕緊詢問何事，榮華轉述了伊藤的話。女人張大了眼睛，雙手合十，向伊藤行禮致謝。伊藤仔細打量這位黎民女子，她頭髮向後梳，簡單綁個小馬尾，皮膚比一般日本女子稍黑，眼睛甚爲明亮生靈，嘴唇厚厚的，笑起來有鄉下人的純樸氣質。那天，她除了穿普通的衣褲，又外加一件寬鬆的罩衫，腰間繫了一條布腰帶，那罩衫加布腰帶，頗有日本和服的味道。但這種穿著，無法掩飾她那大而凸的臀部；伊藤在台灣時聽人說這種女人容易多產；對日本男人來說，這是一種性感的身材。

屋內餐桌上擺了一些島上市集買得到的零食。榮華招呼客人坐定後，開始嘴笑目笑，開懷地說：「我給她取了一個台灣名字叫黎秀琴，以後你就叫她秀琴吧！」榮華用客家語唸著「秀琴」，伊藤跟著唸了幾遍。

此時，秀琴懷中的兒子突然咿咿唔唔扭動幾下，並張眼望著伊藤。伊藤伸出雙手，孩子竟不畏生，讓他呵呵笑著接過來抱。孩子一貼近，伊藤便聞到一股濃郁的乳香。啊！伊藤失神地想念了起來，在台北大和町家裡的小兒子也有完全相同的乳香啊。那是今年一月底，回台北跟妻子、大女兒和一歲多的小兒子過新年時，每次抱起小兒子聞到乳香，便有說不出的甜蜜欣喜的感覺。記得那回，一位台灣人老同事來拜年，其妻十分開朗，搶著抱小兒子，還問伊藤：「你這麼愛台灣的一個人，有沒有給你兒子取個台灣名字呀？」「哦，還沒有嗎？叫他松海好不好？松海、松海，眞好聽啦！就這樣決定了。」

過幾天，伊藤全家去回拜，那位太太一見面就把小兒子搶抱過去，用臉頰親著小孩，叫：「阿海呀！阮的阿海呀！」

伊藤正失著神，耳邊聽榮華喚著：「伊藤桑，我上回請你給他取個日本名字。」

伊藤的思緒被拉回來，卻一直想不起上回榮華提過的孩子的台灣名。於是低聲問：「眞失禮呀，我忘了你給兒子取什麼名字？」

「他叫黃玉柱。」

伊藤略略停頓了一下，說：「就叫伊藤玉柱吧！」

全家出來送客時，榮華告訴伊藤：「這個女人很好，勤勉善良，溫柔體貼，我越來越愛她了。」

伊藤朝秀琴豎起大拇指，女人猜出榮華是在讚美她，臉頰一陣紅，掛著滿足的笑容。

伊藤來過的午後，榮華心血來潮重新把家裡做了一番整修。他在每個窗戶上面做了遮雨篷，爲另一個小房間裡的床加釘牢固用的橫條，然後與秀琴合力打掃一遍。

秀琴從頭到尾嘴笑目笑，吱吱喳喳話說個不停。她滿心以爲榮華已決定留下定居，不回台灣了。

見榮華埋頭工作，她轉向才一歲多的兒子玉柱，把小玉柱當做聽得懂話的傾訴對象，說：「阿爸會留下，我可以跟你打賭。要不然，他爲何如此賣力整修這個家屋。是不是？你說是不是？」

榮華在敲敲打打。小玉柱有聽沒有懂，又好像懂，黑白分明的眼睛一眨一眨的。秀琴繼續向兒子說悄悄話：「你阿爸會在這裡的市集開一家藥房，專賣日本高級藥品的那種大店鋪。會很賺錢，你知道嗎？」

那晚上床後，榮華粗大的手掌愛撫著秀琴的身體。秀琴滿心喜悅享受這一切，沒想到完事之後，榮華冒出了一句話：「妳要同我一條心，一起勸妳父親，讓我們一起回台灣，好嗎？」

「台灣比較好，妳要相信我，妳一定會喜歡的。」榮華說完，翻個身呼呼大睡起來。

秀琴那晚半睡半醒，偶爾在心中感嘆：「男人心，天頂星，摸不到呀！」

10

一天早晨，太陽出來比較慢，呼吸起來陰陰濕濕。岡本末五郎一早就回去已停工的礦場。奉松本部長的指示，在支那接收人員到來之前，各單位先把一些較珍貴的器械化整爲零收藏好，所以回來查看進度。

在礦區入口處，岡本發現兩個台灣工員也剛好到達。一問之下，兩人說有一些私人衣物放在裡面，要拿回去洗，準備打包帶回台灣。

日本人耗費龐大氣力將一艘巨輪修好，要載眾人回鄉。這眞是一個値得所有台灣工員跪下來磕頭的大恩典。這個事實重新燃起了岡本的尊榮感，他習慣性地揚起巴掌，並且冒出一句吆喝：

「馬鹿野郎！怎不事先請示就來！」

碰巧這兩個台灣人是列星會成員，苦無機會打打日本人，見四處無人，飛快交換了眼神，一人架住岡本的巴掌，同時轉身，從背後抓住岡本的兩條臂膀並高高拉起，另一人從正面猛擊他的肚子，一拳重似一拳。每一拳擊下，岡本的肚子裡便發出像擊打悶鼓似的聲音，一聲比一聲深沉，嘴裡也同時不住擠出嘔吐般的唔哦唔哦聲。這是列星會打日本人的慣用招式。

岡本的腹部被連續揍了六、七拳後，整張臉脹紅如血，齜牙咧嘴，額頭青筋暴凸。似乎是出於求生的本能，岡本奮力騰起雙腳，踢出，同時藉踢腳之力掙脫被架住的手臂。掙扎著想再反擊，但身體已不聽使喚，痛苦萬分地彎下腰，撫腹呻吟了出來。兩個台灣工員打紅了眼，一邊低頭各拾一塊石頭，一邊碎碎叨唸：「馬鹿野郎！死日本狗！」「日本敗了，你這個死阿本仔怎麼沒事先請示就來！」岡本見狀，勉力站起來，手腳併用，以一敵二，死命抵抗，但很快再被打倒在地，全身是傷，都痛在身上要害之處，只有臉上沒被打。

兩個台灣工員發洩夠了，大搖大擺走入礦場，拿了衣物揚長而去。岡本抱著肚子，彎著腰，一小步一小步蹣跚地走回事務所。走了一段路後，發現李玉仁在不遠處，呼叫，告以詳情。岡本說要帶護衛隊員去痛懲那兩人。

李玉仁扶岡本回寢室，說：「此事最好不要張揚。我觀察松本部長這幾個月的言行，他是在拉攏台灣工員，防止台灣人與支那人合流向日本人報復。我相信他是這樣想，才會……」

玉仁還未說完，岡本想起有一次幹部會議，松本鄭重做過類似的指示，說：「這是我的最高策略，大家謹記。」岡本打斷玉仁的話：「你說的沒錯，部長確有這個政策。」他想起有一次幹部會議中，松本……

「所以，此事若大張旗鼓去報復，第一、松本部長會責備你，甚至懲處你；第二、打你的兩個台灣工員，背後有個專找日本人打架的祕密組織，此時此刻你去捅那個蜂窩，會被叮得滿頭包；第三、此事一鬧大，海南島本地的工人會快樂地在旁邊鼓掌，像我們這種台灣人看了會很難過。」

「難道我就這樣算了？我怎麼吞得下這口氣！」

「不只是你，現在全日本倖存的男人女人、老人小孩都在吞這口氣。你想松本部長是何等強悍的人物，不吞下這口氣，他怎會訂下這個政策？」

岡本突然掩面哭了出來，不停地哭著。哭了一陣後說：「我是因爲全身劇烈疼痛而哭！」

「我去給你找一些傷藥或止痛藥。」

李玉仁離去時，岡本目送著這個黑黑瘦瘦、戴著眼鏡的青年，心想：「不簡單的一個人呀！他不就是我手下一個初級任用的通譯嗎！」

岡本在床上躺了一個多小時後，有人叫門，是織田一郎來通知，松本部長請全體幹部集合。岡本推說昨夜睡眠中生病，無法爬起。「請部長別擔心，只是小恙，躺一、兩天就好。」

岡本詢以部長何事相召，織田說：「林阿亮送來一個情報，說支那接收政府檢察處接獲檢舉：雖然日軍已解除武裝，但日軍所屬的田獨礦山仍擁有大量軍火。該情報說檢察官這一、兩天將前來檢查，部長要大家分頭收妥所有武器彈藥，並將練武場布置成健身房，這一切要在明天天亮前完成。」

織田走後，岡本再一次體會到戰敗國國民的悲涼。想起五年多以前，跟隨松本部長來此，每天目睹這位退役軍官，殘而不廢，積極任事，時時刻刻以大日本的光榮勝利爲念。如今，小小一個支那檢察官要來檢查軍火，堂堂的部長卻像小偷那樣倉皇藏匿贓物。松本部長怎麼吞得下這口氣？他現在應該是跟我一樣的心情吧？岡本想著想著昏睡了過去。

一片乾的椰子樹葉高高掉下，一陣聲響，惹得在地上覓食的一群烏鴉撲啦撲啦飛了起來，順便烏哇烏哇叫著。這些，完全沒有驚動到已陷入昏睡的岡本末五郎。

李玉仁離開岡本的住處後，先去醫務室，發現門關著，從窗戶望進，裡面空無一人，桌上架上只剩一些零星雜物。難道醫務室已搬家？想起陳宏仁曾說，軍醫和護士已被送去廣州爲日益增加的傷兵服務，此地的醫務是靠台灣來的實習醫生。玉仁知道目前雖然沒有正式醫生，但藥品充足，而且都是上等好藥，怎麼連藥品和器具也全空了呢？

李玉仁沒拿到藥，乃走回工寮。

剛跨進門檻，便聽陳宏仁問起：「那邊的情況按怎？」李玉仁說：「台灣兵團已被送進集中營，每天過著半飽半餓的日子。吳振武拜託我一堆事情，都是千難萬難的事。」

「譬如哪些事？」

「譬如聯絡廈門的台灣同鄉會，譬如聯絡台灣的親友和社團向國府請願。難是難在我們毫無通訊工具。」

「張松吉那邊說不定可幫忙。」

「對，我會去找他。也請你去國民黨榆林市黨部問問可否幫忙。」

「我會去試試看。」陳宏仁把話題一轉，告訴李玉仁：「我這邊也非常頭大，就這麼一個海島，怎麼會有那麼多台灣同鄉在此呢？他們一個個、一群群出現。都是來請託同鄉會出面，讓他們搭便船回台灣。」

李玉仁聽了眉頭動了一下，提議：「這件事要跟松本部長商量，但要去談以前，我們能否大概算一算？」

蔡墩土搶先，一開口就滔滔不絕，是大家最習慣的日台混用語：「日本人沒日沒夜在這裡造路建橋、闢港口、建鐵路、蓋房子，當然是爲了搶物資啦，你知我知啦。我三年前要出發來這裡時，先被送去台南一家道場做一週的勤前軍訓，每晚要脫光光泡在水中，唸軍人守則。我光是那週就碰到一百多個要來海南島的土木技工和建築師父。他們都是因爲高薪而來的。我看那些人都還在這裡，沒有五千，也有三千。」

陳宏仁接著說話，試著全用華語：「日本人在此八年，從台灣一共徵調一萬名『巡查補』，我聽說他們的薪水和軍官一樣高，但都沒有軍人身分，估計若有三成還留在本島，就是三千。」

「還有，」李敏捷笑著學陳宏仁說華語，但只能說兩個字，馬上又改回日台混用語：「大日本製糖會社將總部從東京遷到台北後，不久來海南島成立事業部，其技師和技工都是台灣人。已有人拜託到我這邊來了。」

李玉仁聽到有人提企業，伸出手指，算著：「八年來日本在海南島興辦的企業和銀行，以五十家計算，每家若平均雇用五十個台灣人，便是兩千五百。」

人數如此龐大，大家一時不知如何是好，決定暫時不找松本威雄處理。

第二天，工寮裡好幾個人同時警覺到，兩個看似趕路人的男子走近工寮門口，東張張西望望，有點像要來偷東西的宵小。兩人一高一矮，都是中等身材，一頭亂髮，滿臉鬍渣；各持一個由一大塊土灰色粗布，用四個布角相互綁紮而成的大包袱，看起來沉甸甸的，其中的高個子用手吃力拎著，另一個矮壯的歪頭斜頸扛在右肩。汗珠在兩人額頭臉上冒出，滾落。洪敏雄眼尖，探頭大喊：「咦！那不是陳正高嗎？」幾乎同時，蔡墩士衝出來，高呼：「哇塞！成吉仔，吳成吉回來了！」

石原產業這座工寮頓時熱鬧了起來，數十名台灣工員一擁而上，問東問西，吵嚷成一團。

陳宏仁還沒跟這兩人講到話，就被人群擠出圈外。他扶了扶垂下額頭的幾綹黑髮，凝視這個難友重逢的場面，心有所感，想起當初離別的時候，大約是半年前吧，日本陸軍來田獨礦山強制徵兵。當時這裡共有一千名台灣工員，人人自危，被徵到了等於是被判死刑，赴戰場是死，半路逃跑也是死。許多台灣人原本就是爲了躲避徵兵才「逃」來這裡的，沒想到徵兵的大網，還是網過山，網過海，網到海南島來。

當時，爲了掙脫這張大網，有人用騙的，有人用裝的，用拖的，用賴的，用交情或用諂媚的，每個人都用盡手段，結果還是有六百人被徵走。石原產業的日本幹部中，從松本部長以下，包括黃榮華的那個死黨伊藤隆次，攏嘛係假仙，嘸敢嗆加半聲。陳宏仁每想到此，濃濃的恨意便占滿心頭，忍不住在心中痛罵：「幹恁老母！這些日本狗。」

他記得當四百人向那六百人送行的那天上午，有人拿著結晶成塊的黑糖，有人把前晚刻意省下的飯菜捏成飯糰，硬塞到他們行囊中。那是生離死別。吳成吉和陳正高就是那六百人中的兩個。

他們怎麼還回得來呢？吳成吉告訴大家：「出發後，我們除了坐船之外，大多時間都在行軍，一直走到廣州，一面走一面會合其他地區的新兵員。在廣州休息並從事操練時，日本軍官宣布，所有新兵員要去和汪精衛的軍隊會合，向蔣介石做最後的攻擊。」

「我們的分隊在大隊最後面，當行軍至廣東北邊蕉嶺縣一個叫白兔鎭的地方時，我們發現當地說的是跟我們完全一樣的客家話，於是冒險一起脫逃，冒充當地人，想辦法活下來。我們行乞、行騙、行搶，什麼都幹，吃了無數的苦頭。後來，我們偷到一大筆錢，再往南走，買夠了東西，在雷州一個山區躲避。」吳成吉繼續說。

「我們兩個在雷州山區與外界完全隔絕，終戰兩個月後才知道不必再躲了，於是設法來此看看能否碰到熟人。」陳正高補充。

聽完故事後，眾人像對待安然回家的失散親人那樣，爲兩位老同事安排鋪位，張羅吃食，並爭相告知此處的現況。這中間，好幾個人問起：「成吉和正高能不能上船？」「對呀！我沒想到這個，他們還是不是石原產業的人？還是隸屬日本軍部？」宏仁當下拉著玉仁去找松本威雄，請求將這兩位石原的舊屬列入登船名單，並事先想好幾句日語中最兇的罵人的話，萬一松本不肯，就要翻臉，甚至當場翻桌開打。

松本的反應出乎陳宏仁意料之外，不但一口答應，還說若再有此類舊屬出現，一律優先入冊。

宏仁和玉仁前腳才剛步出，織田一郎後腳即跨進事務所，對松本說：「林阿亮有再去查證，支那的檢察官確實已決定要來，但因事耽擱，說不定會延後一段時間，但不會延太久。請示部長，這樣酬勞要怎麼付？」

「等檢察官確定有來再付。」

「他說最好不要再給日圓，希望收到支那的錢。」

「你問他支那舊幣收不收？」

「好，我立刻去問。另外有一件事很奇怪，那天部長召集緊急會議，我去找岡本桑，岡本說前晚睡覺時生了病，沒來開會。我看他是真的生病，但又不像是著涼之類的病。」

「是呀，那樣一個猴子般生氣滿滿的人，怎麼突然生病了？我們找個時間過去探望。」

吳成吉和陳正高回來後，到處找黃榮華。有人說常在昌華村外的市集看到他，兩人便信步走去。

李玉仁那天也去市集，要採購送到台灣兵集中營的民生物資，不期而遇到黃榮華。玉仁見他身邊有個土著女人，沒問，榮華也沒介紹。榮華先開口：「聽說你們組了台灣同鄉會，我想參加，但怕被陳宏仁轟出來。」

「不會，絕對不會，宏仁只是脾氣壞了一點。」

「其實我哪有做什麼日本走狗的事，我只是認眞工作，是他們對我好。我沒奉承過他們。」

「我知道、我知道，台灣同鄉會非常歡迎你，也需要你。」

就在此時，榮華眼睛一亮，大叫：「咿！那不是成吉仔和正高嗎？」

李玉仁發覺這三個人的見面，可不是小事一樁。玉仁佇立一旁，越看越訝異，榮華竟然眼眶含淚，其他兩人說著說著都哭了出來。玉仁聽出他們講的是客家話，沒多久榮華叫身旁的女人上前介紹，奇怪那位土著女人也會說客家話。榮華看了玉仁一眼，改用日語向三人述說與她結識的因緣，三人聽了都不斷驚呼。榮華心想，趁此機會就一切公開了吧！正如伊藤桑說的：「啊不是啥米歹代誌。」

榮華「夫婦」把三人請回家。玉仁在路上發問：「你們有親戚關係嗎？」榮華回說：「我們三個人並非同鄉也非親戚，是來海南島前在台南受訓時才認識的。連同已過世的鬍鬚松，四人一路走來都相互照應，比親兄弟還要親。」

吳成吉接腔：「榮華哥是屏東人，正高來自苗栗，我是美濃人。」

「我係北部囝仔，台北滬尾街的人。」玉仁說：「苗栗、屏東我都有聽過，美濃就完全莫宰羊了。」

「我們美濃啊，是南部山區一個很大的客家聚落。」

陳正高隨後用日語告訴玉仁：「我們三人中，榮華的閩南話最流利，阿吉仔和我不是講得很好，但聽沒有問題，以後我們兩人若跟你一開口就是日語，請勿見怪。」玉仁連聲沒問題，也詳細介紹自己的身世和經歷，說完看了榮華身旁的女人一眼，繼續說：「我在滿洲工作時，也交了一個女朋友，是朝鮮人。我們已論及婚嫁，但因家母生病，我向台灣總督府申請的工作又准了，而她的父母堅決反對女兒遠嫁台灣，姻緣因此斷了。唉！一個非常合意的朝鮮女子。」

「在這裡你的學歷應該是最高的，奇怪！我以前怎麼沒注意到你。」吳成吉說。

「這不重要啦，我在這裡嘸蝦米路用。」

到了榮華家，又聊了一會兒，玉仁告訴他們：「吳振武的台灣兵集中營情況嚴重。國民政府似乎把他們當漢奸、當戰俘，提供的食物又被官兵從中剋扣。我擔心會有很多人餓死或病死。」

黃榮華聽了這些，從土牆邊五個大箱子中挑出一大袋日本藥品，說：「這是日本人送的，你拿去集中營，說不定用得上。」

「這是醫務室那些藥？」

「沒錯。松本部長派人送來的，說讓我開一間日本藥局。他們對我一片好意。」

李玉仁再開口要了一些瘀傷和止痛的藥，急著告辭離去，但被陳正高叫住。只見正高和成吉互望了一眼，成吉從口袋掏出一疊紙幣，要玉仁拿去買一些食品送過去。玉仁一看，是面額「拾圓」的關金券[1]，正滿臉狐疑，聽正高解釋：「我們一路逃命，只為了活下來，什麼都做了，你就不要追究這些關金券的來路了吧！」

「對了，」吳成吉問：「關金券在這裡的農村市集能用嗎？」

黃榮華答：「好用得很。」

「我在滿洲就拿到過，它原來是國民政府在海關課稅用的，後來成了流通貨幣。」李玉仁補了這幾句話後說：「我該走了，集中營那些台灣同胞眞要感謝三位呀。」

玉仁一面起身步出，一面聽到成吉說：「中國這個國家可能是戰亂太久了，去到哪裡都有盜匪，一群又一群，一般善良百姓眞苦呀！」

黃榮華接著向他的兩位兄弟提議：「我們去五指山那些客家農村買當歸來賣。我算過，如果數量大的話，可以賺很多錢。我們回台灣要多帶些錢才行！」

那天下午，松本威雄、小泉健二、織田一郎三人去探望岡本末五郎。他們尚未走到，遠遠就看見李玉仁從岡本的寢室走出來，往另一個方向匆匆離去。

松本等三人交換一下眼色，快速入內。岡本上衣尚未穿好，室內瀰漫著藥膏的氣味。岡本見已無法隱瞞，將始末和盤托出，說著說著哭了出來。

「你爲什麼要隱瞞呢？」松本問。

「我是聽了李玉仁的分析，決定呑下來。」

岡本把李玉仁的話一五一十轉述。

「哦！玉仁是這樣分析的！是他給你送藥來？」

1 中華民國政府在中國大陸時期海關收取關稅的一種專用貨幣。一九三一年中央銀行發行關金券後漸成通貨，初期一關金等於一美元，後來釘住法郎，一關金折合法郎二十元，並與法郎自由兌換，同時在市面廣泛流通。至一九四八年中央銀行發行金圓券，關金同時停止流通。

「嗨，他幫我上完藥後就離開了。」

松本等三人一面檢視岡本的傷處，各自尋思著。

織田先打破沉默：「如果部長同意，我們可以找出那兩個台灣人，祕密處決，誰都不會知道。」

松本從沉思中開口：「我們當然可以這樣做，但從李玉仁的說法中，隱藏了一個意圖未說出來：他想維護那兩個台灣人，免於受到報復。」

「部長的意思是，如果我們去祕密報復，好像是我們枉費了李玉仁的一片苦心？」小泉接腔。

松本苦笑一下，說：「我這樣想，是不是太顧慮李玉仁這個人了？」問了這句話後，又緊接著說：「以前我們在戰場上，這樣的顧慮是不必要的。」

小泉未再接腔，轉頭問岡本：「你意思呢？」

「雖然我很想去好好修理那兩個台灣人，但我認同部長的想法。」

11

播磨丸在十二月底已完全修復。每天都有許多人走到海邊，眺望這艘巨輪，甲板上用木材高高架起的梁柱和鋪板，簡直就像一棟蓋在海上的樓房。啊！回家的日子眞的近了，而且是乘坐大樓般穩當當的大船回家，每個人都這樣憧憬著。

就在播磨丸可以啓航時，檢察官來了，不過，不是來查軍火的。地區檢察官由中華民國經濟部、海南島榆林港務局的官員陪同，一行七、八人上門，找上松村副船長和松本部長。雙方談不到兩句話，茶水都還沒奉上，檢察官即單刀直入，宣布：「這艘大油輪停泊處爲中國海港，由中國政府合法管轄，在查核是否爲軍事用途之前應予以查扣，即日生效。」檢察官說完走人，走到門口又嚴森森丟下一句：「必要時本處將派員登船檢查。」

這消息就像強烈地震突如其來，把眾人都嚇壞了。已確定列入登船名單的六百多人和抱著一線希望的成千上萬台灣人，本來呼吸得好好的，個個都氣血鬱結起來。

台灣同鄉會的幹部天天聚在一起。陳宏仁一開始相當氣憤，但這股氣，像海岸邊激動的浪花，衝上沙灘之後很快就消沉了。那是日治時期一心所向的祖國政府所做的決定，「以後路要怎麼走，交給命運之神吧！」宏仁只吐出這麼一句沮喪的話，就沉默不語了。

李玉仁則在驚訝之餘，開始思索曾經念過的關於戰後《海事法》的國際案例。「這段時間我早該設想到這些了。」許多台灣同鄉來請他解惑，玉仁像老師在回答學生的問題，又像自言自語：

「播磨丸戰前屬日本，戰時中彈半沉，戰後由日本修復，即將載運已變成中華民國國民的台灣人回國，回去那已改屬中華民國的台灣。我無法看到投降與受降的相關協議文件，當然啦！國民政府來查扣播磨丸是合法的，接下來能否沒收呢？若能，這次爲何只是查扣？難道沒收尚須中日再行談判？」

不遠處的榆林港外，海浪一波推著一波過來，每一波出現都會發出聲響，沒人知道下一波是更大聲響的巨浪，還是平平滑過的泡沫微波。

三天後，又有一件事，不知會使情況變得更好還是更壞：中華民國經濟部和海南島礦務局的長官再度前來礦區，表明希望儘快恢復生產鐵礦，請求松本威雄留任一年，以協助中國的工作團隊。

松本沒有立即拒絕，回說：「讓我考慮一星期，我要與大阪的長官討論，並與家人商量。」此時駐日美軍對日本與外界聯絡的管制已逐漸解除，首先能通的是郵件、電報與電話。松本與大阪方面取得了聯繫，告以中方要求其留任一年的事。

松本的妻子反對，請求儘快回日本。

母親大人和妻子一樣，希望他儘早束裝走人。不過交談中，母親的一席話久久難以忘懷：「這一代的日本人受了太多爲天皇盡忠、殉死的教育。戰敗後，全日本都很迷惘，以前忠君的人生是否錯誤？不能不反省呀！現在全國學校正在重新編寫教材教案。日本人要重新找回做人的道理，自由考慮自己的人生，要善待自己的人生而活下去的。」

松本又找了石原產業大阪總部的長官們，才發現會社已經改組，他這個戰時派駐外地的主管，現在妾身未明。在尚未重新任命之前，會社無法給予任何意見。

最後，父親大人傳達了兩個重要的訊息：

——前幾天《朝日新聞》報導，到目前為止，全台灣共有七千兩百個日本官員、學者、教員、技術者應支那接收政府的要求留任，在原機關行號協助其營運。光在台灣就有那麼多，其他地方恐怕也不少。

——二戰結束後，支那又在打內戰。共產黨八路軍與國民政府蔣軍在搶奪政權。而蔣軍陣營網羅不少日本軍官在幕後協助，戰勝國與戰敗國的界線一下子模糊掉了。

「是否留任，你自己決定。若決定留，不必有心理負擔，你只是成千上萬留在支那的日本人之一。」父親如此告訴遠在海南島的兒子。

播磨丸所承載的巨大回鄉夢破碎之後，一股新的努力在海南島上的台灣人群中展開。一些較有積蓄的人想集資買船，希望能在農曆年前回到家。

這個消息從海南島北部的海口、石碌等礦山傳到南部礦區。陳宏仁聽到後跑去問鍾明亮，一堆人在旁邊，鍾明亮抓著頭髮，頭皮屑一直掉，想了許久才說：

「這裡會有什麼船可買？頂多找到幾十人坐的舢舨船。但那是近海漁夫用的，用它橫渡台灣海峽，太不可能，也太危險。」

經。

「不要說不可能，有人在漁村找船，是千眞萬確的事。」李敏捷接話，歪頭伸頸，卻一臉正經。

李玉仁則踱著方步搖頭：「在還沒有大輪船的時代，唐山人是用帆船橫渡這條大黑水溝的，最大的帆船據說可坐七、八十人。不過，台灣自古有『十去六死，三留一回頭』的諺語，大家別忘了！」

幾天後，他們碰到下船放風的松村副船長，詢以此事，松村以豐富的航行經驗回答：「台灣海峽的冬天吹東北季風，夏天吹西南季風。如果要冒險用舢舨船或帆船向北航行，最快要等春夏之際，西南季風開始吹的時候。」

松本威雄的一星期約定到了，海南島礦務局長上門，松本冷靜而直截了當地說：「我答應留任一年，條件是解除查扣播磨丸，讓它載運這裡的所有幹部和工員回鄉。」

國府官員回去向南京請示後，第二天再度上門，也開門見山：「我們高度肯定松本先生留任一年的決定，播磨丸將解除查扣，但必須繳納一千萬關金的關稅才能放行。」

松本知道關金是盯住法郎的，法郎在戰後已大幅貶值，國府的關金也跟著下貶。雖然如此，一千萬依然是一個巨大的數額啊！

該由誰來支付這筆巨款呢？松本在國府官員離開後思緒紊亂，心情沉重：「這簡直就是變相的贖金嘛！」

「不對，這是針對我們日本人而來，得趕緊把台灣同鄉會扶上檯面才行。」松本又想。

松本當天下午約集幹部開會，副船長松村、大副鈴木義夫、台灣同鄉會的陳宏仁和李玉仁也被通知與會。

當松本的開場報告提到一千萬關金時，陳宏仁赫然站起，臉色轉紅，眼睛圓瞪如鈴羊，像有一肚子的氣從齒縫擠射出來：「這是強盜土匪在需索贖金！」

「沒錯！他們先綁架了我們的船，再開出價碼。」鈴木大副接著說：「他們怎麼不想想，有那麼多台灣人要遣回呀！它不是一艘專載日本人的船！」

站著的陳宏仁被李玉仁拉著手坐下，又說：「是日本人把我們派遣來此，現在日本雖然戰敗，你們還是該負責把我們載回去吧？」

他這句話帶著情緒，緊接著又冒出一句，冒著火氣：「我們回不了家，每天挖空心思，到處碰壁，現在又碰到贖金的問題，不知要遷怒於中國還是日本！」

陳宏仁一番話，提醒了李玉仁。玉仁接著和氣發問：「松村副船長，播磨丸所屬的船舶會社，是否可能出面跟中國政府談判，壓低關稅？」

「這家會社後面是海軍，現在海軍已敗，會社將如何轉型還沒有個譜，它現在不可能有力量出面談判。」松村也是心平氣和回答。

「他們知道播磨丸的現況嗎？」

「應該已從海軍方面得知。我猜想，將來會社重組後，或許會將播磨丸當做中彈擊沉結案；就算駛回日本，大概也只能賣給拆船解體會社，不會再有營運價值。」

「不是說主體結構未遭破壞，引擎也完好？」

「沒錯，但被破壞的部分是克難修護的，只能用來載運人員回去一次，十分勉強，無法用來長期營運。」松村說話至此，瞄了陳宏仁一眼，長凸的下巴一現，說了一句溫暖的話：「日本確實是有道義責任要把大家載運回家，剛才見陳會長如此懊惱，我心中有歉意啊！」

松本威雄說話了：「我們來討論籌款的事吧！在田獨礦山交給支那人經營之前，我會想辦法變賣所有值錢的器械，所得全部交給台灣同鄉會。」頓了頓，又說：「我猜想支那人認定這是日本人的事，是日本船，所以才懲罰性地課以巨額關稅。今後所有籌款及遣返人員事宜，同鄉會站出來全權主導吧！我會在後面全力協助。我也跟松村一樣，對所有職工感到很抱歉。」

「問題是那個天文數字般的款項。」陳宏仁的怒目消失，口氣沮喪。

一直沒說話的伊藤隆次緩緩開口，問松村：「以播磨丸的現況，最多可搭載多少人？」

「從甲板上一直塞，塞滿三個樓層的大通鋪，約可容納五千多人，最多六千。」

伊藤轉向陳、李二人：「島上想搭這艘船回去的所有的台灣人約有多少？已關進集中營的台灣兵不列入計算。」

「初估約一萬人。」

「你們調查過？」伊藤對陳宏仁回答得如此迅速和肯定感到訝異。

「嗯，我們開了幾次會估算過。」

「太好了，請同鄉會訂個票價出來，要上船，先買票，日本人和台灣人一體對待，這樣大概可以籌出一半左右的『關稅』。我知道在此地的銀行凍結帳戶之前，大多數人領了現金放著。」

「眞是好主意。」在座多人稱許：「這是沒有辦法中的好辦法呀！」

「這辦法確實可行。」陳宏仁說完，又補上一句不太客氣的話：「我們本來是可以不必花這筆錢的。此地的台灣人都十分節省，希望帶些錢回鄉重新生活。」

散會後，松本和幹部閒聊，談到大家的妻子和孩子：「今年初幹部回國過年時，我們決定丈夫先回來，家眷在日本或台灣多留幾週。之後戰況急轉直下，空襲頻仍，家眷都無法回來。現在看起來，幸好我們做了這個決定，妻兒沒一起回來反而省事。」

陳、李二人離開事務所回工寮的路上，風很大，附近農家收割完的旱田，泥沙飛揚，兩人眯著眼睛疾行。行了一段路，沙塵少了，玉仁仰頭打個噴嚏，見半空中烏雲移動，像夜晚月光下翻騰的海濤，心中有個感慨，先開口：「伊藤桑今天想出賣船票的辦法，眞是幫了大忙。」

「嘸免阿內感謝日本仔，」陳宏仁接著練起華語：「不知道誰幫了誰！你想想，在這裡台灣人多還是日本人多？台灣人買船票多，就是對籌款貢獻較大。這個時候，日本人要靠台灣人啦，是不是？」

「所以呢？」

「所以播磨丸若能順利開航，日本人要感謝台灣人。」

快走到工寮時，玉仁請宏仁停一下，把黃榮華有「家室」在此的來龍去脈告訴他。

「有這款歹誌！眞正稀奇，講出來沒人要相信。」陳宏仁說。

李玉仁繼續說，黃榮華、吳成吉、陳正高三人是客家人，現在一起在做當歸的買賣。「我們不要再對榮華懷抱敵意，接納他，多一個朋友，多一點助力。還有，成吉和正高的閩南話不是很輪轉，有時一直說日語，不要怪他們。」

陳宏仁點點頭：「謝謝你的提醒。我自己還不是一直日台語混著說。」

晚上臨睡前，宏仁又有記事。他在記事本裡寫的是：

祖國政府再度令吾不快、不悅。

面對國民政府需索，宜與日本長官合作。

權宜措施是也，實乃不得已爲之也。

12

陳宏仁次日天未亮就醒來，想到自己今後責任重大，無法再睡回去。昨天，松本威雄公開表示，台灣同鄉會應該站出來全權主導播磨丸的事。這跟上次去中國軍營拜訪時的做法如出一轍。松本這個人，能在幕前也可在幕後。以前吉田先生講幕府時代的歷史時，強調的「應變的智慧」應該就是如此吧。

陳宏仁非常討厭日本人，但感到自己越來越不討厭松本威雄了。「松本大我十幾廿歲，閱歷比我豐富得多。他像學校的先生。台灣人很少討厭日本先生的。」漸漸的，宏仁開始試著用華語想事情。

隨後想到李玉仁，想起昨天下午玉仁提醒的話。這個人眞是個好夥伴呀！突然，一個念頭閃過腦際，要儘快去黃榮華的家看一看，應該登門拜訪，爲上次打架事件賠個不是。「他的表弟鬍鬚松死了，我不殺伯仁，伯仁因我而死。」宏仁胡思亂想著：「他會不會見面就給我一拳？」

吃早餐時，宏仁把這個念頭告訴玉仁，請玉仁幫忙看榮華什麼時間方便。

第二天，陳宏仁、李玉仁，另外找了蔡墩土，在約定的時間帶禮物登門。黃榮華也約了吳成吉、陳正高在家等候。客人到達後先一起到鬍鬚松的墓前致意，墓是榮華修的，墓碑上寫著「台灣屛東」。眾人上香時，突見宏仁跪下，口中唸唸有詞，沒人聽出說些什麼，站起身時用手撥了了下頭髮，抹一把臉，眼眶紅紅。

回到榮華家，女主人黎秀琴已準備了一些茶水點心，抱著孩子笑容可鞠招呼著。孩子偶爾會從母親懷抱中掙脫，歪歪斜斜坐在地上。宏仁仔細端詳，長得像榮華，手長腳長，一樣的五官輪廓。榮華眞的在此播了種，眞不簡單呀！眼見榮華已經「有某擱有猴」[1]，突然濃烈地想念起秀媛。

李玉仁將松本威雄召集開會的情形告訴三人。榮華聽到是伊藤桑的主意，眼睛一亮，說：「伊藤桑是智多星，他提議的辦法總是很有效。」

陳宏仁接話，無可奈何的語氣：「我去找過國民黨海南島黨部主委，表示現在播磨丸已由台灣同鄉會主導，請求降低關稅，得到的答覆是：『已轉達經濟部。』但沒半點回音。」

李玉仁又說：「台灣同鄉會還跟集中營裡的吳振武等人聯名寫陳情書，分寄南京和台北的行政長官，信已寄出一個月；吳振武本人也投書台灣各報社和人民團體，都還沒有結果。」

依目前的情勢，每人付費買船票已勢所難免，但不足的部分該如何籌措？海南島沒有台籍富商可以募款，沒有任何銀行、錢莊或政府單位會貸款給他們。李玉仁的心頭像是被一整座的田獨鐵礦山壓著。

鬱悶中，李玉仁想起，那天也是在這間茅屋，吳成吉和陳正高拿出一疊關金券時欲語還休，沒說出來路。

於是玉仁小心翼翼地提出疑問，成吉才緩緩說了出來：「我爸爸是一個鑰匙匠，我也是。我們父子每天各騎一輛腳踏車載著工具箱在市街喊著：『打鑰匙哦』『要換鑰匙的來哦』。這次和正高一路逃兵的七、八個月中，爲了活下去，我用家傳的開鑰匙技術，做了好幾次賊，還在一個有錢人家偷出很多關金。」

「說出來眞見笑，他開鎖，我負責把風。」陳正高補充，靦腆在臉上。

陳宏仁聽了這些，站起來，揚眉，低聲：「我們用這個方法在此地弄一些關金如何？」

無人應聲。陳宏仁繼續：「如果我們能去銀行或錢莊搬它幾袋的關金出來，那問題就解決了。」

此時，李玉仁望了望正在跟孩子玩耍的黎秀琴，朝黃榮華說：「這些話請勿翻譯給秀琴知道，宏仁只是隨便說說，怕傳到市集惹出禍端。」

玉仁的提醒雖有點見外，但榮華還是點了點頭，眼睛空茫茫看著窗外遠方。榮華想起小時候在屏東鄉下，每天當大哥榮富的跟屁蟲。有一年過年，全家和母親去三山國王廟拜拜，大哥趁人不注意從滿滿是錢的油香箱裡摸出兩張紙幣。榮華第二天對大哥說：「我有看到。」大哥嚴厲告誡不許告訴任何人。

又有一次，對面張家阿伯和日本警察打架，轟動全村。張家比較窮。大哥從自家米缸倒出半袋米，綁好，上面寫了一張字條：「打日本警察，有膽，我們支持你，無名氏贈。」然後偷偷從張家窗戶放入。傍晚母親回來，大聲驚呼有人來偷米。此事大哥也叮囑不能說，他也至今未說。

來海南島後，沒想到被人叫去當了「種馬」，約好一定要守密。守了兩年多的祕密，連瑞松、成吉、正高這三個好兄弟都沒說。

榮華心中藏著許多大大小小的祕密。「玉仁大概不知道，我是全世界最能守祕密的人。緊守

1 台語，「有妻又有子」的意思。

著祕密一直不說，有時候是很辛苦的事。」榮華想著想著，聽到大夥說要回工寮，才趕緊起身和秀琴一起送客。

回工寮的路上，一群海鷗在附近盤旋，偶爾傳出幾聲鳴叫，聽起來像失怙嬰孩的哭聲。陳宏仁和李玉仁都在心中想著同一件事。玉仁盼望有奇蹟出現，不必走上這條路。打家劫舍，被抓到就是死路。

沒多久，一個奇蹟出現：吳振武那邊獲得回音，國民政府已決定在農曆過年前派出三艘鐵殼船到海南島接回台灣兵，只限軍人和軍眷。李玉仁因而專程跑了一趟吳振武那邊，得到的訊息卻是：軍人和軍眷能否全部擠上都成問題，在產業界工作的台灣人，上得了那三艘鐵殼船的機會是零。

同鄉會諸君本來猶豫徬徨的心堅定了起來，他們決定鋌而走險，只是還不知道該從何處著手。

一天，洪敏雄一面煮開水準備下麵條，一面感嘆：「我那年如果選擇當志願兵而不是來當礦工，現在也可以坐鐵殼船回去了，眞是命運弄人呀！」

李敏捷在鍋邊幫忙，一抬頭就看到洪敏雄那經常顫動的黑眼珠，像一隻驚慌的小白兔的眼神，常使李敏捷想作弄他，唱唱反調：「你怎麼知道不是被派去南洋某處成了砲灰？」

「只要沒戰死，進了集中營就安啦。我聽說別處的台灣人是坐美軍運輸艦回台灣的。」洪敏雄停下工作，顫動的眼珠子快速轉動著。

陳宏仁此時正和李玉仁設計船票的樣式，轉個頭，說：「敏雄說到命運，眞是神奇呀！你們知道我家是幹什麼的？我父親開酒家，兩個哥哥混黑社會。家裡只我一人是怪胎，能念書，考上醫學院，以爲會出個名醫，如今，我可能要在這裡作奸犯科，同樣是黑社會幹的事。」

洪敏雄和陳宏仁的一番話，像傳染病似地讓吳成吉也感傷了起來。這半年多來，成了逃兵，和陳正高一起從粵北流浪到粵南，豬狗一樣過日子。少年時憧憬軍人生涯，不喜歡沿街叫賣「打鑰匙」，對日本軍官配著長刀，皮靴發亮，吆喝下屬像布袋戲中呼風喚雨的神明，內心羨慕不已。記得那年是昭和十六年，成吉剛滿廿歲，碰到日本陸軍要徵集志願兵。瞞著父母送出了志願書，沒多久通知考試，筆試及格，體檢合格，志向即將如願，高興得不得了，忍不住偷偷告訴弟妹，沒想到當晚吃飯時父母就知道了，父親拍桌怒罵，母親夾在丈夫和兒子之間流眼淚。

三天後要口試。出發前一刻，在派出所當「小使」[2]的小舅舅來家裡，說要陪成吉去應試。小舅舅是母親的么弟，只長他六歲，從小玩在一起，曾多次帶他去高雄堀江看戲。兩人走著走著沒說什麼話，一直到剩兩、三步就到達試場時，小舅舅開口：「阿吉呀！阿舅告訴你一件事，是你阿母叫我做的事。你知道你阿母是我家大姊，我從小不敢不聽她的話。」

成吉一向和這個舅舅沒大沒小，聽出小舅舅語氣不如往常，不耐煩地催促：「到底什麼事，趕緊說呀？」

「我偷偷在你的警察紀錄上動了手腳，把發霉的米糠裝進白米布袋，這樣你懂嗎？」

「爲什麼？」

2 日語，意指工友，爲日本早期在學校、公司各機關從事雜務的人員。

「這樣一來，你就有了酗酒打架的紀錄。等一下口試官會問你，你要承認，你可能不會被錄取。如果你否認，派出所一定會查出是我做的手腳，阿舅可能會一條命被打成半條，還要去坐牢。」

成吉一時呆在原地，不知如何是好。小舅舅說完也默然站在他面前，不知該再說什麼才好。

僵持了幾分鐘後，試場內的憲兵呼叫：「下一個，吳成吉！」成吉連忙走進去。眼前出現了兩名口試官，都是衣著莊嚴的憲兵軍官，配著長刀，皮靴擦得好亮。一人先問：「吳成吉，你眞的想當兵？爲什麼？」

成吉熟練背出了課本上讀過的句子：「一國之國民，若國家不敢將槍枝交給他，是恥辱。」

問話的憲兵軍官眼睛發亮，說：「好，這個，很好。」

另一位口試官皺起眉頭細讀資料，用嚴厲的口氣問：「依據你家鄉派出所的警察紀錄，你經常喝酒打架鬧事，是眞的嗎？」

成吉僵著，沒有回答。這是有生以來最難決定的事，像拿到錯的鑰匙，插入了鎖孔，轉左不對，轉右也不對。他倔強地低著頭，下不了決定，直到耳際響起一聲吆喝：

「快回答！是？還是不是？」

「是，我承認。」成吉終於這樣回答。

「回去！大日本帝國不要這種志願兵。」

吳成吉走出試場，小舅舅一臉焦慮地問：「怎麼樣？你怎樣回答？」成吉沒回答，一路上也沒說話，心裡決定再也不和這個舅舅說話。

接下來的日子，成吉照常隨父親上街幫人打鑰匙、賣鑰匙。直到三個月後，在報紙上看到石原產業在海南島招募「技術補」的廣告，偷偷去報考，又考上了。

這次不是去當兵，是去一個日本大會社「吃頭路」，全家歡天喜地。小舅舅送成吉去府城參加勤前軍訓時，買了三粒台南肉粽，兩人分食光光。結訓後，父母親、舅舅們、弟妹們送行到高雄港，成吉登上船，船已經滑行了許久，他們還沒走。

吳成吉在感傷時，總是說不出話。這段過去，有大半是陳正高幫成吉說的。「我們一起逃亡時，聽他說了好幾遍。」

沒人察覺傳染病傳到了陳宏仁身上。陳正高還在那邊嘴角全是泡沫，宏仁突然問：「阿吉仔、正高，你們當初從廣東逃亡回來，走哪一條路？坐什麼車？有沒有搭船？」

「幹嘛問這些？」

「我要去廣州一趟。」

「你起笑啦！[3]」

「是，我起笑啦，我一定要去。」宏仁說完這句話，哭了出來。在座每一個人都知道，「先生娘」被送去廣州支援，現在終戰已有多時，一直沒消沒息。

陳宏仁曾經對列星會成員說過，自己的心肝是用田獨礦山的鐵鑄成的，大家確實沒見他哭過，而現在，這個鋼心鐵腸的男子漢竟傷心成如此。

此時，洪敏雄和李敏捷已經煮好麵條，李玉仁想驅走工寮裡的傳染病，拿起筷子敲了幾下鉛碗，呼喊：「拿碗筷，拿碗筷，吃飯了，吃飯了。」

3 台語，意指發瘋。

13

接下來幾天，吳成吉和陳正高一搭一檔開始作案。兩人感覺責任特別重大，關係到成千上萬的同胞能否回家。同鄉會同仁分頭挑選像樣的人家，在外面徘徊觀察幾天，才由吳、高兩人撬開門進去。

李玉仁每次看著這一高一矮的身影出門「工作」，總是心疼不已，也萬分擔心，眞怕兩人失風被捕。這個陳正高，高瘦帥氣，一身的誠懇善良，臉孔總是白裡透紅，看起來將來一定是個好命人；吳成吉較矮小，臉色黑黑乾乾，床頭放了好幾本日文小說和雜誌，沒事就抱著書看。這樣的人，怎麼在幹著竊賊的事呢？

「老天爺有庇佑我們，都平安進去，平安退場，可惜收穫不大。」一天上午，吳成吉將一些大鈔小鈔交給陳宏仁和李玉仁，補上一句：「海南島這裡的人家，都是窮的多。」

「全中國都是窮人，財富都集中在極少數的大戶身上。」玉仁接著說。

「戰亂停了，中國會富強起來的。」這是宏仁有機會必說的話。

戰亂完全停了，國民政府在海南島成立特別行政區，開始接管這個海島。國府的觸鬚，逐漸伸進昌華和昌黎兩個村的市集，也逐漸發現一個特殊的人群——自願或被迫跟隨日本軍到此的台灣人，那些聚在一起講起話來老愛夾雜日本話的鬼子走狗。

「你怎麼認定這些台灣人與最近的竊盜案有關？他們都窮得沒飯吃嗎？我得到的訊息並非如此。」在一次綜合會報上，警務處科長一口咬定有台灣人因失業窮困而淪爲竊賊，但工商處副處長提出質疑。

「副處長所說沒錯。昌華、昌黎兩村的台灣人剛剛領了一筆日本石原產業的薪水，而且他們個人儲存在本地銀行和軍郵局的錢，最近不斷被提領。」另一位財政局的官員說。

「他們都在等船回台灣，等得太久了，目前又都沒有工作，難保不會去作奸犯科。」

「我倒是知道有不少台灣人在昌華和昌黎做起了生意，搞出一些台式的商店。」

「他們搞些什麼？」

「譬如說，有家店叫『當歸之家』，由黃榮華、吳成吉、陳正高合夥，黃某及其黎民妻子出面經營；有一家號稱是『鴨蛋王』，負責人叫曾通保、陳國棟，他們糾集台灣來的鐵路技工，收購鴨蛋，在當地人製作鹹蛋的泥土中加入粗糠，縮短工期，增加鮮度；還有一個人叫林清和，台灣來的裁縫師父，最近改行做魚乾批發，向本地漁民契約訂購，靠著量大，壓低買價卻未提高賣價……」

「這些也沒什麼特別，上海、溫州、杭州、廈門很多這類商家。」

「有一家副處長您一定沒聽過，它自稱『蚱蜢大王』，老闆名叫林阿亮。糾集本地人用蚊帳編織成大網，在玉米田和旱糯田捕捉蚱蜢，多時一捉十幾個大桶，每天就在市集當街油炸，大火熱油，活蹦亂跳的蚱蜢，即炸即起，然後大聲邀請路人試吃，那香酥的氣味，滿街飄香，開賣當天人潮居然塞滿整條馬路。」

「眞有那麼熱門？聽你講得如此有氣有味的，改天我們也去弄點來吃。此物我小時候餓飯時，曾經用火烤來吃過，炸的不知味道如何？」

「好了，此事不必多花時間議論。」主持會報的主任祕書說話了：「此案，請大家注意兩點：一、最近竊案頻傳，是否與此地台灣人有關，仍應密切查實，勿枉勿縱；二、所謂台式商店，若皆爲原有產業之改良，有益無害，讓他們大搞無妨，不過應嚴查有無日本鬼子介入經營或暗中插股，若有，立即上報，研商如何對付。」

另一方面，台灣同鄉會賣船票的工作已然展開，石原產業偷賣一些資產得來的錢也已進帳。李玉仁被推舉組成一個財務小組，集中所有的錢，在一家由舊式錢莊模仿日本銀行改制而成的中國農民銀行開戶存著。

吳成吉和陳正高陪同玉仁存錢時，特別記下銀行房舍的每一道門戶和內部擺置。「搶銀行比較快」，這是許多同鄉會成員在聚會時都說過的話，一句隨口而出，不必負責，也未必眞能做到的話。

之後一整個上午，這三人加上陳宏仁和蔡墩土，開始討論搶劫銀行的計畫，但一時還無法做出決定。

那天下午四、五點間，松本威雄一個人信步走到工寮，找到宏仁和玉仁，約兩人一起去海灘散步。這種情況是終戰前未曾有過的事。陳、李兩人只是來自殖民地的最低階工員，過去看松本部長，好像在仰望月曆上的富士山，高雅，卻遙遠。

三人併肩走著，多數時候是松本走在中間，陳、李二人一左一右，有時爲了閃避窪地或碰到轉彎處，松本會慢兩步再追上，追上時自然走在旁邊，不刻意居中。他們走了一段路才到海邊，一路上沒什麼尊卑，大體上平起平坐了。這些日子多次在一起討論事情，也已不那麼陌生。

榆林是個天然港，有一座小山當屛風，風景相當秀麗。李玉仁一到就感慨：「每次到這裡，就會非常想家，走在這片鵝黃色的沙灘上，我聞到了家鄉漁港的味道。」松本則說：「這裡的海，味道比日本家鄉的海腥了一點，野味較重。」三人隨意交談，大海也轟隆轟隆發出聲響，沙灘上的泡沫時起時滅。松本轉變話題：「你們兩人現在責任重了，事情一定會越來越繁雜。雖然『贖金』還沒完全有著落，但直覺告訴我，播磨丸終將載運大家回去。」

松本繼續像家常閒聊般說話：「我昨晚沒睡好，心中一直在想，如果現在我是台灣同鄉會的領導人，我該怎麼做？首先，我會建立一個核心的工作團隊，各種專長的人都有；這個團隊要像章魚那樣，每一隻手腳都伸展得很好。」

松本見兩人沒答腔，只是用心聽著，又說：「然後每天要列一個待辦事項的清單，今天要完成哪些事，明天又該做哪些事，分別由誰去做。每天晚上核心團隊碰個頭，交換意見，有礙難處，由領導者做出決定，第二天再分頭去努力。

「這是我當年升中尉時回學校再受訓，在一門叫做『領導力』的課程中學到的。糾集一群人去做一件複雜的事，要這樣才能完成。」松本說至此，輕拍一下玉仁的肩頭，問：「支那有一句話叫『倚老賣老』；我剛才說那些話，可以用上這句嗎？」

李玉仁一時不知如何答話，只說：「你這句『倚老賣老』的華語，發音很標準。方才的指導，對我們很有價值，我心中充滿感激。」

松本又朝宏仁說：「我很奇怪，你在台灣書念得很好，爲何沒學支那的話？」宏仁以少有的溫和語氣回答：「我從小被送去外公家養大。他是漢醫，從福建來的。他行醫和日常生活都說閩南話，也完全用閩南話教我唸漢字。我一直以爲那就是華話，長大了才知道另有普通話。不過，我能閱讀漢文，看得懂外公家大部分的漢文書。」松本輕輕「哦」了一聲，宏仁又說：「我現在常跟李桑玉仁練講，能講很多了。」

此時紅紅的夕陽已將接觸到海平面，十分耀眼。陳宏仁接著說了尋求國民政府協助的各種白費氣力的努力。「我們之中有人不得已去找一些有錢人家闖空門，當小偷，想多弄一些錢，你聽了會驚訝嗎？」

松本眼睛發亮：「是嘛！眞令人驚訝！」

「還有更嚴重的，我們準備要搶銀行，正在仔細計畫。」陳宏仁又說。

松本未說話，只是停下腳步張大眼睛盯著兩人。

李玉仁略歪一下頭，問道：「我想請問松本桑，你聽了這些，是否認爲不妥？」

松本哈哈一笑，用力大口呼吸，然後說：「別忘了我是軍人出身，成長於殘酷的戰場。你們受困於此，如此絕望，又如此堅決要脫困；而且不只是爲了自己，是爲了成千上萬的人，也包括我們日本人……」玉仁想插話，松本左手微微抬起，提高聲量：「不過，我不會參與，也不會協助你們做那些事。」

陳宏仁右手扶了一下滑落的髮絲，也稍稍提高聲量：「我們原無意要你參與，也不期待你在這方面協助我們。」

玉仁忙拉宏仁的手，示意不可衝動。

「我有責任協助你們。」松本說。李玉仁感覺他的眼睛裡帶有一種不易讀懂的意思，似笑非笑，有點認眞又不全然是，猜不出他現在心中在盤算什麼。

停了幾秒鐘，松本又補充了幾句：「你們兩人，一個勇毅，一個縝密，眞是絕配呀！我多麼希望你們順利、成功！一定會的。」

此時天色漸暗，三人不約而同往來路走去。

沒走幾步路，三人同時看到伊藤隆次和黃榮華從海灘的另一頭也準備離去。松本第一次看到榮華身旁有女人，還抱著孩子，不由得會心一笑，努力想看清那女人的臉，但看不清楚。

回到工寮後，宏仁沒有急著去吃飯。他躺在床上看著天花板發呆，不久，掏出那個小筆記本，趴著寫字：

阿公常云：五行相生相剋。

眼前情勢，祖國似與吾相剋，日本狗長官竟與吾相生乎？

背負台灣同胞返鄉重責，允宜趨利而行，不應侷於成見。阿公當能諒吾。

14

舊曆過年前，海南島榆林地區警務會議上，一件特別的村民打架案被提出，因爲此案牽涉到了一名台商林阿亮。

報告人是昌華派出所主管。報告指出，林阿亮在昌華、昌黎兩村市集裡搭了一個帳篷，經營一種奇怪的生意。帳篷裡一片漆黑，坐著三個妙齡女郎，帳篷外雇用一名男子招徠客人。客人進入帳篷可花一元關金買一根火柴棒，擦亮一根後看到的是穿西式三角褲和胸罩的女子，但只能觀賞火柴棒燒到手指頭前約兩秒的時間，火柴熄了就看不見了；若還想看，可再花一元關金買第二根火柴棒，再進入帳篷，擦亮火柴後，可看到一個半露的乳房；若還想看，再花一元，就能再多兩秒的時間看兩個半露的乳房。

語畢全場都笑了出來。報告人述說至此停住，主持會議的警察副分局長徐立問：「就這樣？第四根火柴棒看到什麼部位？」

「沒有，一個人最多只能買三根火柴棒。」

「那爲何打架？」

「有人偷帶火柴進去，點燃一根又一根，外面看門的進去制止，因而打了起來。」

「眞是的！台商賺錢，榆林本地人倒打起架來。生意好嗎？」

「還不錯。它以台灣來的美女爲號召，一天總有十幾個人進去。這幾天過年放假，肯定更多人上門。」

「什麼台灣來的美女！到底是哪來的？」

「眞的是台灣來的。是日本人經營的慰安所裡的慰安婦。慰安所奉令解散後，其中三名台灣來的被林阿亮招募，幹起這門新行業。」

「這個林阿亮可眞會掙錢！就是號稱『蚱蜢大王』的那個？」

「正是。我們已約談過這人，並做了筆錄。林阿亮是日本石原產業工員，台灣台南人，家中經營旅社，來此已有三年。」

「他會跟台灣同鄉會那些人一起回台灣嗎？」

「會。」

徐副分局長轉頭問工商課長：「此種營業方式算村民攤販？還是須營業登記的？」

「對了，」派出所主管補充報告：「做筆錄時，林阿亮說，這種行業在台灣的台南公園、嘉義公園、屏東公園內，每逢商展或節慶時都會有。以前的日本政府並不取締，但商展過後就要收攤，有時星期天也容許擺設。」

「什麼叫商展？」副局長再次詢問工商課長。

「我也不知，應該就是市集的意思。」工商課長說：「如果只是節慶或市集時湊個熱鬧，可不必辦理營業登記。」

「算傷風敗俗嗎？」

「可算可不算，在邊緣上。」派出所主管回答：「聽說在台灣，不管買幾根火柴棒，裡面的女郎都內衣褲穿戴整齊。第二根露半個乳房，第三根又露多一點，那是林阿亮在此地發明的。」

「好了，此案討論到此，讓林阿亮繼續幹，幹到他們上船走人。不過，賺了錢要付出一點代價。」

「我明白了。」

村民打架一事不了了之。林阿亮被叫去做筆錄後，越想越不對，找了一個警察牽線，和派出所主管談妥：這檔生意，與派出所六四分帳，派出所拿四成。

從此，雙方成了事業夥伴。警察換了便服，常來協助防止再有糾紛發生。

過年期間，林阿亮的蚱蜢生意紅紅火火，帳篷內也財源不絕。與派出所員警的交往日漸密切後，經常被員警問起三名慰安婦的事。阿亮不厭其煩一次又一次地回答：

「哦！說強迫也對。不過準確的說，應該是利誘加上欺騙。自從戰爭開打，台灣各鄉鎮役所的職員會奉命下鄉勸導——針對那些子女多、生計困難的家庭，役所官員上門慫恿，一方面騙說只是去戰場當服務生，為軍人縫補衣服或做其他軍營雜務，另一方面提供優渥待遇，每月一百五十至兩百元，三分之二寄至家裡，其餘的在戰區由本人親自領取。許多慰安婦是出於愛家之心才自我犧牲的。她們出發前未必完全清楚當慰安婦是要做什麼。

「哦！你是想知道那三個慰安婦的底細嗎？個子比較高，看起來最漂亮的叫洪金珠，家住嘉義，是福佬人；稍矮一點，圓臉的是客家人，高雄鄉下來的，叫邱菊妹；另一個皮膚黑黑眼睛大大的是山地姑娘，台東卑南族，她的名字我不會唸，她家有改日本姓名，叫敏子。」

過了元宵後的一天傍晚，兩名換了便服的員警要求林阿亮安排帳篷內的女子陪宿，一人指名要洪金珠，另一人指定邱菊妹。林阿亮去問洪、邱兩女，被拒絕了：「戰爭結束了，慰安婦的生涯如一場惡夢也該結束了。我們要回家鄉好好重新開始。」

林阿亮去向員警們陪笑臉道歉，沒想到兩人大為惱怒，大聲說：「我們會付錢的，又不是白嫖。」其中一人打算入內用強迫的，阿亮繼續大聲陪不是，三名女子聞聲，從後頭掀開帳篷溜之大吉。

阿亮知道哪裡可以找到她們，那是他的「蚱蜢工房」後方的一間破舊農舍。當晚，一男三女圍著一張桌子談話，大多使用日語。

「已經在慰安所做了那麼幾年，也不差今晚這麼一次兩次，妳們為什麼要拒絕呢？台灣人講『三八假賢慧』，莫非就是這樣。」林阿亮只想打開話題，沒有責怪的語氣。

「不是故意要假淑女，不知道為什麼，就是不想做了。」洪金珠答腔。

「你們這些臭男人什麼都不懂！我們細妹仔一旦決心不幹那種事了，就是眞淑女，可不是什麼假淑女。」邱菊妹說話一急，便會冒出幾句客家話。

一直無精打采坐在旁邊的敏子，大眼睛突然變亮，接著說：「菊妹這句話講得眞好。從今以後，我發誓，沒有感覺的，沒有情感的，我絕不再做。」

洪金珠突然眼眶一紅，低聲啜泣。

「珠姐，妳哭什麼？」

「這幾年，做了太多那種事，替自己感到難過。」

「好了、好了，不談這些了。」

林阿亮在此三年多，平均每兩週光顧一次慰安所，滿足於去做那種不帶情感的愛。現在，聽了幾名女子的一席話，心中有一點慚愧，一些領悟。那貓一樣靈敏的眼睛輕輕闔上半秒鐘，感到自己今晚似乎長了一點見識，從來不知道也沒想過是這樣的。

四人接著討論未來的路該怎麼走。帳篷內的生意不想再做了，三個女人要求去「蚱蜢工房」幫忙，打點零工。林阿亮同意。

之後敏子突發奇想：「我們三個女人明天開始剪短髮，穿男裝，這樣子才不會有麻煩。」洪、邱兩女先是一陣錯愕，後來越想越對。

林阿亮讓「他們」繼續暫住這間農舍，約好今後對外說是日本人招募來的農業技術員，等著坐播磨丸回家。

事有湊巧，洪金珠等三人決定女扮男裝的當天傍晚，她們住的農舍就已不能住人了。前幾天三人就已聞到一股臭味，不濃。直到這天，臭味已無法忍受。敏子最先懷疑屋內有蛇，她透過夕陽餘光在窗邊看到蛇爬行的痕跡，順著痕跡發現兩條大蟒蛇，身軀大約檳榔樹幹大小，兩條交纏在一起，占滿了整個床底下。

三人輕手輕腳拿了衣物，戴好帽子，到前面工房找林阿亮。此地慰安婦多爲當地女子，被解散後，有的回家，有的另謀生計去了。遠從台灣來的這三女，幸好碰到林阿亮，否則天地之大，將無容身之處。

林阿亮第一個想到的是石原產業的日本幹部宿舍，那裡有空房間。林阿亮去找了織田一郎，失望而歸，因爲已由國府接管官員住下。接著去找了黃榮華，黃家還有一個小房間，「三個大男人？那絕對容不下。」榮華斷然拒絕：「石原的台灣工員工寮還有一些空位不是嗎？」

情。

奔波兩處之後，天已全黑，林阿亮走向工寮，見陳宏仁和李玉仁在門口談話，上前告以詳

陳宏仁先表態：「她們來這裡住我不反對，但整個工寮一定大亂；裡面全是男人，十有八九去過慰安所，一定有人還認得。」

「她們已女扮男裝，完全變了樣，就跟男的一模一樣。玉仁大兄，你怎麼說？」

李玉仁想了許久才說：「第一、同是台灣人，我們不收容她們，誰能收容；第二、『今後不再做慰安婦了，就是眞淑女，不是假淑女。』我對這句話肅然起敬，我們做男人的要尊重她們，幫助她們；第三、叫她們扮男裝扮得徹底一點，完全不露痕跡就不會天下大亂，洗澡吃飯都沒問題，睡覺的鋪位移到最旁邊，阿亮和我也睡過去，當她們的屏障。」

陳宏仁聽完，直點頭：「你說得眞好，就這麼辦！」

李玉仁補充：「還有，第四、除了我們三人，別讓第四人知道她們的眞實身分。」

於是三女住進了男生宿舍，幾天下來，倒也相安無事。

有一天晚上，天氣燠熱，陳宏仁泡製一種青草花茶請大家喝。菊妹喝多了，半夜起床尿尿，回床時好奇地看了看這個工寮大床鋪上熟睡中的五十多個大男人。他們都只穿一條內褲睡覺，大多仰睡，生殖器都勃起著。透著窗外射進的月光，看得清清楚楚，有如一個個撐起的迷你小帳篷，蔚為奇觀。菊妹原本以為對男人的那回事已看得夠多了，但直到今晚，她才知道男人熟睡時，生殖器都是勃起的。

躺回床上時，她側躺著，不經意地看到李玉仁和敏子睡得很靠近，大腿幾乎相疊在一起；但

兩人熟睡的身軀和表情是如此的自然、無邪，像她台灣的家屋前那棵老榕樹，大樹幹與小樹幹互相纏繞一般的自然。玉仁臉上還帶了些微想哭的表情，是在做一個不愉快的夢嗎？菊妹想著，阿亮說玉仁很有學問，什麼都知道；這幾天還發現這人心地特別好，有機會時或許可以偷偷請教，回台灣後要如何重新過一個正常女孩的生活，找一個好男人來嫁……

菊妹滿懷心事，想著想著再度進入夢鄉。

15

跟松本威雄去海灘散步後，陳宏仁、李玉仁、吳成吉、陳正高及其他幹部再次討論，決定採用夜間偷竊的方式，目標選定中國南方銀行。成吉和正高兩人已去勘察兩次，畫了地形圖，如何進入作案，如何在外接應，討論了再討論。

時機也正好，已近舊曆年關，可能現鈔較多。

就在行動前兩天，小泉健二、織田一郎和山本清鈴來訪，同鄉會的幹部們都在。工寮裡那間簡易廚房和餐廳變得有點擁擠。

小泉不多客套，直接說出來意：「我們也是要搭播磨丸回去的人，有責任協助解決『贖金』的問題。現在有個大好機會。大家還記得不久前持槍擄走會計係主任的支那士兵嗎？我們事後追蹤調查許久，發現這群人是士兵也是土匪，不斷作案，累積了大批財物。那些錢財就放在昌黎村一處農宅，左鄰右舍住的都是這些人，沒在軍營出勤時，那裡就是賊窩。」

小泉說完環視眾人的臉，昂首甩起滑落的頭髮，放低音量，繼續說：「前幾天，我們探知他們要在舊曆年前分贓後逃兵，那些錢必被移走。我們今天來，是想約你們前去搶奪，黑吃黑，但要有格鬥的準備，成功的機會很大。」

陳宏仁告以準備偷銀行的計畫，小泉等三人沒附和，未置可否。李玉仁注意到三名日本人並沒有吃驚的表情。玉仁和宏仁交換了一下眼神，問道：「松本部長知道『黑吃黑』這個計畫嗎？」小泉立刻回答：「他是要留任的人，我們不讓他知道，也不讓他參與。我們自己來幹。」

李玉仁想起昨天在海灘時，松本最後所講的話和那看不懂的眼神和表情。同鄉會的同仁開始七嘴八舌地比較兩條路。事態其實已然很清楚了：摸黑進入銀行後能有多少收穫是未知數，萬一事跡敗露是死刑；而「賊窩案」，東西就在那裡，幹一票可能就夠，更重要的是，它不像是作奸犯科，反而帶有一點除暴安良的意味，又有日本護衛隊協助。

小泉感覺眾人會同意這個新方案，與大光頭織田互看了一眼。織田刻意戴上一頂斗笠，在門外前後左右繞了一圈，察看有無外人偷聽，回座時見山本清鈴已談及執行細節：「我們做這件事，要事先仔細規畫並訓練，然後黑夜偷襲，快進快出，盡量不出聲的完成任務。我想，你們和我們各挑五個身手矯健的人，明天我來帶領，做幾天格鬥訓練，然後全體演練。另外再各選五人，伏在外頭做接應。這是我的初步構想。」

陳宏仁問：「要十個人一起進入？」

「我已完成勘察，支那士兵中有十至八人分睡三間農舍，兩人站衛兵。我們分三組，一起進去，一人制伏一人。」山本答。

一時全場寂靜，無人接話，李玉仁閉目想了許久，說：「此事萬一失敗，讓中國人知道是台灣人和日本人聯手幹的，那不只我們會死在這裡，還怕會引發大規模的報復。剛才山本桑說盡量不出聲的完成任務，未必能百分之百做到，因此，我建議出任務時，大家要蒙面，萬一要開口，不能說半句日本話或台灣話，一律說華話，讓人相信作案的是中國人，否則會有極大的麻煩。」

「講得好！我們在規畫此案時也想到這些，尤其是玉仁帶有東北口音的華話一定要派上用場。」小泉接腔。

在座台灣青年聽出這是一場要把對方全部殺光的「任務」。難道自己這方就不會有人被殺死？想及此，好幾個人的臉上浮現一絲怯意，室內空氣頓時凝重起來。

織田了解這些台灣青年都是善良百姓，只受過短期勤前軍訓即被派遣來此，因而尚須再鼓舞打氣：「那些支那兵也都不是科班軍人，容易對付；而且我們是半夜突襲，他們在睡夢中必定來不及反應。」

織田說完，三位日本人隨即告辭，宏仁和玉仁送至門口。還是大白天的，室內卻一片凝重，而屋外豔陽高照，映入眾人眼簾的，是一片光明的天空。

接下來，台灣同鄉會要推出五至十位有膽量又能說華語的人，竟費上大半天。李玉仁已被點名「一定要派上用場」，當然率先表態上陣，陳宏仁和陳正高沒多作猶豫，也自告奮勇上陣，剩下會說華語的洪敏雄和陳國棟內心掙扎許久，一夜未眠，翌日上午才下定決心。其餘五人是華語只能說十句不到的李敏捷、吳成吉、蔡墩土、廖清和、林和生。

等山本清鈴再來，把李玉仁等人領去練武場時，每個人都碰到此生從未有過的巨大衝擊。那不只是格鬥訓練，而是不折不扣的殺人訓練。山本清鈴是武術家，另外三位擔任助教的護衛隊成員均為海軍陸戰隊出身。這些日本人教導台灣青年們，如何走路無聲，刀子從何處割喉或刺入什麼部位，對方便會立即斃命；除刀子外，每人配發一枝備用短槍，要學會如何迅速開槍，手臂如何使力才能瞄準。在不斷反覆教導和示範的過程中，日本教練們不斷強調「狠不下心殺人，任務便無法成功」「讓任何一個敵人活命，便會後患無窮」「對敵人不夠殘忍，便是對自己殘忍」。

山本發現看起來最斯文的李玉仁，反而是這些台灣青年中軍訓最扎實的一位。經探詢，原來玉仁在滿洲國任官前受過大同學院的職前訓練，山本知道那是日本關東軍在背後掌控的嚴酷訓練課程。

受訓期間，陳正高經常想起母親過年過節殺雞宰鴨的畫面。母親總會先叫父親或他把菜刀磨利，然後抓起一隻雞，用左手拇指和食指捏住雞頭，相準頸下一個部位，將該處的頸毛先拔乾淨，然後口唸：「阿彌陀佛向上天，無事無故不殺生。」，接著用右手拿刀切開，讓鮮紅的雞血流在事先準備好盛有白糯米的大盤子裡，如此切完一隻，再換一隻，全部殺完，大約可裝滿三大盤的血米，然後便將所有流乾了血，腳還在輕微掙扎的雞鴨丟入煮滿開水的大鍋內，略燙一下便拿起，呼叫大家來幫忙拔毛。過年過節期間，家家戶戶除了雞肉鴨肉之外，另有美味的雞血糕或鴨血糕可吃。在拜拜時，那些雞鴨血糕，連同豬血糕，有時也是會被奉上神桌的。

突擊隊員個人訓練完畢後，開始進行全體演練。演練在夜間實況操作，陳宏仁從一開始每天都到模擬現場，被賦予指揮官的角色，用轉瞬出現的手電筒閃光指揮眾人進退。吳成吉的開鎖技能也受到重用，是第二個上場的人物。

「原來人生到處都是你死我活的戰場呀！當年沒被徵去南洋，沒想到在這裡還是要打仗。」有一天在演練休息時，陳國棟好像突然開竅了，低聲發表高論。

宏仁聽了回說：「起碼我們是爲自己而戰，不再是爲了別的國家的天皇而戰。」

演練的最後一天，小泉特別告訴玉仁一個情報：「三亞集中營那些台灣兵已經上了鐵殼船，剛剛出發。我知道你最關心這件事。」玉仁慨然回答：「啊！他們的戰鬥已經結束，而我們的才剛要開始。」

這段日子陳正高注意到洪敏雄的黑眼珠特別顛搖，像待宰的雞鴨般的眼神。正高知道敏雄也是信上帝的，「出任務」的前一刻鐘，拉著敏雄到無人之處禱告，十分認眞虔誠的禱告。正高告訴敏雄：「我每次跟吳成吉作案，一定都先禱告。」禱告後果然有奇蹟，正高感覺敏雄的眼珠子穩定了許多。

那天過了半夜一點鐘，大地玄黑，沒半點風，眾人分批到了現場。依照事前的演練，先由兩名日本人悄悄上前，把守衛在外的兩條黑影撂倒。李玉仁等五人在約廿公尺處透著星光隱約看到兩個日本人突然掩上，一個勾臂按嘴，橫向一劃；另一個李玉仁認出是山本清鈴，也是勾臂按嘴，只一個抖動，支那士兵即已頭歪腳軟倒地不起。開幕式約兩秒鐘不到，未作聲響，大家信心大增。

吳成吉隨後摸黑上門。他身形矮壯，行動卻快捷如黑豹，約半分鐘又悄然回來，說那是從裡面用橫木閂起的門，開鎖技術用不上，但可輕輕推開窗戶爬入，已依演訓時所教，吹進了迷魂藥粉。

十個突擊隊員不敢有任何猶豫，立刻上陣。

輕聲進入後，發現屋內只睡了四個士兵，都熟睡著，快速殺死後，從裡頭開門，並以手電筒閃光向外打信號；另一批人由陳宏仁帶隊進入，找到三個木箱、四個蔴袋，暗夜中伸手一摸，全是紙鈔和硬幣。「赫！這卡箱仔眞正有重。」李敏捷一人扛不動，心中正想招呼幫手，廖清和快手快腳前來合抬。

搬錢時，蔡墩土在黑暗中驚覺床上有一人正在吃力地翻身，還來不及思考，便看見宏仁和織田分別在四人的喉嚨與心臟部位多補了一刀。透著月色，織田是刀起刀落如切菜，宏仁則眼睛圓凸，動作也毫不猶豫。「哇，宏仁眞殺，眞猛，竟不亞於阿本仔織田！」蔡墩土一面在心裡感慨，一面將一只蔴袋獨力背起。

依事先的規畫，此時突擊隊分出陳國棟和李敏捷協助搬錢，剩下的八人兵分兩路，向左右兩間農舍掩去。四個日本人負責左方，其他的向右側突擊。陳宏仁則重回掌管總信號發布的暗處。

一道「幾伊！幾伊！」的聲音自不遠處響起，陳宏仁一驚，豎耳再聽，是鳥叫聲，像台灣的夜鷹，又不太像，無暇辨認，注意力緊盯著左右兩處新「戰場」。約兩分鐘後，左方農舍有一道黑影自前門爬出，帶著低微的呻吟聲，幾乎同時，宏仁看到一人追出，從背部補上一刀，呻吟停止。那名「兇手」的影子快速滑移回農舍，像在台北艋舺看過的黑白默劇裡的打鬥場面。不久，左方農舍向宏仁閃了一次手電筒，表示任務已完成；宏仁回以兩個極短暫的閃光，表示撤退。

但右方農舍情況不妙，發出格鬥的聲響。雖然只傳出了一、兩聲，但宏仁還是緊張得腳指頭重重緊緊的在布鞋裡拱起，右手緊抓著手電筒，左手下意識地撥了一下頭髮，銳利的眼睛在黑暗中像貓頭鷹似的盯著看，簡直是度秒如年。五、六分鐘後，才傳出李玉仁用華語呼喊：「有兩個從後面圳溝爬走，去追！快追！」

那「幾伊！幾伊！」夜行鳥的叫聲同時響了好幾次，好像牠們知道了什麼，來湊熱鬧似的。從後面圳溝旁追過去的是高個子的陳正高，還沒追上就看到一個蒙面人在與兩人格鬥。正高無法辨識蒙面人是誰，跑近後，一名中國士兵已被殺死在地，另一人則負傷逃走。顯然是己方的蒙面人見陳正高走近，竟未打招呼就快步奔離。正不知如何是好，看見宏仁發出的手電筒信號，便立即依原定路線返回。

大地漆黑，沒半點風。陳正高喘著氣回到聚會的廚房兼餐廳時，所有同伴都安在，陳宏仁交代不點燈，摸黑善後，手腳輕聲洗淨，各自休息。

「任務」應該已經成功了，雖然比最後一次的演練還慢了一刻鐘完成。陳正高的心臟還在咚咚跳打，黑暗中似乎也隱隱聽到其他人心臟狂跳的聲音。「感謝主！感謝上帝！」正高在心中默唸著。

李玉仁躡手躡腳巡視工寮內外，四周只聞蛙鳴蟲唧，屋內眾人酣睡如常。玉仁輕輕上床，輕輕躺下。他還有一個機密任務，是和林阿亮一起擔任三位扮男裝女子的肉牆。

在床上躺了一會兒，李玉仁又輕輕坐起，看了看躺在不遠處的洪敏雄和陳正高。心想兩人一定也難以入睡吧。剛才作案時，敏雄和正高都猶豫、遲疑，是他在兩人旁邊先示範性地殺下第一刀，他們才敢下手。而一旦下了手，「敵方」已斃，敏雄似乎看到血就會失控，竟發狂連砍數刀，還不自主地喊叫出聲，無法停止。幸好玉仁在旁制止，及時將敏雄拉著，一起撤退。

玉仁翻來又覆去，無法入睡，旁邊的林阿亮兀自打著鼾。今晚只殺了一個人。這次「作業」原本就是規畫一人收拾一人，快進快出的。但即使只殺一人，也是殺人。「我李玉仁怎麼也會殺人呢？一個讀過那麼多書的人，一個想要以幫助弱勢者爲終生職志的人，今晚竟然殺了人，還在敏雄和正高面前示範，好像當殺人教官似的。」

玉仁再翻了一個身，細細想著這件「大事」。

每個人心中先有了一個想要的東西，爲了得到它，日本人做了仔細的規畫，蒐集情報，勘察現場，然後培訓、演練。這一連串的工作把殺人也含括了進去，啊！是工作，是任務，殺人只是達成目標、完成工作的過程中的一部分，就像挑拔了魚刺，就能吃完魚，殺了人才能完成任務。

啊！是這樣的，軍人是這樣在戰場上殘忍起來的，人類是這樣在戰爭中把殘忍變成美德的。

玉仁再翻了一個身，決定不再多想，努力入睡。沒幾分鐘，感覺有人從床上起身，站在窗前，點亮一盞小煤油燈，坐起一看，見宏仁正從口袋拿出一個小本子要寫字。玉仁輕輕下床，走近，感覺宏仁沒有不讓他看的意思，於是探頭，哈！原來宏仁也有感觸：

> 今夜，如軍隊行事。余總綰信號，進退有節。
> 吾等台灣同胞與日本人平分任務，毫不遜色，允宜一記。
> 然日本人事前之指點、計畫與演練，應記一大功也。

宏仁寫下這三行，用油紙包好，放回口袋。兩人不約而同轉身，走向屋外。

已是下半夜，屋外好涼，眉毛和鼻尖感覺有霧露，四周蛙鳴大作，壓過了鳥叫蟲唧。兩人走著走著，玉仁把剛才在床上所想的說給宏仁聽，宏仁淡淡回應：「有那麼多人等著回台灣，所以要拔掉魚刺。此事動機正當，目標明確，我從不在這麼簡單的道理上想一些有的沒有的。」

「那麼你爲什麼睡不著，起來寫一些有的沒有的？」

「我是因爲身心都還處於工作狀態，一時放鬆不下來。此外，我突然很掛念秀媛，心肝吊在那邊。」

四周似在起霧，夜涼有水，是清晨的水氣。兩人又多走了一會兒才進屋。

第二天，作案現場擠滿了人。憲兵和警察封鎖全村。同鄉會的人混在人群中看熱鬧。有個像包打聽的村民說，一共有十一具屍體，其身分全是外地人，而且全都是阿兵哥。

人群中還能聽到各式各樣的談論：

「軍人不是都住在軍營嗎？怎麼會來住農村？」

「聽說兇手都是職業殺手，幾乎全部都是一刀刺在致命處。」

「有一名士兵逃出，說殺手有很多人，是一個小部隊，操的是東北口音。」

「會不會是國共內戰已經打到海南島來了？」

在人群中，陳正高和李敏捷看到了小泉健二和織田一郎，陳國棟則看到黃榮華和吳成吉站在一起。

人群逐漸散去之後，成吉一起回榮華的家，一路上將這件凶案實情全盤托出，並請榮華務必守密。榮華停下腳步，驚嚇得雙目圓睜，呆了許久才說：「這是比天還大的祕密，我一定會緊守……」

同鄉會諸人從昌黎村凶案現場看完「熱鬧」，走回工寮時，還未走到，看到一輛軍用吉普車駛抵工寮，停住。眾人的神經像橡皮筋被突然拉長，心頭一緊一跳，都想：「完了，案子爆開了，這回死定了。」

眾人不約而同地停下腳步，低頭蹲下，不敢呼大氣。李玉仁飛快想著逃亡走避的路線。只幾秒間，吉普車中走下一個士兵，敲門高喊：「陳宏仁先生，會長陳宏仁在嗎？」

陳宏仁和洪敏雄、陳正高留守工寮清點財物。沒多久，見宏仁出來，敏雄和正高在窗邊觀看。那名士兵交給他一包東西，宏仁低頭看完，跳起來大叫：「太好了！太好了！找到阿媛了，阿媛要回來了！多謝呀！真多謝！」

伏在外面的人，心裡那條拉得緊緊的橡皮筋頓時放鬆下來，呼出一大口氣，但還是不敢站起來。他們看到敏雄和正高衝出來，宏仁還在那裡手舞足蹈，好久才想起該向那個阿兵哥再道個謝。

等到吉普車噗噗噗離去後，大夥一擁而上。宏仁手中拿著兩封信，說一封可以公開，另一封不可以。

可以公開的，是軍部王中校和黨部薛書記的便箋：

台灣同鄉會陳會長宏仁先生　大鑒

所託協尋貴會護士謝秀媛和曾紀美一事，已有結果。此二人戰後與所有女性軍屬人員被收容於廣州第三集中營，即將遣返日本。經廣州市黨部人員徵詢二女意願，只謝女一人決定不去日本，要前來本島。已安排舟車，約三天可抵達。途中有往來兩地的傳令兵為伴，安全無虞。

幸不負所託，耑此順頌

會務興隆

王國柱

薛平

中華民國三十五年一月十八日

不可公開的信，被幾個人硬從宏仁口袋裡掏出，半推半就的讓眾人看了：

阿仁　收信平安

我們來廣州後，起先爲日本傷兵服務，只兩個月，日本就戰敗了，於是被送去幫助中國傷兵。軍營裡滿滿的傷殘者，醫護人員不夠，我們忙得沒暝沒日。日本兵和中國兵一樣是人，一時間說他們是敵軍，一時間說是祖國的兵，我們只是小小的醫護，哪懂那些！

阿仁，我沒暝沒日地想你，有時忙累了，靠在牆壁休息，一直幻想你也被送來這裡，我們便可以在一起。

あなたに会えない日は、たとえ忙しくともむなしい感じがします。（看不到你的日子，我即使忙碌也感到空虛。）

這個月我住進了集中營，等待遣返日本的船，但我的心在海南島。我其實很不喜歡那個海島，只是因爲你在那裡。盼望最快時間看到你。

媛

昭和二十一年一月十二日

又：那裡濕熱，蚊蟲兇，注意身體，多喝水。

那天下午，陳宏仁說自己沒法集中心思清點搶來的錢財，請玉仁主持。宏仁在欣喜中陶然踱著方步時，不經意看到林阿亮朝石原產業日本幹部宿舍，而非市集的方向走去。

16

作案後第三天，劫來的財物已初步處理妥當，陳宏仁和李玉仁去找松本威雄，碰巧松本正和伊藤隆次、岡本末五郎等人在做「宮城遙拜」。陳宏仁用台話輕聲損了一句：「今嘛也擱有蝦米好遙拜的。」

松本見兩人來，起身問候，表情有點尷尬。坐定後松本一直沒問起「偷銀行」的事，好像已忘記了。倒是李玉仁主動提起昌黎村的集體屠殺案，松本看了兩人一眼，一臉冷靜，像政論家一般的口吻說：「支那在戰時『抓伕』甚多，部隊裡好梨爛梨放在一簍……」

「有一句華語可以學起來，是『良莠不齊』。」玉仁打岔，慣有的體貼周到口吻。

「嘸免阿內雞婆啦！」宏仁轉向玉仁低聲說。

松本輕唸了一遍「良莠不齊」，繼續發表：「所以，支那很多軍士官兵設法搞到一批錢就逃兵回鄉。昌黎村的死者可能是這類的士兵。不過這只是我個人的猜測。」

松本刻意不看玉仁，盯著宏仁繼續說：「聽說是支那北方來的軍人做的，我也只是聽說而已。」

李玉仁將話題轉到播磨丸上，也用同樣冷靜的口氣告訴松本：「我們原先與吳振武中尉合作，在台灣募得一筆錢。現在國府派了鐵殼船將他們載回台灣去了，那筆錢可全部由我們同鄉會運用，再加上賣船票的錢，已足夠支付『關稅』。」

「啊！太恭喜你們了，眞爲大家高興。」松本邊說邊笑。

大夥接著互相道賀。台灣人可以回家，日本人也可以回家了。

松本邀請大家去餐廳吃早餐，順便討論今後怎麼做。未等眾人坐定，松本先說：「我為這一天的到來，思考了許久。從現在開始，台灣同鄉會和松村俊幸的團隊，是兩個主體。對松村今後應改稱船長，負責航行事宜；同鄉會負責所有乘客的管理，以及糧食、油料等的籌措，兩方分工合作，互相幫忙又互不干涉。這樣的原則不知大家是否同意？」

在座沒人異議。伊藤隆次詢問「關稅」怎麼繳，松本表示：「張松吉已發電報給南京經濟部，一週內應會派專車來。同鄉會準備交錢贖船吧！」

李玉仁心中一動：「我們才剛剛告訴他有錢了，怎麼他就已經叫張松吉發了電報？」

伊藤再問：「用誰的名義向支那政府辦手續？」

「法理上，由松村桑以船長名義辦理即可，但爲了避免國府繼續對日本人施以懲罰性的需索，以台灣同鄉會的名義辦手續較妥。」這回是李玉仁回答。

「好主意。」松本說：「事實上，支那經濟部現在是視播磨丸爲戰利品，而不只是查扣。」

「我們還有些事，可請張松吉幫忙嗎？」

「什麼事？」

「到最後，上船的人數會非常多，播磨丸將是一艘超大型的難民船，在它航行經過香港時，我想向紅十字會或聯合國救難總署尋求援助。」

「閣下的思慮眞周到呀！」松本說：「支那派來的主管及其接收團隊，春節收假後將全部到任，請在此之前盡量善用張松吉。」

陳、李二人告辭時，松本又說：「這應該是我最後一次管這件事，以後請同鄉會直接與松村船長協商吧！」

松村此時也站起來，緩步靠近玉仁，長而凸的下巴幾乎快要碰觸到玉仁，微笑著問：「你說人數會非常多，會有多少？」

「恐怕會超過你所說的六千上限。」玉仁回答，眼中閃過一絲不安。

陳、李二人滿懷愉快回到住處，尚未走進即聽到一陣悲愴的哭喊聲：「殺人，殺人，殺人，殺死人，我不要，我不要」「從喉嚨重重地切下去，血噴得我滿面、滿身體」「我要怎麼辦呀！回家不要告訴我阿母呀！」……之後是一陣狂笑，讓人聽了極不舒服的笑聲。

是洪敏雄。陳宏仁衝上前一看，洪敏雄全身臭味，屎尿在褲內。他瘋了。陳正高在身旁撫慰他，聽到敏雄用日語和閩南話哭喊時，就讓他喊出來；偶爾也喊出華語，得立即摀住他的嘴，或抱住他，將他的頭臉抱在自己懷中。李玉仁見狀趕緊上前幫忙，陳宏仁愣了一下，想起玉仁說過，黃榮華家有大批日本藥材，於是飛奔向昌華村市集。

不久，這兩個曾經打過多次架的大男人——宏仁和榮華合力抬著一大箱藥材回來。宏仁從中挑了一樣有鎮靜作用的藥，幾個人合力讓敏雄服下。

宏仁翻箱找藥的幾分鐘，聽到敏雄斷斷續續、句子不完整、但嗓音高昂圓潤地唱著一條歌。這歌曾在父親的酒家聽過，但想不起歌名：

台灣去乎日本占領是可憐代　老匀的乎管著的攏會知

日本仔巡查非常歹　見人要拍及要Sai
騎車若是無點火　去給日本仔看著拍到要做狗爬
日本仔號做四腳仔狗　若乎咬著血水就加流
看著咧來就相爭走

敏雄唱到此又放聲嚎了起來，並用頭去撞牆壁。宏仁先是會心一笑，接著也有想哭的衝動。宏仁在腦中試著再搜尋歌名，想不出來，只想起客人唱這首歌時，會有人出去看看有無警察大人，若無，會再起鬨：「擱來一個，再唱、再唱！」

敏雄服藥後不久就陷入昏睡，幾個人合力幫他擦屁股，換褲子，他渾然不覺。

那天晚上，織田一郎專程來探望洪敏雄，光頭，未戴斗笠。敏雄在睡覺。織田看看即走，告辭時低聲對宏仁說：「如果會因而洩露祕密，依戰場規則，請考慮用最嚴肅的方式來處理。」

宏仁知道織田的意思，並向玉仁轉述。兩人當下有了共識：不但要好好照護敏雄，而且要防範織田有什麼動作。

由於洪敏雄發了瘋病，台灣同鄉會的幹部群開了一次會，除了原先的編組外，另設一個醫療照護組，由還在火車上尚未抵達的「先生娘」謝秀媛任組長。黃榮華也將日本人送的藥品全部捐出。

在這次聚會中，洪敏雄起立向眾人深深鞠躬，賠失禮，連說：「感謝大家，感謝主。」然後像自語又像在解釋：「我不知道自己爲何會如此，那天晚上的『任務』雖已順利完成，但心中的驚恐一直無法消除，每次閉上眼睛就會浮現那血腥殘忍的景象。我不能理解也不能原諒自己參與了那件事。」敏雄講這些話時，眾人都注意到那還在不停顛搖、旋轉的眼球。

陳宏仁想要岔開敏雄的思緒，改口問：「你知道你那天唱了一首歌嗎？」

「好像有，我好像是在唱徐牧師教我的抗日歌。」

「沒想到你歌唱得那麼好。」

「我家在新竹街市開柑仔店，往左走附近有一座觀音寺，右邊的轉角處是基督教堂。母親經常帶弟弟妹妹去佛寺拜佛，我卻從小被教堂合唱團的歌聲和鋼琴吸引，每個禮拜日都上教堂，有時不是禮拜日也去。牧師娘教我彈鋼琴，徐牧師教我唱歌，他會唱好幾百條歌。」

陳宏仁依照軍部傳令兵估算的時間前往火車站，手上拿著兩個飯糰、一顆鹹蛋、一小包魚乾和兩人以前一起配製的青草花茶一壺。等了兩個多小時，終於在人潮洶湧的車站月台，接到了謝秀媛。

秀媛向身旁兩個阿兵哥親切告別後，走向宏仁。

在那麼多人的地方，兩人只能互相看著對方，站著把對方從頭到腳細細看著。直到兩人不斷被周遭人潮推撞，宏仁才想到該接下她肩膀上和手上重重的行李。

「妳沒什麼變，只是頭髮長了很多。」

「你瘦了，瘦了很多，這裡日子過得那麼辛苦嗎？」

「被人煎煎炒炒，每日攏沒一時ㄟ凍閒，以後再跟妳詳細說。妳在車上有東西吃嗎？我帶了食物和妳愛喝的青草花茶。」

「餓著，一直沒吃。」

秀媛原想邊走邊吃，但見火車站前廊地上坐了許多人，兩人於是席地坐下。

「妳從廣州來，又是車，又是船，一定眞辛苦。」宏仁先開口。

秀媛剛吃了幾口，回說：「眞正是艱苦。」然後用日語低聲問：「私のことを想ってくれていますか？（你有想我嗎？）」

「我每天剝開目睭就想著妳。」

「我只有在合眼休息時能想你。我剝開目睭就看到血，聽到哀叫，都是傷兵。」

秀媛說完，見四周許多海南島人光著腳坐著聊天，好不愜意。她說這雙鞋子太緊，脫下來輕鬆一下，宏仁心有靈犀也脫下布鞋，兩人的腳碰在一起。宏仁主動和她雙腳勾纏廝摩，秀媛沒有拒絕，只是隨手拿一件外套遮著。這是兩人少有的肌膚相親，秀媛心中湧起一絲甜蜜，泛在臉上，在那圓圓潤潤像開展的向日葵似的臉頰上。

吃完了一個飯糰，秀媛又問：「你在這裡，每天還是吃石原產業的伙食？」

「石原停工了，工員餐室也移交出去了，各工寮的伙食自行打理。」

「都是大男生，誰煮？」

「排表輪班，自己採買自己煮。」

陳宏仁接著將播磨丸的來龍去脈，以及這幾個月的經歷的事告訴她，連在昌黎村「作案」的事也說了。秀媛驚駭不已，不斷驚呼，又不敢放聲。「我沒法跟妳通信，要不然我會勸妳先從廣州回日本，再回台灣。」

「我只是想儘快跟你相會合。」

秀媛吃完東西後和宏仁慢慢走回工寮。走到無人處，兩人牽手，十指緊緊相扣；看到有人，趕緊鬆手，跟以前兩人在晚上出來散步時那樣。宏仁是不願如此，但秀媛堅持，因爲此地的夫妻一起出門時，通常是丈夫走前面，妻子在後面跟著，從沒看過手牽手走在一起的情侶。

兩人回到工寮已是下午兩點多，裡面沒人。宏仁主動把她擁入懷裡。兩人半年多前私訂終身時，在醫務室旁邊的椰子樹下，宏仁就是這樣緊緊抱著她，吻她。這是他所能做的最親密的示愛方式。他們沒有自己的房間，在室外耽擱稍久，又有蚊蟲蛇蠍出沒。

此刻也不容許他們擁吻太久，秀媛先聽到聲響，接著宏仁也聽到了。

那是黃榮華、黎秀琴及幼子小玉柱，還有陳正高和吳成吉。陳宏仁事先和他們約好，來帶秀媛去榮華家暫住。田獨礦山已由國府接收，原醫務室已有人占用；工寮內是男人的天下，沒有女性住宿的空間。

幾個人當中只有榮華見過秀媛，其他都需要一一認識。介紹到秀琴母子時，眞費了不少口舌，秀媛又一次連連驚呼。

秀媛很快喜歡上秀琴。她喜歡秀琴那種純樸親切中帶有積極任事，以及堅強中不帶半點精明的神情。「這像阮台灣婦女的氣質，阮在宜蘭頭城的阿母、阿嬸、阿姑攏係這款ㄟ人。」

秀媛很遺憾兩人言語不通，只能用眼神、表情和肢體動作，表達對她的好感。

秀媛想起去年來海南島之前，從台北回宜蘭，家裡沒有人贊同她的決定。她不斷安慰家人說那只是輪調，三個月就回來。沒想到一來就七、八個月，回去時還要帶個男朋友給親友認識。

晚上，同鄉會幹部群聚榮華家。秀琴準備的食物中有三樣是台灣人沒吃過的：一個是特別香甜的米飯，每人吃完一碗後都搶著添第二碗，一大鍋飯很快就見底了。那不就是常見的半糙半白的尋常米飯嗎？問女主人爲何有如此好味道？秀琴賣起關子，只是憨憨笑著。眾人轉頭問榮華，榮華說已答應太太要守密，無可奉告。後來是秀媛一再翻看，再扒一口細細咀嚼，說：「似乎有椰子香味，難道還有一種米叫做椰子米？」

秀媛點出椰香之後，秀琴透過榮華說出，她煮這鍋飯，完全沒用水，是椰子水煮成的。

餐桌上還擺放著十幾根竹筒飯，榮華說那是秀琴的獨門料理。使用當地的旱糯米、切丁的野芋頭、野豬肉片，與香料混合炒過之後塞進竹筒蒸爛。眾人一嚐，都不斷說「好吃好吃」，但吃完一根後，沒人再去拿第二根。

秀琴感覺出竹筒飯不是那麼討喜，像魔術師表演完上半場，發現台下沒人鼓掌，於是靜靜地走去屋後，抬出十幾粒灰黑黑橢圓形的東西，沒人知道那是什麼食物。榮華一一切開，哇！是烤的南瓜。大家嚐過之後都大爲驚喜，連聲稱讚。在台灣吃過烤番薯和烤玉米，沒想到烤南瓜居然是如此美味！有烤番薯的鬆軟，卻更多汁，香氣與清甜也完全不一樣。

在眾人鬧哄哄之際，成吉和正高分別出去多採買了一些小菜，帶了幾瓶當地的糯米酒回來。洪敏雄在半醉半醒中唱了好幾條歌，秀琴和秀媛也唱歌跳舞，大家十分高興。玉仁在吵嚷中說：「好久沒這樣歡笑。秀媛是福神，是她帶來的。」

玉仁說到「福神」一詞時，好幾個人一起仔細端詳秀媛：圓圓的臉，圓圓的眼睛，圓圓的鼻子，雙頰豐潤，略一低頭，便見雙下巴。玉仁接著說：「我岳母也是雙下巴，名醫的家後，人人叫她『先生娘』。」

大家對她品頭論足，秀媛有點害羞，轉頭見秀琴正背對著大家爲兒子哺乳，正好移轉話題，說：「榮華兄，我們宜蘭人是用青木瓜熬煮排骨給哺乳中的母親吃，奶水才多。」

「妳以爲這裡是台灣，到處都有排骨可買？」說這話的是阿土。

秀媛問：「不知道海南島山豬的排骨，效果是否一樣？」

沒人回答。榮華開口：「黎民的食物口味很重，青木瓜燉排骨那種清淡的味道，秀琴一定吃不下。不過，幸好她奶水充足，沒問題。」

「你們聽，榮華兄眞懂得體貼女人！」秀媛說完，稍稍放低聲音：「秀琴臀部大，又豐胸，我看還會再替你生幾個小孩。」

「榮華，加油，生個一打！」

接下來的話題，是剛回來的秀媛不甚關心，聽在耳中卻是滿新鮮的訊息：

「啊！榮華這趟來海南島是大賺啦！賺某賺子，當歸生意又做得強強滾。」

「此地台灣人中，榮華和正高、成吉這一掛現在算不算尙好野？」

「應該不算，林阿亮那邊才是第一。」

「兩家有眞正比過嗎？」

「係嘸啦，不過我看這裡沒人賺錢會比林阿亮厲害。」

蔡墩土帶著一組人負責播磨丸船票販售登記的工作，進行得熱鬧滾滾。在大家歡喜準備返鄉的氣氛中，另有一個喜訊傳出。黃榮華已決定帶著黎秀琴和兒子黃玉柱上船回台灣，而其「岳丈」——那位黎民長老的條件是：「你必須和我女兒辦個婚禮，正式結了婚才放行。」長老同意黃榮華用台式而非黎民的傳統婚禮來舉行。

在同鄉會正要籌辦黃榮華的婚禮時，蔡墩土來報告：「有一群非屬石原產業的日本人要來買票，是否要准？」李玉仁出面處理，略一交談，得知是朝鮮人，有廿三人之多。

他們是滿洲國滿鐵株式會社的技工，被招募來這裡參加鐵路建設。爲首的叫崔益三，畢業於哈爾濱鐵道學院，也在新京大同學院受過訓，比李玉仁晚兩期。廿三個人日語都很流利，但只有崔益三講滿洲話，也就是後來的北京話。

「你們是朝鮮什麼地方的人？」李玉仁問。

「我們全是新義州人。」

「啊！那麼巧，我在滿洲國時有個女友也是新義州人，名叫李賢玉。她也在滿洲國上班。每逢假日，我們從上班的地方坐車去安東，下車後走過鴨綠江上的鐵橋就是新義州了。」

「是認眞交往的對象，還是那種一時喜歡的？」

「哦，不但是眞心戀愛的，還論及婚嫁。冬天，我們常在假日牽著手踏冰過橋，由她帶路去向農家買泡菜、買高麗蔘，總是滿載而歸。夏日，兩人常一起去看農民耕作，有時幫忙踩水車，她會唱起高麗情歌來。」李玉仁話匣子一打開，便停不下來：「但是，她的父母反對我們繼續交往。後來回新義州時，都只李賢玉一人回家，我必須在外面遠遠的地方等候大半天。我曾經動念慫恿她私奔台灣，但我在台灣的母親居然也強烈反對。母親還叫妹妹寫信來，說：『同樣姓李，要結婚？台灣社會不容許，你阿爸絕不會同意！』我急函解釋：『朝鮮人的李姓，和我們台灣人的李姓，十萬八千里的遠，絕無血緣關係，敬請放心。』不久母親又叫妹妹來信，說：『此李非彼李，阿母知道了，原來她竟是朝鮮人。異族婚姻眞的不好，阿母就是一個例子。平埔族和漢族的文化差異，使阿母不快樂，你自己不是不知道。』後來……」

李玉仁正口沫橫飛向這群朝鮮人聊著滿洲經歷，崔益三打斷他：「這艘播磨丸是你們台灣同鄉會的嗎？」

「不是，是日本人的。」

「我以爲戰後它已經交在中國人手上了，不然，怎麼會是由台灣人在經營管理？」

「我們同鄉會的經管也只是權宜性質。我還不清楚播磨丸現在到底歸誰所有。國府現在還是站在台灣同鄉會對立的一方呢！南京經濟部要課一千萬關金的關稅才准播磨丸啓航，這就是我們賣船票籌款的原因。」

「我們朝鮮人能買票嗎？」

「原則上不可以，因爲它是台灣同鄉會千辛萬苦籌資而成，應讓台灣同鄉優先上船，有空位再考慮其他人。」

「謝謝你的說明，很高興在這裡認識一個對滿洲那麼了解的人，過幾天我再來看看。請問何時開船？」

「我們有個台灣同鄉要在此結婚，婚禮過後即準備啓航。」

17

台灣同鄉會挑了一個輕鬆愉快的場所，討論如何辦理黃榮華的婚禮。

開會那天下午，大家相約去海邊玩。每個人都打赤膊穿短褲出門。等戲水、游泳玩累了，李玉仁才提議討論婚禮事宜。眾人圍坐沙灘，偶有小蟹爬過腳邊。海的潮音帶著欣喜的韻律，夕陽在西邊海面上，映得每個人臉帶桃花，臂膀紅紅亮亮。黃榮華表示想請松本威雄擔任男方主婚人，伊藤隆次當「媒人公」，喜宴時要請伊藤桑出來介紹新郎。眾人尊重榮華的意見。會中並完成分組，第一組負責婚禮前各項活動；第二組統籌婚禮當天所有事宜；第三組負責收禮和善後。秀媛和宏仁同在第二組，秀媛十分慶幸能趕上這個盛會。

第二次集會在榮華家裡，同鄉會幹部都到了。大家決定將婚禮訂在三月十日，三月九日深夜拜天公。還有祭祖也是十分重要的事，但台灣的祖堂在千里萬里之外，怎麼祭呢？吳成吉說：「這個簡單！拜天公和祭祖可以合辦。你家祖堂的方位我會幫你看，朝北偏東的方向跪下去就對了。」

李玉仁接腔：「拜天公和祭祖合辦，我贊成。我結婚時記得還有一場『食新娘茶』，所有重要的親友都要到，圍坐在大廳，新娘要在媒婆帶領下，一個一個去認識親友，同時奉上一杯茶，然後……」

吳成吉急急搶話：「啊！我知道了。這就是我們客家人的『扛茶食』嘛！新娘奉上的是甜茶，親友喝了甜茶，要放紅包在空茶杯裡讓新娘收走，對不對？」

「沒錯，大概就是這樣。」

張松吉帶點權威的口吻說話了：「這些我懂。『食新娘茶』一定要辦。在座各位和石原產業的日本長官全部參加。地點就在榮華的家。新娘向每人奉茶時，媒人公要口唸：『新娘出大廳，銀兩滿大廳』，最好用閩南話唸才有韻味，榮華要教會伊藤桑，他學得來的。」

這是張松吉第一次參加同鄉會的聚會。松吉已收起那種因擔任機關首長祕書而養成的拘謹、守禮和略爲高人一等的神態。松吉有一張圓圓扁扁的臉，鼻子卻很挺拔，配有一頭柔順的頭髮。他告訴大家：「我在員林小鎮上的家是開葬儀社的。我阿爸是地理師、撿骨師父，員林鎮上幾乎所有的婚喪場合都可以看到他。我經常跟著他跑。」

「哦！太好了。那就由你來當『師公』了。」秀媛說話，一臉的甜美。

「食新娘茶」搞定以後，男主角黃榮華表示：「我要把人家的女兒帶去台灣，從此她跟家人不容易相見了。我想利用這個機會給秀琴的父親一筆錢，因此要有聘金。下聘時是用一個竹簍子，鈔票放在最上面，下層要有一些墊底的物品。這是我堂哥訂婚時看過的。」

「用哪些東西墊底呢？」好幾個人一起發問。

榮華想了想，想到一樣說一樣：喜餅、冰糖、冬瓜糖、檳榔、甘蔗、紅色的蠟燭、用紅紙圈好的麵線、雞兩隻、母鴨兩隻……

全場哄然大笑：「這太難了，戰亂剛結束，海南島這地方窮得每天都可看見餓鬼。」

不過大家試著逐項討論：喜餅用市集那家山東人賣的大餅替代，冬瓜糖買不到，冰糖找看看，檳榔有，甘蔗有，蠟燭有看過白色的，紅色的不知有沒有，麵線買得到，雞和母鴨不知哪裡買，或許請成吉和正高半夜去官員家偷偷看。

蔡墩土用半眞半假的口吻說：「我有一天晚上和國棟經過港務局局長的官舍，有聽到鴨母在叫。」

「你聽到哪裡去了，我聽到的明明是一個女人的叫聲。」陳國棟接著說。

在座諸人有的不知好笑，有的來不及笑，但聽李玉仁用慣有的深思熟慮的口吻說：「下聘時現鈔放在最上面，你們不怕土匪來搶？」

陳宏仁立即接口：「大家帶著開山刀，不會！」

「我有私藏幾顆手榴彈。」黃榮華冒出一句，語氣更認眞了。

李敏捷大聲笑了出來：「又不是去打仗。」

到了三月九日，下聘很順利。一個籐製的開口型大籃子，鈔票放最上面，底部放置大餅、冰糖、檳榔和麵線，都貼了紅紙條。秀琴的父親笑得合不攏嘴。

接下來的「食新娘茶」就費了一整個下午。李玉仁先用生硬的廣東話，再用日語說明：「這是我們台灣人介紹新人給男方親長的儀式，媒人要一個一個當面介紹，新人要一杯一杯奉上甜茶，男方親長們喝完甜茶，新娘會來收茶杯，而奉還空杯時要放一點見面禮，這個見面禮通常是金錢或首飾。」

榮華的日本長官和同鄉會全體幹部權充男方親長，女方也來了幾十位黎族親戚。一位黎民長老聽那位日本媒人公將「新娘出大廳，銀兩滿大廳」用台灣話說得離離落落，不清不楚，於是用廣東話請玉仁解釋，李玉仁吃力的又說了幾句廣東話，讓大家見識到他的語言天分。

秀媛從頭到尾陪在秀琴身邊，儼然是伴娘。

下午「食新娘茶」結束時，張松吉宣布今晚十二時零一分要拜天公，並隨口說了一句歡迎大家來參加的話，結果日本人和黎民親戚都對所謂台式拜天公的儀式感興趣，表示要來參加。

這個情勢使同鄉會全體慌了手腳。大家都只廿幾歲，年紀最大的李玉仁才三十一，這種事在台灣家裡都由長輩，至少有母親在操持，同鄉會這些年輕人無一人懂得拜天公要怎麼進行。

「但是我們不能讓觀眾失望或笑話，我們可以憑記憶拼湊，或憑空創造也無妨。」張松吉一直都興致勃勃。

於是幾個人聚頭動腦，定下擺設的供品內容後，有人提議圍著供桌跳台灣山地的祭天舞，小時候在公學校年度運動會時都要跳的舞步，沒有人不會。他們推定十八人，先在工寮後面空地操練近兩個小時。

操練時，洪敏雄說要唱一首快樂的番族的歌，叫做〈na yi lu wan〉。唱了一遍，大家都說「好聽極了」，但沒人會唱。敏雄表示可由自己獨唱，其他人用「hey」「wan」「na」「ho」「ya」五個尾音跟著拍子和音即可。

三位扮男裝的女子和林阿亮站在一旁觀看。她們心裡都很想參加這場盛宴。張松吉高聲招兵買馬時，邱菊妹說知道客家人怎樣拜天公，敏子說：「敏雄唱的那條歌，我也會唱。」林阿亮只輕描淡寫講句：「妳們一出場，大家就會知道妳們是女人。」她們只好安靜的當觀眾。敏子還爲此滿臉沮喪，不斷跺腳，低聲嘆氣。

晚上十一點多，榮華家四方形竹製餐桌被搬了出來，另搬兩張竹椅、兩個打滿水的臉盆放在竹椅上，水上各放一條毛巾。此時，伊藤隆次帶著冶熔組的日本人來到，伊藤問擺臉盆水做什麼用，張松吉半開玩笑回說：「天公和天公婆會一起下凡來，海南島灰塵那麼多，先請祂們洗把臉。」

桌上供著六樣東西：貼著小紅紙的大餅六個；秀琴自己做的海南島竹筒飯六條；一根甘蔗未削皮切成六小根，各圈上一小條紅紙；蒸熟的山豬肉六塊；檳榔六粒合成一盤；麵線六碗；外加六碗當地的糯米酒以及點了火的紅色蠟燭六條。

供品全部擺好後，黎民親戚陸續來了四十多人。

當晚天公作美，幾乎無風，燭火直挺挺的，微微抖動。

張松吉自告奮勇成了現場指揮官。時辰一到，松吉先高聲呼喊：「新郎新娘上香。」全場頓時安靜下來，然後再朝著北方偏東的方位，說：「請抬起頭來，看那故鄉方向的天空，月光和星光閃閃爍爍，是那樣的光華，那樣的美麗，是你台灣屏東的黃氏先祖用燦爛的笑容祝福你們。」說完高喊：「新郎新娘一鞠躬……上香。」

松吉那幾句話似乎觸動了眾人內心的情緒，現場每一位台灣人都跟著一起朝東北方向一鞠躬。松吉也恭恭敬敬地鞠了躬，隨後拉長音調呼喊：「請大家擱再一次鞠躬，祈求天頂咱台灣的神靈——您有歸千歸萬的子孫落難在此，受苦眞久啦，敬請保庇阮的船，順風平穩，回去到家鄉。」

外圍旁觀的三位女子中，洪金珠突然哭了出來。一旁的菊妹趕緊伸手摀住她的嘴，悄聲用剛學的華語說：「今天人家在討夾子，妳不可以哭。」菊妹說完又趕緊縮手摀住自己的嘴，因爲她也忍不住哭了出來。

「妳還講我，妳自己不也哭了！」金珠說：「妳剛才說『討夾子』，係蝦米意思？」

「就是『お嫁さんをもらう』啦！」

「哦！係『娶某』ㄟ意思。」

在她們邊感傷邊竊竊私語的時候，聽到張松吉高聲呼喊：「祭祖完畢——今嘛要開始拜天公。」話聲剛落，十七條雄糾氣昂的漢子加上一個嬌滴滴的秀媛手拉著手，一手拉前，一手拉後，踢著台灣番社的舞步出場。男生上身赤膊，獨見秀媛一人身穿緊身黑長褲，白襯衫。十八人都腰繫粗蘇繩子，第一位和最後一位手上拿著從腳踏車拆下來的鈴噹，他們繞著供桌，再擴大範圍繞著屋前空地，用勁踢著舞步，上身大幅度地一俯一仰，仰頭時鈴聲響起，眾人右腳便一起向後舉起，然後彎腰低頭，鈴聲再次響起，一腳順勢向前抬起。此時，全場聽到松吉再高聲說：「仰頭是敬天，俯首是拜地，我們謝天又謝地。」全場用台語說完，又用日語說一遍。

松吉的話聲剛落，排在最中間的洪敏雄宏亮地唱起歌來，歌聲聽起來很順暢、舒服，十七人低聲和著音。就在此時，一名男子一面高聲唱歌一面快步加入行列。男子身穿寬鬆的黑長褲，上衣是此地鐵道工人的制服，體型瘦小，頭髮短短，臉上皮膚黝黑，舞步嫻熟，和洪敏雄合唱完全一樣的歌。合唱完兩遍，洪敏雄停住，男子又獨唱了兩遍。其歌聲與敏雄不同，圓潤而高亢，釋放出一種奔放的豪氣，有點像女聲又不太像。那兩遍獨唱，旋律加快了些，給全場帶來興奮激烈的高潮，全場跳得更起勁，有點欲罷不能了。

這位男子一出場，一旁觀看的林阿亮、洪金珠、邱菊妹立刻發覺敏子不見了。全場只有這三人知道「他」是誰。洪金珠有點緊張，擔心「他」的女人身分會暴露，但林阿亮說：「免驚，看起來不會，也有男生唱起歌來是帶點女腔的呀！」

菊妹目不轉睛看著聽著場中那仰頭又俯首的歌舞，腦中浮起一個畫面：家裡養的那隻母鵝帶著一群小鵝，搖搖擺擺走近池塘，一個個跳下水，母鵝昂首拍著大翅膀歡呼歡唱，幼鵝則生靈地游來游去，鵝頭不斷下潛，又不時張翅拍拍手，順便搖幾下鵝屁股。

菊妹想著家鄉的這些景象，敏雄和敏子合唱的那條歌鼓盪在海南島一個小村莊的空氣中：

na yi ya na ya hey
na yi lu wan
na yi ya na ya hey
ho yi ya na
ho yi ya no
yi ya na ho
yi yo in ho yi ya
ho yi ya na hey

眾人連跳了四、五圈，一臉一身都是汗，在夜色中泛起微微的水光。秀媛的白襯衫完全黏在身上。松吉再度呼喊：「新郎新娘一鞠躬……上香……禮成。」

退場後，大家一面擦汗一面找尋那個半途冒出的歌手，卻不見他的蹤影，也沒人知道他是誰。

三月十日的婚宴原定在市集廣場舉行，但伊藤隆次有安全顧慮——怕有當地工人想找機會來報仇；說不定還會有「士兵土匪」在喜宴中出現。因而，同鄉會將地點改在礦區山上的大房子內。同鄉會從三亞找來一批廣東菜師父，運入一車車的菜餚。賓客除了台灣同鄉會、石原產業同事、播磨丸上的所有船員，以及黎民親友外，沒有其他閒雜人等。

也有一些不認識的台灣同鄉不請自來，希望能在上船前喝個喜酒，沾點喜氣。

就這樣也已席開三十桌，海南島榆林地區自二戰以來沒有過的大型宴會。

由於當地買不到合適的西裝，女方爲榮華借來一件深藍色的中式長袍馬褂；男方主婚人松本威雄、媒人公伊藤隆次、總招待陳宏仁、副總招待李玉仁等四人，約定都穿洗淨漿燙的石原產業的幹部制服，這是他們此時此地所能想到的最體面的服裝；女方主婚人及其家屬則是穿著色彩醒目的黎族傳統服飾。最受囑目的是新娘和伴娘，秀琴一襲黎族禮服，搽脂抹粉，十分豔麗，秀媛也穿上黎族的華麗女服，羞答答陪在新娘身旁。大家沒看過盛裝的秀媛竟是如此雍容華貴。

日本人帶來礦坑裡用的擴音器作爲麥克風。松本威雄全場用差強人意的華語說了一段簡單而合宜的賀詞，並向大家告別，祝福播磨丸航程順利。伊藤則用剛剛惡補記熟的十幾句台語說，自己是榮華「相認的大哥」，今天要向大家介紹新郎。剛介紹第一句，說榮華從台灣「娃娃庄」公學校畢業，站在一旁的新郎即湊上前用台語糾正，說是「萬巒庄」，大家才聽懂。

伊藤接著介紹：「榮華後來去念高雄州內行宮醬黎灌烏醋工業徒弟養成所第三屆。」說完見全場一副迷惑的表情，還有人在笑，乃改用日語介紹，原來是「高雄州立商工獎勵館附屬工業徒弟養成所第三屆」。

之後，伊藤放棄用台語的努力，改用日語：「榮華後來又去台灣鐵工所設計課學習機械製圖。」最後是幾句發音相當清楚的台語：「伊眞正是一個優秀ㄟ技術員；另外，我愛講，昨暝恁拜天公時跳舞加唱歌，我足趣味，足感動！」

說完，張松吉帶頭站起來鼓掌，全場都給予熱烈的掌聲。

接下來是鬧哄哄的用餐和飲酒。女方此時先後出來兩組男女，一組高舉著八根長竹竿從後方徐徐進場，接著啪啦啪啦跳起竹竿舞。此舞許多人都看過，不過這天跳的帶有較濃厚的嬉笑氣氛；另一組全是婦女，個個身穿染有紅黑白三色相間大格子的寬裙，在前台跳舞。她們舞步輕盈，手勢變化多端，舞姿非常優美，含有農作耕田、喜慶豐收的意味。台灣人中，只有少數「老海南島」看過。

酒酣耳熱之際，織田一郎注意到洪敏雄手握兩個竹片走向前面。織田起身想阻擋，陳宏仁也看到了，快步攔住織田，說：「不會有問題，他服藥、休息，大家合力照護下已經好了，保證沒事。」

但見洪敏雄用兩個竹片當伴奏樂器，邊拍打邊開唱，全場逐漸安靜了下來，都驚訝於那優美的歌聲。有人聽出是鄧雨賢[1]的〈四季戀〉：

春梅無人知　好花含蕊在園內
我眞愛　想欲採　做你來　糖甘蜜甜的世界

---

1 桃園客家人，台灣作曲家，畢生創作近百首曲子，作品中以〈雨夜花〉〈望春風〉〈月夜愁〉〈四季紅〉最爲經典，這四首被合稱爲『四月望雨』。被譽爲「台灣歌謠之父」與「台灣民謠之父」。〈四季戀〉又名〈對花〉，爲其一九三八年作品。

夏蘭清香味　可惜無蝶在身邊
眞歡喜　我來去　免細貳　少年不好等何時
秋菊花鋪路　永遠會曉來七逃
秋天夜　倆相好　較大步　來看青草含幼露
冬竹找無伴　落霜雪凍風眞寒
大聲喊　咱卡偎　來作伴　啥人知咱的快活

三個扮男裝的女子也在場。敏子好幾次躍躍欲出，但被金珠和菊妹強力拉住，沒讓「他」出場唱歌。

同鄉會幹部都注意到了：敏雄在唱歌的時候，原本驚慌顫搖的眼球竟變得出奇穩定，飽含柔情和自信，像個老牌歌手。

敏雄接著又唱了一首〈白牡丹〉，整個婚禮在這渾厚的歌聲中亂哄哄地結束。海南島的三月天，沒有春意，眾人披著一身熱汗散場。

宴席結束後，男人一群群離去。三名女子相約散步。天已全黑。她們越過鐵路平交道，再走一段路便是港區，鹹鹹的海風迎面而來。黑夜中的大海閃著淡淡的天光，海裡隱約傳來悶雷聲，海水似乎是不情不願的動盪著。

三人都沒有說話，以不同的心思，靜靜領略並融入海的夜景。突然，洪金珠發現一個人的黑影在左前方不遠處。她用手肘向菊妹、敏子示意，三人仍未出聲。約兩分鐘後，那人轉身，向三人站立處走來。金珠一時情急，用閩南話喊出：「是向？」

「哦！是恁。我係玉仁啦。」

「嚇我們一大跳，你爲何一人來此？」

「宴會中吃太飽，想走路消化一下，無意間走來這裡。」玉仁說完，指指左前方碼頭處：「妳們看到我們要搭乘的播磨丸了嗎？就在那裡。」

這時三名女子才注意到一個巨大的黑影，在黑暗中她們原以爲那是一座山。

「怎麼樣？我們慢慢走回去吧？」玉仁提議。

「你剛才一個人站在那裡一動也不動，哪像是在走路助消化？」

「我走到此，停下來，向上天祈求我家阿母和妻女平安。」

四人於是結伴往工寮方向走去。

「玉仁兄，剛才看到那艘巨輪，我心很亂。就要回家了，我們回去後如何重新開始？會怕呢！」菊妹在沉默中先開口。

「這就是妳們爲什麼要扮男裝的另一層意義所在：把妳們的過去完全遮掩住。那是戰爭帶來的不幸，現在戰爭過去了，要盡量把過去徹底丟掉、忘掉。如果妳們村莊的人都已知道妳們的事，回台灣後去都市做工、學手藝或進修。想念家人時，叫他們去看妳們。這樣是可以重新過正常人的生活的。妳們都二十歲不到，人生的道路還很長呢！」

玉仁說完這些，又說：「戰爭帶來各種不幸。千千萬萬的人承受著各種各樣的不幸，妳們只是其中之一……」

玉仁還沒說完，敏子用手肘示意大家，前面不遠處有兩人並肩牽著手散步。玉仁定睛一看，小聲說那是宏仁和秀媛。「我們走慢一點，別打擾他們。」

玉仁的話剛落，前面的兩條黑影變成一條。四人停下，見兩人正擁抱在一起，抱了好久，右邊有一束長髮垂下，然後是一個後仰的頭，然後一條大黑影又恢復成兩條，繼續向前走。

走一段路後，見兩人右彎，往昌華村的方向走去。四人繼續直行。

「伊兩人攏係有錢人家出身，好命的人，眞正是好適配，好緣分。」這回是洪金珠說話。

「我嘛係有錢人家出身。」玉仁回了一句閩南話後，改回四人都聽得懂的日語：「但是世間的事，未必理所當然就如我們所想、所看的那樣。譬如現在是晚上，理所當然是夜越深人越靜的囉，但妳們聽，四周有蟲聲、風聲、鳥聲，等一下還會有青蛙的鳴叫聲。其實夜越深，是越吵鬧的。對嗎？」

「我不懂你要說的是什麼？」

「我想說的是，不是好出身就一定好命，也不是像妳們貧窮人家出身，將來就一定不好命。不一定的！不是理所當然就是這樣的！妳們只要認眞，腳踏實地去工作、去學手藝，將來也是有好命的日子過的。」

「玉仁，你眞的很會講話。」

「我是有錢人家的『艱苦子』，只是說出自己的實際感受罷了。」

新郎和新娘婚宴後陪黎族長老們回自治區，新娘正式與父母告別。與長老們分開後，秀琴發現榮華四處張望，問他在找什麼？榮華不語，只是靦腆地傻笑著，過不久又用眼角偷偷在尋找什麼。

秀琴試著要猜丈夫的心思。此時，懷中的玉柱掙扎著要下地，她心中一動，啊！榮華是在找那間「隆閨」——被帶來當種馬，兩人素不相識，氣氛十分尷尬的第一次接觸的場所。

秀琴猜中丈夫的心思後，上前挽起他的手臂，低聲說：「那間房子在女兒順利出嫁後即已移作他用，你已經找不到了。」

「咦！眞厲害，妳居然知道我在想什麼！我原想今晚再到那間房睡覺。」

「結婚生子之後，依習俗，不可再回隆閨。哈！我們回家吧。」

榮華一家三口回家時，夜已很深。遠遠看見宏仁剛好送秀琴回來，早他們一步到家。榮華邀宏仁進來喝水，宏仁說明天尚有要事待辦，應該早點回工寮休息。

這個晚上，秀琴感到特別滿足和幸福，身邊的男人眞心愛著她，床角那頭的小男孩也越來越可愛。

在另一個房間裡，秀媛一時睡不著。她躺在床上清醒地夢想著：到了那一天，我和宏仁在台北結婚時，把這些朋友都叫回來，跳更大規模的山地舞，唱更多好聽的歌。

播磨丸

第二部

播磨丸是一艘超級大的油輪，大得像一座島。它載著七千多人回家，在台灣海峽不停地搖晃動盪，大小風暴連番來襲。船上的人用力吸氣吐氣，聞到死亡的氣味，也呼吸到生命的氣息。

18

黃榮華婚後，和伊藤隆次被選進播磨丸工作。船長松村俊幸挑了日本人廿五人，台灣人廿人進入工作團隊。松本威雄的祕書張松吉也被安排進入機房，擔任與同鄉會之間的聯絡人。機房重地與一般乘客的鋪位，用當地籐條編織的大網隔開。榮華每天上午上船工作，傍晚下船回家，秀琴和小玉杜會等到啓航前才上船。

技術作業員先上去，先另外興建一個廚房和兩個小隔間，一間給黃榮華夫婦；另一間給謝秀媛，她已被指派爲機房醫護。這些是在榮華的婚宴中，由松村和宏仁、玉仁共同商定的。

宏仁告訴松村，總共賣出了六千九百九十六張船票，機房工作人員還沒算進去，另外排隊候補的尚有六百多人。松村聽完要求立刻停止售票，人數再增加會有安全上的問題。松村憂心忡忡：當初日本海軍修船時，廚房供應食物的量，是以載運三千士兵，至多三千五百人來計算，如今已逾七千人，一個廚房絕對供應不來。

「不只如此，」松村說：「現在廚房內的大飯鍋多達十個，是用引擎發動時的蒸氣來煮飯。如果再另建一個廚房，蒸氣可能不夠再供應十個大飯鍋，因此，要加買煤炭上去，燒煤煮飯，就像在陸地上煮飯那樣。」松村並與同鄉會取得協議，機房人員因工作之便和所處地點的關係，伙食應該與乘客分開。松村從原先石原產業的日本幹部餐廳要了五名廚師加入。同鄉會也成立了一個龐大的伙食組，設想用二十人管理兩個廚房、廿個大鍋應該足夠，後來找到一個有經驗的台灣人，爲石原產業事務所的會計助理員，曾於日軍師級單位擔任過伙食統籌。那人答應出任伙食組長後仔細算了算，成員要四十人才夠。

要管理這七千人的大團體，對平均年齡不到三十歲的同鄉會幹部，是個嚴峻的挑戰。在船長松村宣布工作團隊進駐的同一天，同鄉會也組成了一個爲數多達八十人的糾察隊，由蔡墩土爲隊長，吳成吉爲副隊長，並擬定管理的四大原則和八項行爲守則，事先用大字寫好多份張貼：

原則一：台灣人與日本人一體對待。
原則二：安全第一、衛生爲要。
原則三：體弱及有病者在甲板底層，其餘全部在甲板二樓和三樓。
原則四：對違規者嚴打重懲，不寬恕。

行爲守則：

一、無票不得上船。
二、不得隨便大小便。
三、不得干擾機房工作。
四、分配食物時嚴守秩序。
五、船頭和船尾各有儲藏室，個人物品可放置，但自負保管責任。
六、就寢時間不喧嘩。
七、不得偷竊他人財物與公共糧食。
八、在航行中不許從事買賣。

這幾條「律令」，用日文寫好後，陳宏仁說要有漢文的，自己親筆逐一翻譯。

第二天，李玉仁向陳宏仁提議，說松本威雄閱歷豐富，應該去找他聊聊，順便告別。兩人帶著擬好的管理規則前去。事務所已移交給新的中國首長，松本搬到一間較小的辦公室。見兩人上門請益，好像看到自己的日本同胞似的，一見面就高興地說：「我昨天才知道支那人不喜歡『事務所』這個稱謂，說它有日本味，今後都要說『辦公室』，哈哈！」坐定後，宏仁和玉仁詳細告訴他播磨丸上增建廚房、配置伙食團和編組糾察隊等事宜。松本並未表示意見，仔細閱讀了管理規則後，不斷點頭稱讚，然後長長嘆了一口氣，說：

「這是我們石原產業的大撤退，也是整個日本大撤退的一環。天皇投降後，內閣迅即成立『遣返援護局』，擬定綿密的計畫，展開外交折衝，從二月底開始遣返在亞洲各地的日本人，包括台灣人和朝鮮人。現在是三月下旬，作業還在進行中吧？一批批大規模的人口移動，未傳出什麼事故。天佑日本呀！」

陳宏仁回說：「松本桑，播磨丸這一趟，只是回家，回我們台灣的家，不是日本大撤退的一環。」

「陳桑這樣講也對。但我相信它不是簡簡單單的回家，有一場艱苦的戰事等著你們。我是用軍事管理的原則，觀察你們的所有準備工作。」松本這天談興甚濃，稍頓了頓，又說：「在軍事上，我們有一句術語：撤退和進擊是同等重要的課程。你們這群台灣青年那麼認眞，我很欽佩。你們兩個能帶好一個七千人的隊伍，幾乎就等於可以領導一支師團軍隊，帶領一家公司，或者治理一個國家了。這是一個很好的自我磨練機會。」

說至此，松本得意地笑了笑，說：「想不到我管理下的礦區，埋藏著像兩位這樣有價値的寶石。」

「我們心裡其實很惶恐。」李玉仁說：「常聽人說，一個人打牌輸錢時現出牌品，酒喝多了現出酒品，處逆境時才能顯現人品；又有一句話說『上台容易下台難』；但這些都是在說個人，一個民族或國家面對挫敗時的集體品格，比較少聽人說。」

「在軍事的領域比較多這方面的評論。前不久，大戰方酣，我們帝國軍大本營發行的一份《軍官通訊》便記載了一件讚揚敵國的事。你們有興趣聽嗎？」

「非常有興趣。」

「有一年，我忘了是哪一年，英法聯軍在法國敗得很慘，三十多萬英軍被德軍壓制在敦克爾克海灣。由於當時英國的主力艦隊遠在印度洋，趕不及救援；英國內閣做了最壞的打算，最多只可能撤回四至五萬人，其餘近三十萬英軍將被殲滅於海灣。消息很快傳開，震撼全國。英國幾乎是全民，不分階層，有的用漁船，有的用私人遊艇，有的用渡輪，甚至有人搖著櫓槳划著小船，在德軍轟炸機群的威脅下，前船後艇，槳板相接，去搶救受困的英軍。」

「其中最不簡單的是，在敦克爾克的英軍指揮官下令，耗損較大的部隊先撤，戰力仍佳的部隊殿後，三十萬大軍依此順序，無人爭先恐後；等待撤退的英軍站在齊胸的海水裡，依然排好隊伍，秩序井然登船。」

松本停了一下，接著說：「我們大本營的一位高級參謀在這則軍報新聞的後面，加了一句評論：『這是撤退的典範，值得日本人學習。』」

「這也值得我們台灣人學習呀！」李玉仁眼神一黯，說：「我們只是掙扎著要歸鄉，而你剛才的一席話，我聽了擔心起來：播磨丸這次回鄉的航程，會不會將台灣人的缺點一次攤在陽光下。」

「不會、不會。昨天小泉健二和山本清鈴來聊天，談起榮華結婚的整個過程，對你們這群台灣青年有很高的評價。」松本說：「不管個人還是民族，有磨難就會有成長，日本大和民族也有許許多多的缺點。」

回到住處後，陳宏仁與松村船長共同召開會議，大副鈴木義夫和六、七位同鄉會幹部圍坐四周。大家商定三月二十四日一大早開始讓乘客登船，預計要花一整天的工夫才能登船完畢，並於次日拂曉時分啓航。

與會人士熱烈討論登船的所有細節安排，包括糾察隊的臂章分發、責任區配置、升降繩梯、糧食、飲用水、藥材等必需品的搬運和放置等等。松村船長在會中宣布，油箱已加滿，備用油料也有了著落。

一切就緒之後，陳宏仁被兩個人拉出戶外。認出是列星會的伙伴，一個叫順治，一個是政雄，都已被挑選爲糾察隊員。

「那天我們去修理岡本末五郎，跟你報告過，你還記得嗎？」

「當然記得，怎麼樣了？」

「岡本已查出我們兩人睡覺的位置，有幾個日本人在附近瞄來瞄去，我怕岡本今晚會帶人來報仇。」

「唔，上船前夕是報復的好時機。」陳宏仁想了一下，說：「這樣好了，你們現在就把糾察隊的臂章掛起來，提早上船去，睡在船上。過了今晚，明天起就不怕他了，換他要怕我們。」

19

今天是登船日。一大早糾察隊就放下扶梯，並在扶梯口附近設置兩張驗票檯，四個工作人員一排坐著。附近有榆林港警所員警走動，但未介入，主要負責驗票的是同鄉會。

驗票檯前擠了一大堆人，都帶著大件小件的包裹。糾察隊員指揮等待上船的乘客排成四排，依序驗票。一開始，大家守序排隊，不久便有幾個人向前擠，想插隊，因而發生了爭吵，糾察隊員吆喝並吹了口哨。

排隊失序其實不算嚴重，但陳宏仁看到了，認爲一開始便要立威，讓大家知道怕，以後才好做事。於是快步向前，拿著木棍向不排隊的那幾個人後背狠狠地擊打。一人不服氣發聲叫罵，宏仁一個轉身即朝其頭頂猛然敲下，那人本能地抬手抵擋，只聽「嘟」的一聲悶響，連臂帶頭中擊，一絲鮮血從紅腫處溢出。宏仁呼叫醫療組上前拖出敷藥，並厲聲下令：「敷完藥給他排到最後面去！」

現場眾人目睹宏仁在施暴時，蓬鬆的頭髮垂下一大綹，遮住半邊額頭，沒被遮住的一隻眼睛圓瞪，微凸，銳利中帶有凶惡之氣。打人時雙唇與鼻子連動，一開一闔，一緊一鬆，幾行汗流下臉頰。

陳宏仁這一打，把大家嚇壞了，秩序立刻好了起來。宏仁離開時，向糾察隊丟下狠話：「擱有不守秩序者，就親像我阿內做，用酷刑，重重加打。」

那名被打又被迫排至隊伍最尾端的乘客，高聲責問：「你是蝦米人？有何權力如此毆打台灣同胞？」

「我係這隻船的暴君，流氓出身，大名叫做陳宏仁。你落火車頭沒探聽！」

說完這話，陳宏仁環顧四周，松本威雄和岡本末五郎站在不遠處眺望這一幕，看不出表情；玉仁和秀媛分別站在甲板上向下觀望，遠遠的也看不出玉仁怎麼想，不過相信玉仁會同意他這麼做，至於秀媛，她一定不會認同的。唉！再慢慢向她解釋吧！

四排縱隊驗完票，分循兩條扶梯上船。播磨丸有三百米長、十八米高，同鄉會準備的粗繩扶梯靠在舷側，從碼頭地面伸展到甲板，傾斜四十五度，坡長三十六米。如此長的梯子是鬆垮垮的，必須在中間分段放置實木的踏腳板。乘客爬梯時，行李掛在左右肩膀和頸子下方，空出兩手或一手抓緊梯緣，搖搖晃晃危危顫顫地一步步往上爬。有幾個人腳踏懸空，兩手抓著梯繩，尖聲叫了出來，幸好後面的人都立刻伸長頭顱，像千斤頂那樣頂住垂落下來的屁股，使其重新踏實，繼續上爬。通常，到了甲板，即使是年輕人也會氣喘吁吁。

登船作業說快不快，說慢也不慢，中午過後甲板上便亂哄哄擠滿了人。糾察隊引導一些體弱者到甲板上，也就是一樓；上方還有厚木板釘的兩個樓層，稱為二樓和三樓。一樓中間靠近右舷處用籐網圍出了一個約十坪大的空間，是指揮中心。機房在船尾，主廚房也在船尾接近引擎處，新建的廚房則在船頭。

甲板上原是最明亮通風的處所，由於加蓋了樓層，左右又各有一米高的舷，乘客剛踏上時會感覺有點陰暗，加上有些地方泡過鹽水，生鏽處沒有再上漆，看起來斑斑駁駁，聞起來有一種凝結不散的霉味。有幾人請求糾察隊想改去二樓或三樓，得到的回答是：「上面更艱苦，每天要被烈陽曝晒，還得承受強風的撲打。我沒有誇大，現在是春轉夏的季節，一路上風不是吹拂你的臉，而是撲打你。如果下起大雨，上面是沒有遮雨篷的。」

糾察隊副隊長吳成吉每次引導乘客進入一樓，這番話總要再講一遍。有一次還聽到另一種抱怨：「這條船破成這樣，一張票還要賣五百關金，真過分啊！」於是成吉伸出手：「我還你票錢，你的票還我。你下去，還有很多人等著買票上船。」那人遂不敢再吭聲。

到了下午兩點多，一至三樓都已擠滿了人，連糾察隊都難以走動。幹部們緊急商量，決定把原先規畫的十字型小通道改成井字型，一至三樓都要改。然而，一個樓層的面積看起來就像足球場那麼大，臨時要多找繩子還眞不容易。正思量中，蔡墩土瞧見在碼頭上被陳宏仁打得頭破血流的乘客走上甲板，正大粒汗小粒汗邊推邊擠地走過來，低聲問阿土：「眞歹勢，這位先生，小姓林，請問剛才打我的陳宏仁是什麼人物？」

「你拿船票出來一看就知。」

那人小心摸出船票，見上面有會長陳宏仁、副會長李玉仁的印刷字樣，終於知道打人者的身分了。「難怪！但怎麼一個同鄉會會長就兇成這樣。」那人自言自語嘟囔著。蔡墩土見那人拿出船票又小心收好，指引找個空位休息，沒再搭理。

同鄉會幹部好不容易在天黑前找到了足夠的繩索，但人數實在太多，有誰先挪位，空出的小空位，立刻有人占了去。蔡墩土試了幾次，心生挫折，不耐煩了：「拿支木棍來！我要用武力開路拉繩。」李玉仁見狀上前，大聲說：「請大家告訴大家，多一條走廊，吃飯時容易領到飯。還有，風浪大時，多一條繩子可以抓呀！」這兩個理由傳開後，玉仁先彎腰擠開一個缺口，遞出繩子給第一個乘客要其向後傳遞，後來每一個人都配合，慢慢拉出了通道。

重新布置多重井字型通道的那段時間，陳宏仁和李玉仁等幹部在指揮中心注意到一個有趣的現象：全船乘客利用起身挪位拉繩的時機，六千九百九十六人做了一次清楚的族群分組。日本人在一區；竹東來的和南部的客家人各占一區，但彼此相鄰；講漳州腔台語的和泉州腔台語的，由於人數多，也各占一區，然後同處在一個大區塊內。那是自動調整換位而形成的族群聚落，三個樓層都是如此。洪敏雄大發感慨：「這眞是自然界的『奇觀』呀！」李玉仁則說：「這是人類群居的『常態』，荒野的昆蟲鳥獸應該也是這樣吧！」

大家坐定之後，洪金珠等三位扮男裝的女子和林阿亮擠坐在一起。她們盡量和別人背擠背，和阿亮則正面肉貼著肉，甚至大腿交疊在一起。林阿亮記住菊妹和玉仁的話，不敢有非分之想。三女要起身拿餐、大小便或嘔吐時，阿亮都會盡量幫忙掩飾。

在這場族群分組分區後，吳成吉發現有一群人不會說客家話，卻坐在客家人區；這群人都說日語，卻不和日本人坐在一起。追問之下，才得知是朝鮮人，共廿三個。成吉要求看票，每人都拿出一張。記得玉仁曾在會議上提及此事，說已婉拒了朝鮮人，爲何他們還能持票上船？

吳成吉轉身去指揮中心尋求答案，無人知道原因。幹部中有人主張請他們下船，但有人擔心會因而引起重大紛爭。正討論中，爲首的朝鮮人主動走進指揮中心，李玉仁介紹那人名叫崔益三。崔益三先用滿洲話，亦即北京話開口，玉仁表示此處並非每個人都聽得懂北京話，於是改用日語。蔡墩土搶先問：「李玉仁副會長不是已拒絕你們買票，爲何你們都有票？」

崔益三冷靜答稱：「我們集體去買票，被副會長拒絕，沒錯！但我們一個一個去買，就沒被拒絕。」

在場同鄉會幹部都啞然無語。

崔益三接著問：「我們廿三個朝鮮人現在會有任何麻煩嗎？」

陳宏仁斷然回答：「沒有麻煩，我們承認現況，不追究。」

李玉仁接著用北京話說：「歡迎你們，大家同舟共濟。」然後改用日語：「這艘船不到朝鮮，你們要如何回家？」

崔益三放鬆了臉孔和語氣，說：「我們有幾個同伴在日本有家人，先到日本後再做打算。」

崔益三走後，李玉仁告訴大家，這廿三個朝鮮人中，有十幾位是哈爾濱鐵道學院的前後期校友，其他的畢業於滿洲建國大學，都是知識青年。「日本人在東北用很多氣力在教育上面。」玉仁說。

「這些都是白費力氣，滿洲國的中國人和朝鮮人都不會因而更認同日本。」陳宏仁接著說。

「奇怪，日本人竟沒在海南島辦大學，只忙著建橋鋪路，然後挖礦。」這是陳正高的感嘆。

登船作業直到天黑仍未結束。一、二樓各有七、八盞燈泡亮了，散發出微黃的光線，海面上的水氣，在燈光照射下，現出一條條的白煙，燈泡偶爾會發出嘶嘶的聲響，好像空氣被撕裂成一條一條。

最後上船的是張松吉、黃榮華一家三口、伊藤隆次和另一位不知姓名的日本技師。後面兩人顯然是去幫黃榮華搬行李的。他們行李也一大堆，上來後直接進入機房。若不算三位「假男士」，黎秀琴和謝秀媛是全船僅有的兩位女性，黃玉柱是唯一的幼童。此二女一童所分住的小隔間都設置在機房內。

燈亮後不久，擴音器沙啞地播出晚餐的通知。這是登船後的第一餐，全船出奇安靜。此後數日，沒有比吃飯更重要的事。伙食組詳細規定三個樓層共十二個領飯的時間和地點，以及飯後刷洗的地方。晚餐是每人一碗飯，上面鋪了一片黃色的日式醃蘿蔔，配上一碗味噌湯。這是台灣人和日本人都習慣的吃食。

用餐和睡覺同在一個擁擠的地方，每個人能分配到的就是兩片屁股坐下去的空間，沒有放腳的位置，坐下時腳必須疊在別人腳上，別人的腳被壓得麻掉了，換另一人的腳在下面。睡覺時亦然，若要側睡，必須和旁人背對背，雙腳盡量蜷曲在胸前，若要仰睡，再怎麼擠，也只有背部的空間，雙腳必須跟別人合疊，才躺得下去。

海南島的三月底天氣濕熱。每個人身上都有汗臭味，但沒人敢想到洗澡這件事。大家都想，再忍耐個三、五天，船到了台灣，上岸後再好好洗個澡。

幾個糾察隊在指揮中心吃飯時聊起這忙碌的一天，一回想就頭皮發麻，腳也跟著痠軟起來。想想這麼龐大一群的七千人，七千顆急著要回家的心，等上船足足等了半年多，如此吃力地負著重物步上了船，如此艱難擠在只能坐下但躺不下的空間，面對的又是如此凶神惡煞般的糾察隊員。陳正高一面喝味噌湯一面說：「明天開始，我們不要再那麼兇了。」蔡墩土接著說：「憑良心講，如果不是陳會長在一開始狠狠打了幾個人，爲糾察隊立了威，登船不會那麼順利。」

謝秀媛一整天在甲板上幫忙安頓體弱者，此刻也手痠腳麻癱在指揮中心休息。她對宏仁在登船時的凶暴，感到驚訝。那是她不認識的陳宏仁。雖知道宏仁性子急，脾氣不是很好，但沒想到會是這個樣子，她正想等一下要好好勸他，但聽阿土這一番話，決定暫時按捺下來。

晚餐後一名漁家出身的鍾明亮，高雄旗后人，走進指揮中心說：「我們捕魚人家出海時，碗不能叫做碗，要稱『蓮花』，因爲碗是會裝滿水的；筷子也不能叫做筷子，而要說『竹篙』，有竹篙好撐船之意。我請求伙食組在廣播時改一下口。」

陳宏仁點點頭，敷衍地說了聲「好」，卻似乎沒放在心上。

高聳黝黑的播磨丸停泊在海南島榆林港碼頭。夜晚的浪濤不大，船身只是輕輕搖著，七千人今晚開始就睡在這個超級大的搖籃裡。

當晚，榆林港港警所的五名警察，在播磨丸外面監控著。他們奉命監看、記錄，然後彙報。大約深夜十二時許，天色全黑，警察們發現一批又一批的人靠近播磨丸，總共三批。一批躲在碼頭邊一堆硓砧石牆後面，共有九人，另兩批搖著小船板從水上靠近，一條船板上有四人，另一船三人，這些人都只在肩上和腰上綁上簡單的行李。

右邊的小船板先有動靜。在一個微弱的手電筒光信號出現後，一條粗蔴繩自播磨丸上垂下，小船板上的人一個一個攀繩上去。播磨丸高十八米，即使上面拉，下面攀，沒有好的臂力也上不去。這條船板上的四人，兩人順利上去，第三人半途掉入海中，爬起，再攀，顫巍巍地上去了，第四人也是半途掉下，海面一團浪花，海水推推擁擁，久久不見浮起，最後似已被放棄，蔴繩被船上的人丟下海，暗夜無聲的影集第一幕結束。

第二條小船板上的三人情況一樣，上去了兩個，第三個落海後久久未見浮起，似乎進了魚腹。港警後來發現那人拚命朝岸邊游去，游上岸了，伏在一堆銳利的硓砧石上不停喘氣。

躲在硓砧石牆後的九人，上去了六人，第七人攀爬時蔴繩斷裂，人繩一同墜落碼頭地板上，恐怕是跌斷了腿，由另兩人扶著離開，顯然已放棄上船。

港區內夜露濕重。附近監視的五名港警交頭接耳一番，四人離去，一人留守。海水在播磨丸底部四周敲捶擊打，波濤嚎叫整夜，像是在對誰質問：海南島是那麼容易要來就來要走就走的嗎？

20

今天是預定的啟航日。天未拂曉，輕緩搖動的海面尚未甦醒，還是黑黝黝一片。榆林港務局的大門打開，步出一隊港警，拿著長槍，摸黑走向播磨丸，向松村船長發出不准啟航的命令。

松村船長透過李玉仁翻譯，問：「有什麼重大的理由嗎？」

「理由可大了。我們港警所接獲檢舉，這艘船昨晚趁黑夜放下繩索，一批批偷吊許多人上船，企圖偷渡。那些偷渡客現在被你們藏匿在船上。」帶隊的港警口氣越說越嚴厲：「所有的偷渡客都給我抓出來！這艘日本鬼子什麼丸的，非重重處罰不可！」

同鄉會立即動員全部糾察隊員查票。然而六千九百多人如何清查？乘客並非人人相識，查完一區，無票者若擠進已清查完畢的地方，就不容易被抓到。八十名糾察隊員加上正副會長用盡全力，居然一個上午就查出八人無票。

同鄉會決定將這八人捆綁送港警所。在捆綁時，一名頭裹紗布自稱姓林的男子告訴蔡墩土：「我昨天上船後，和你講過話，你看到了我有船票，不是嗎？」

蔡墩土定睛一看：「沒錯，那你的票呢？」

「我怎麼找都找不到，我明明收得好好的，怕是被扒走了。」

蔡墩土相信男子的話，給鬆了綁，令其回去。但是，要如何從近七千名乘客中找出那位偷偷登船又能趁亂扒票在手的傢伙？蔡墩土和吳成吉商量，決定就報告：無票者共七人。

趕在午休之前，同鄉會幹部帶著七人向港警所投案。港警所長將七人拘留後，向同鄉會開出一張罰單。陳宏仁定睛一看，站了起來，兩腳不住嗖嗖抖著，雙手握住桌緣，抬起，想要翻桌，李玉仁趕緊攔住，也瞄到了罰單上的數字，竟然是五百萬關金！

陳宏仁眼睛圓瞪，微凸，怒極咆哮：「我們不可能有那麼多錢！」

港警所所長看起來像個老粗，也大聲回說：「你想怎麼樣？不繳罰金，別想開船！把照子放亮一點，這裡是什麼地方，容不得你們這些日本奴才撒野。」

「我們不是日本奴才！我在台灣是中國國民黨地下黨員，船上大多數台灣人是被日本人強迫徵調來的。現在我們不但無法享有戰勝國的尊嚴和榮耀，反而成了爹娘都不要的難民，煎熬半年多回不了家⋯⋯」陳宏仁激動地高聲回話，劈里啪啦，台語華語交雜著。

「你們就是日本奴才！活該、活該！這只是最輕的懲罰。」所長也站起來，聲音更大。

李玉仁見狀低聲下氣請求晉見港務局長。所長聯絡後，說局長公出，副局長答應接見。

陳宏仁在副局長室改用婉言，述說自己在中國國民黨的經歷，聲淚俱下，懇求降低罰款。玉仁同步以北京話翻譯。

副局長是個看起來像商賈的男子，打斷宏仁的話：「眞對不起，這是局長的決定，無人可更改。其實這裡的台灣同胞也並非個個如你說的那麼可憐。或許你眞的不知道，這條船上的台灣人和日本人，有的在此做生意，有的擔任日本公司的工程師，這幾年都累積了不少財富。」

李玉仁也想說點話，但見副局長示意在外面站崗的港警送客，同鄉會一行人只好退了出來。

返回播磨丸的路上，眾人你一言我一語地談論著。七千人已在船上，七千人回家的願望，是七千個重擔，同鄉會這幾個年輕幹部現在是擔也擔不起，卸也卸不下。每個人都知道，啓程每延一日，糧食便要消耗許多，他們沒時間向外求援，也無人可求，求天求地都不會被應理。李敏捷情緒性地主張：「我們乾脆放棄播磨丸，放棄那七千人，改去海口市買舢舨船回家，不也有人這樣做！」

蔡墩土居然表示同意：「放棄也好，坐播磨丸太多拖磨，這項『頭路』眞的幹不下去了。」

一行人說著說著，播磨丸已高聳在眼前，李玉仁請大家止步，說：「七千顆頭都洗了，沒辦法不理髮呀！或許那個夭壽的副局長說的沒錯，船上有不少人身上是帶著很多錢的。我試著來勸募看看，好不好？」

陳宏仁點點頭：「只好如此，若沒人主動拿錢出來，必要時用強迫的。」

蔡墩土此時又表示同意：「會長若決定要用打的，我一定先出手。」

回船登梯到一半，眾人停下喘息。玉仁指著一群海鷗叫大家看，但沒說什麼。那些海鷗在天空飛過來飛過去，準備停下休息時，總是先在海面上盤旋一個圓圈，好像在選一個好落點，然後垂直落下，坐在海面上任由海湧浮來浮去，浮高浮低。

上船後，玉仁先找伊藤隆次、松村船長、小泉健二等人研商。眾人都認爲這是擺明的官府勒索，港務局若不讓開船，還眞的開不了。無人可求只好求己，沒有人想得出更好的應對方法。

十幾分鐘後，播磨丸上的擴音器響了，李玉仁向全船乘客報告去港警所交涉的經過和結果，並說出所有幹部的無奈和無助。「我請求大家把行囊裡的錢盡量拿出來，同鄉會所有的公款和幹部個人的積蓄也將率先全部捐出。唉！眞是進退兩難，不得已呀！除非我們要選擇下船，放棄這條船，另想其他的辦法回家，否則只好如此了。」

李玉仁是先用日語說一遍，再用台語說一遍。

接下來的是一場七千人同聲一氣的怒罵和質疑。一艘破損的巨輪，裡面裝載著火旺的集體情緒；外面則是濤聲喧嘩，浪花激動地撞著碼頭石壁。李玉仁力勸所有工作同仁稍安勿躁：「讓大家發洩一下，過一會兒我們分區勸募，多準備幾個袋子。機房內由我去募。」

在工作同仁準備募款袋的時候，海面漸漸由淡金黃轉成淡紅。太陽要離開天空時，總要如此炫耀一下；就這麼一瞬間，總能獲得很多讚嘆。「哇！美豔絕倫的夕陽」「眞是百看不厭倦」……但今天播磨丸上的旅人，幾乎都沒有心思欣賞。

夕陽很快黯淡了，船上的氣氛更凝重了。

勸募工作拖到晚餐前一刻才開始。機房內的作業人員相當合作，伊藤隆次率先掏出一萬關金，黃榮華一萬五千，其他人在兩千關金到五千之間，也有拿出日圓、美金和中國舊幣的。李玉仁利用宣布晚餐開飯的廣播時間，也宣布了在機房勸募的輝煌成果。全場茫然，啞然，沒有人鼓掌叫好。

晚餐仍然是一碗飯加一片醃黃蘿蔔，湯換了海帶湯，湯內有幾條小魚乾。

已經有人一面吃晚餐一面低聲哭泣。

乘客區的勸募在晚餐後展開。不知是那一位糾察隊員放出風聲，說會長陳宏仁和糾察隊長蔡墩土都出身於黑社會家庭，生性凶殘，若勸募不足便要用棒打強奪的方式湊足款項。「尤其那個叫阿土的糾察隊長，一身橫肉，有練過的。」因而，募款的收穫還算不錯，一袋袋的各式貨幣送到了陳宏仁和李玉仁坐鎮的指揮中心。

林阿亮一開始就主動捐出兩萬關金。表示是由個人獨捐一萬四，他帶來的三位「農業技術員」各出兩千所湊成。

由於船上沒有計算工具，清點的工作進行到深夜，總額達三百零五萬關金，另有其他貨幣還沒算入。很多人知道中國舊幣與關金的比率是廿比一，美金和日幣如何換算？眾人都嘸宰羊。找來兩個看似生意人的乘客詢問，都推說自己不是做生意的。李玉仁知道在這個節骨眼，沒人會承認是生意人，免得成爲餓狼眼中的羔羊。

宏仁和玉仁粗略地算了一下，總額應在四百萬關金上下。「剩下的一百萬明天再說了。」陳宏仁紅著眼睛似乎疲倦已極，說完便就地躺下睡去。

李玉仁收拾好善後，請求漏夜站崗的糾察隊員嚴防再有人摸黑偷偷登船，把一大袋的各式現鈔謹愼夾在自己與陳宏仁的身體中間，然後和衣躺下。臨睡前心中掛念著：「一百萬眞的可以用打的就打出來嗎？」「明天這艘船上會有怎樣一個恐怖的血腥場面？」

李玉仁很想起身去機房找伊藤隆次，請教對策。伊藤是智多星，榮華說的。但該如何才能越過這一區又一區沙丁魚倉庫似的甲板去找他？或許伊藤現在也睡了吧？還有榮華，現在能和妻兒一起睡嗎？

那天深夜一至三時輪値巡查的幹部是洪敏雄。敏雄不經意地望向熟睡中的陳宏仁和李玉仁，發現玉仁睡覺時臉有苦相，像孩童服下很苦的藥粉一般的臉，右邊眼瞼之下還偶爾抽跳一下。

記得有一次在跑空襲時，和宏仁、玉仁同擠在一個壕洞。敏雄認識玉仁，但不識宏仁，玉仁和宏仁也互不相識。是在那時三人才開始交談，互相介紹自己。

敏雄的新竹家裡，父親和幾個日本先生的交情好得不得了，日本和服、清酒送來送去的。全家都講日本話。長大後，從徐牧師那裡得知許多日本警察在台灣的惡行惡狀，開始對日本人有些反感。幸好有徐牧師的啓蒙，說了好幾次：「你不要把自己當成日本人。我們是台灣人，日本人只是外來統治者。」敏雄才逐漸有台灣人意識。

敏雄偶爾會轉述一些徐牧師罵日本警察的故事，因而宏仁喜歡他；又因常強調「我們是台灣人」，玉仁也喜歡他。

不過有一件事敏雄一直搞不懂，徐牧師經常說：「我看你的長相，你跟我一樣是賽夏族人，竹苗地區都有。」

「那爲什麼你又說我們是台灣人？」

「賽夏族是台灣原住民族之一，我們當然是台灣人。」

敏雄想找時間向玉仁討教，在回到台灣之前，把這個問題徹底搞懂。

今夜，七千人合睡的這張巨床不像搖籃，海浪只是在它底部輕輕撞一下，沒多久又重重撞一下，還清醒的敏雄清楚感到一顛一顛，一輕一重。

首次值夜班，敏雄發覺指揮中心的位置朝向西方，照得進月娘的光華。

21

第二天早晨，六點不到，陽光便已斜斜刺入。巨輪的四周，鳥鳴十分吵雜，船上逐漸甦醒的七千人也很吵鬧。乘客們吃起了早餐，豆漿加饅頭，這是登船前在島上市集採購的。「因爲船上冷藏設備已損壞，最多只能準備一天份的豆漿，明天開始就沒有豆漿了。」伙食組人員在擴音器上如此說。

早餐後李玉仁去機房。工作人員正在吃早餐，吃的是白飯配鹹三文魚，另有味噌湯，李玉仁注意到湯裡的小魚乾還放得不少。

李玉仁向松村船長等人報告了昨晚勸募的結果。同時告訴伊藤隆次：「今天陳宏仁將率領糾察隊用棒打的方式強迫募集不足的款項，伊藤桑不知有何妙方可以避免使用暴力？」

話語剛落，黃榮華就叫了起來：「來不及了，已經開打了！」

眾人貼近籐網一看。松村遞了一個海員專用的望遠鏡給玉仁。玉仁仔細一瞧，發現宏仁做這件事並不帶衝動，僅是威嚇，達到目的即罷手。不過，手段還是稍稍過分了些。陳宏仁和蔡墩土帶著五、六個糾察員，各持棍棒，搖擺在一條較寬的走道上。尤其糾察隊長阿土，打赤膊，激凸會彈跳的肌肉，放肆地炫耀在乘客眼前，那樣子，那神情，像一群囂張跋扈的執法官員？還是像暴戾的土匪？他們到了一區，陳宏仁即喝令一人出來，說了一些話，那人似乎不從，出手便打，阿土接著再補上一拳，身後的打手也高舉木棍，做足揮捧姿勢，幾根木棍還未擊下，那人已乖乖回座，頭低頸斜，顫手顫腳，從包袱翻出一捆錢，一名糾察隊員隨即上前伸手用力搶下，放入勸募袋中。

之後，蔡墩土又要另一個人出來，以同樣的方式，二話不說就往那人肚子上重擊一拳。那人被打後，見宏仁身後五、六條大漢，都拿著木棍，不敢反抗，彎著腰忍痛回座，也拿出一疊鈔票。演出兩幕武打戲之後，陳宏仁等人到了另一區，事情就好辦多了，只消大聲嚷嚷，便分別有四個人自動拿錢出來。

看到這裡，李玉仁耳邊聽到鈴木大副用日語說：「陳宏仁和蔡墩土這批『搶匪』，以這種方式在一區一區地『犯案』呀！」一名日本技師答腔：「他們手上提的勸募袋看起來沉甸甸的，『贓款』應該不少了。」

謝秀媛本來在小隔間逗小玉杜玩，口中直說：「你阿母教你說客家話，我來教你說閩南話。」不久，聽到外面喧嘩，走出，站在李玉仁身旁，看到了全部過程，也聽到了鈴木等人的話。這是第二次，她對宏仁的作爲感到難過。

她把印有「醫護組長」字樣的臂章戴好，緩步走近一般乘客區，來到陳正高的「轄區」附近。

李玉仁專心一意看著，突然在望遠鏡裡看到松村和另兩名不識姓名的日本船員。心中叫著：「糟糕，要出大事了。」松村等三人離開機房，玉仁居然未察覺。於是飛快衝過去，踩到好幾個人的腳也不管了。到了現場，看見船長等三人候在一處狹窄的十字通道中央，腰間都突鼓鼓的，看得出是短槍。站立處的後方即是日本人區。

松村船長見陳宏仁一夥人來到，面帶笑容打個招呼，接著說：「陳會長，是否請你點數袋子裡的款項，可能已經夠了。如果還不夠，接下來的日本人區，由我們三人來負責如何？」

看見船長親自出面，陳宏仁知趣地結束這趟「搶劫之旅」。李玉仁適時上前，伴著眾人返回指揮中心。

指揮中心幾名幹部在清點金錢時，船艙外的天空一群海燕正在追逐嬉戲。海燕身形小，飛高竄低像飛鏢一樣快，只有在嬉鬧打架時速度會慢下來。擔任巡察幹部的陳正高偶然朝外看去，剛好看見一隻老鷹飛箭般射入燕群，嘴上叼著一隻玩耍的海燕而去。海燕一哄而散。沒幾秒間，牠們又如常玩在一起，飛來飛去，吵雜如故，剛剛受到侵襲，少了一隻同伴，像完全沒發生那樣。

伙食組廣播午飯後，麥克風仍響著，在一陣短暫的沙沙沙雜音之後，有一大串溫軟的聲音滑出：

「各位朋友，我是副會長李玉仁，請大家一面拿飯用餐，一面聽我說話。我其實是要向大家訴苦。我們千等萬等，等到上船坐定了，以爲引擎一發動就可以回鄉。沒想到我們之中有人半夜放繩吊人上來，讓榆林港務局有把柄敲我們一個大大的竹槓。是我們船上有幾個人做了賊事，才讓這裡的賊仔政府賊性大發，而吃苦的是我們這些無辜的七千人。各位朋友呀，同鄉會幹部這一天一夜，比熱鍋上的螞蟻都更焦慮。會長陳宏仁帶領我們去港務局，我們雖已交出了偷渡客，還是收到一張五百萬的罰單。不管我們如何嘶吼爭理或流淚哀求，都不能讓他們軟下心腸。我們是在港警的槍托脅逼之下被送客的。我們曾想放棄，放棄這艘播磨丸，甚至放棄回鄉的夢想。後來我們互相砥礪，咬著牙回來船上，決心用自助的方式籌措這一大筆罰金，忍著心痛向大家勸募。眞是抱歉呀！我感到非常歹勢，希望大家看在同船共命的份上，體諒我們。所有向大家募來的錢，下午去繳納完罰金後，評估會有些剩餘，同鄉會將再去市集採購食品，以彌補這一天半的耽擱所多出來的消耗。」

李玉仁周到的報告，稍稍撫慰了全船乘客的憤怒。玉仁分別用日語和台語說完時，有不少人忍不住哭了出來。第一個挨了揍的乘客，看起來已四十多歲了，哭得最惹人注目。陳正高就站在不遠處，看著兩條如米苔目一般的淡黃色鼻涕，從鼻孔出來又被吸進去，吸進去又再流出來，來回兩趟了。正高看了不忍，掏出一條在雷州市逃亡時偷來的小絲巾，上前遞給那人。那人邊擤鼻涕邊說：「歹勢，我的鼻子有病才會這樣的，眞歹勢。」

那人見陳正高友善，壯著膽罵了出來：「我十分不得已來到這個海南島，也不知道還有沒有一條命可以回台灣。你知道我那些關金一分一厘地儲蓄了多久嗎？現在可好，全被你們這些賊仔政府搶走了。」

陳正高用生硬的閩南話附和著說：「賊仔政府不在這裡，在那邊，那個楡林港務局。」

「你們用野蠻的步數，硬搶我的錢就是賊仔政府。那個夭壽的會長陳蝦米仁的。賊仔政府！馬鹿野郎！幹伊娘咧！」

「宏仁是爲了大家能出發回家，不得已的，有苦衷的，請你體諒，爲了大家。」

「有好的理由就可以做壞事嗎？用不正當的手段去做正當的事，嘛係賊仔政府。」那人越說越激昂。

「這位先生，請問貴姓大名？」正高語氣和善。

「怎麼樣，問我名字，好再找我算帳嗎？我姓陳，叫我阿吉仔就可以了。」

「絕對不會。我只是感覺你講到我心中最不安的地方了。在同鄉會裡，是我做過最多壞事，都是爲了活下去和回家。」陳正高改用日語一口氣說完這些話，才又說：「我也姓陳，我們同宗。」

不遠處，有個人一字不漏的聽了這段對話，是洪敏雄。敏雄突然很想找個人來講講話，於是走向陳正高，想找個無人處再一起禱告，但這裡人與人皮肉相堆疊，全船擠得滿滿，哪還有無人的地方。正躊躇中，正高先開口：「敏雄，你還記得箴言第十篇的內容嗎？」

敏雄心有靈犀，答稱：「我知道，但沒有聖經在身上我背不出來。我會唱一首福音歌，我只會唱閩南話的，客語的不會。我要唱了，你安靜聽著就好。」

主保守你　賜恩給你　祂也要爲你把路指引
彎曲的心　你要遠離
彎曲的事　你要躲避
義人的路　好像晨曦
漸漸照亮　越照越明

在乘客堆中還有一個人，約莫三、四十歲，禿頭禿得很厲害，穿著工作服，右口袋上繡有「大東京製糖」字樣。正用心聽著陳正高和陳阿吉的對話，然後也仔細傾聽洪敏雄唱的聖歌，眼睛張得大大的，帶點迷茫，看著遠方，許久才低下頭，長長嘆了一口氣。

洪敏雄唱得很小聲，還未唱完，眼見陳正高淚眼濟濟。敏雄很驚訝，這個人是同鄉會最堅強的幹部，向來都是他安慰別人，沒想到現在卻哭了出來。敏雄轉頭看向那位開罵的阿吉仔一眼，心想，這人短短幾句番仔話，竟讓正高心內的河堤潰決了。

洪敏雄唱教堂聖歌時，另有一人靠近阿吉仔，是秀媛。她輕聲說：「這位先生，眞正歹勢，我替會長陳宏仁向你道歉。我給你姓名地址，到台灣時你來找我，我帶你去找我阿爸醫鼻子，伊是這方面的權威，去留學日本，又去德國留學回來的。」

「他在哪裡？」

「滬尾街馬偕病院。」

「我的錢都被他們搶光光，哪還有錢看病。」

「醫藥費我一定幫你想辦法，別擔心。」

短短幾句話交談，阿吉仔的鼻涕又一出一進，秀媛拾起正高那條絲巾幫忙擦拭乾淨，準備拿去洗，一轉頭見正高在敏雄面前低聲哭泣，也一陣心疼。

敏雄正不知如何是好，聽到宏仁呼喊：「敏雄、正高，我們要去港務局繳錢，你們能不能一起去？」

敏雄回說：「我要去。正高說中午輪值巡查，不能去。」

臨下船時，松村船長請張松吉來傳話：「繳錢時一定要請對方開一張書面的准航證明，港務局長和港警所所長共同簽章的。」

前往港務局的路上，洪敏雄把剛剛發生的事一五一十地告訴大家。陳宏仁聽完露出一個很難過的表情，差一點哭出來，但隨即用手由上而下抹一下臉，扶一扶頭髮，很快恢復平靜，並說：「正高實在是非常好的人，好在有你可以和他談談心事。榮華和成吉也能一起吐吐心內的苦楚，他們同樣是客家人，是拜把好兄弟。」

「那個阿吉仔說『用不正當的方法去完成正當的事情，嘛係賊仔政府』，這句話好像沒知識，又好像很有知識。」李玉仁插話。

玉仁這些話宏仁有聽，卻沒有進入耳中，宏仁的腦海中浮現起一段往事。想起在念艋舺公學校高等科時，有一次二哥帶著幾個弟兄要去打一個客家人，宏仁好奇跟著去了。那場架就跟剛才在甲板上打人一樣，二哥帶頭，掌控一切，目的順利完成。

事後二哥被警察叫去，宏仁被外公叫去。外公叫宏仁跪下，用從未聽過的悲傷語氣罵著：「你的兩個阿兄不做人，你嘛係有樣學樣？你是你阿母唯一的希望，你阿母希望你將來親像阿公做一個醫生。你阿內，你阿母有多傷心你知影嗎？」外公又說：「客家人也是咱漢族，有一天要跟日本人車拚，有必要跟客家人合作。客家人嘛係非常勇健，擱眞正義，以後不准你再去跟客家人結冤仇。」

從那時起，宏仁被要求搬去外公家住，離開父兄的生活環境。

晚餐時分，擴音器播出了好消息。這次是會長陳宏仁親自宣布：

「各位乘客，我是會長陳宏仁。經過本會幹部的努力，咱已經拿到榆林港務局的准航通知單，本船隨時可以啓航了。這擺碰到的眞正是一個大難關，咱已經給它闖過去了。在這段時間，我曾經向一些人強迫募款，這是不得已才這樣做的，請各位諒解。本會幹部明天上午要去市集補貨買食物和飲用水，中午十二時以前可以出發。請大家放心。」

和玉仁不同，宏仁先用台語說一遍，再用日語說一遍。宣布時雖然爲向大家強迫募款的行爲，說了一句「請各位諒解」，但機房裡的伊藤隆次特別注意到：陳宏仁的話，不像先前玉仁的道歉那樣引起許多乘客的傷感。「陳宏仁這個人比較不會打動人心。」伊藤在心裡做比較。

第二天早晨，同鄉會要去採購時，李玉仁特別去機房情商黎秀琴同行，因爲她出面可以用比較實在的價錢買到所需的物品。黃榮華答應，但交代不能讓她提重物，因爲她已有孕在身。

玉仁向榮華恭喜。看了看他們一家三口所住的能保有私密的小隔間，「日本人對榮華眞是好得沒話說。」玉仁心想。

採買團下船後，宏仁靠在船舷邊看空中的鳥兒。見海鷗與海燕混雜著飛舞，海鷗優雅，海燕急促，快慢交錯，互不干擾，也不相撞。看了一會兒，慢慢從口袋抓出筆記本，在船身極輕微的晃動中寫著：

祖國政府再次令吾極度不快、不悅。類此惡行，係全中國政府皆然？抑或僅榆林港務局如此？係僅對吾台灣同胞如此？抑或對全中國人民皆然？

若祖國政府治台之作爲，較之日本殖民政府爲差，吾輩數十年之衷心期待，豈非枉費？登船至今，吾兩度採雷霆霹靂手段，眾人若皆恨吾，吾不悔也，蓋非如此不能成事也。吾心唯憂秀媛不能諒。觀其眼神，似已有異。彼若因此不諒吾，吾跳海去死可也。」

收好筆記本，宏仁繼續看鳥。船外天空的優游與焦急、快慢交織的大銀幕，看得他心緒更亂。

22

船長松村俊幸在採購組回船後，與陳宏仁互相比個手勢，引擎發動的聲音便從船尾傳出，船身一陣一陣顫動後，搖晃了起來。約半分鐘後，像晨起的公雞昂首啼叫般的笛聲響起，一連響了三聲。那是啓航的笛聲，日本人在修船時特別裝上去的。

啓航聲響，引起了一場小騷動。像漁船上的漁獲被翻動那樣，只要一區有三、五個人稍微移動屁股或側腰擺頭稍作張望，便會出現這種骨牌連動的人肉波浪。

在指揮中心，眾人意外發現彪悍粗暴的陳宏仁，居然激動落淚。宏仁哽咽著說：「爲了這個時刻，咱被人一再蹧蹋，吃了多多乀苦，眞嘸簡單呀！」

宏仁沒能感傷太久，李敏捷來說：「松本部長聽到汽笛聲跑來送別，機房的人正向他揮手。」宏仁沒動作，其他同鄉會幹部則快速移步到船舷，趕上和這位日本長官，這段煎熬的日子在後方大力協助的留任技師，揮手告別。李玉仁在揮手之後又舉手敬禮，松本威雄見玉仁敬禮，也以左手回禮。

播磨丸緩緩自碼頭移開，朝北滑行。黎秀琴抱著小孩依偎在黃榮華身旁，遠眺著越離越遠的海南島。榆林地區大家熟悉的椰林、怒生的雜草、更遠處葉子已枯黃的香蕉園，逐漸模糊了。一群海燕和其他不知名的海鳥在船後追逐，偶爾鳴叫幾聲，像在依依不捨地告別。榮華告訴妻子，台灣有更多的椰子樹和香蕉園，「妳到了就知道，台灣跟這裡很相像的。」

離兩人不遠處，一名船員石原兵衛從背後看著夫妻倆親暱的畫面，神情曖昧，眼中露出一絲異樣的光芒。

巨輪越行越遠，已大半天過去，陳正高和吳成吉還興奮地走來走去。有一回，走到機房附近，看見榮華夫妻，幾個人隔著籐網談起話來，偶爾船身搖晃得較厲害，便隨手抓住籐網。籐網的堅韌竟不亞於鐵絲網。

不遠處，有人想要嘔吐，快步擠向船舷時惹起了騷亂。榮華見狀說，當初在修建時，伊藤桑帶著幾個海軍技師，在每個樓層兩旁共設置了四十八個嘔吐筒，可直接流入海裡。日本人愛乾淨，當初預定載運約三千士兵，四十八個是多了點，現在有七千人，就怕不夠。

「希望海浪不會太大，嘔吐的人不多就好了。」吳成吉說。

「四十八個嘔吐筒也是我畫好圖，他們依樣做的。」

陳正高正想接話，突聞身後有很大的吵鬧聲，轉頭看去，客家人區和隔鄰的福佬人區，好幾個人吵成一團。遠遠就可聽到：

「你們可以說國語呀！」幾個客家人用日語這樣大聲喊著。

「蝦米是國語？恁以爲今嘛丫擱係日本時代！」

「今嘛日本人走了，國語換成什麼話你們知道嗎？」

這兩句話一出，客家人要求「講國語」的聲音弱了下來。

等正高和成吉走近，話題換了：

「登船那一天，我就注意到你無衛生。」福佬人說。

「我是什麼地方讓你看了那麼討厭，一登船就注意我，吊！」客家人用客家話回罵。

「你眞正是無衛生又擱兼無知識，人家是講你去嘔吐回來，有滴到別人，幫人擦一擦，再說聲『失禮』不就好了。」福佬人再用閩南話嗆回。

「我有一直說對不起呀！」客家人從日語，換回客語，聲量放低：「這些福佬屎眞高毛！」

「你在罵人！你以為我們聽不懂？我幹恁老母卡好咧！」另一個坐在後面的福佬人發聲開罵。

「喂！你們這些福佬屎不要太過分，你在罵誰呀？」有人幫腔。

戴著糾察隊臂章的吳成吉見雙方髒話出籠，上前用客家話向客家群眾說：「是什麼事？沒必要氣成這樣，我們這邊退後一點好嗎？」

吳成吉講話時，後面一串大聲的閩南話爆出：「你當糾察隊的怎麼可以偏袒你們客家人！」

吳成吉臉色變青，轉頭一問：「是誰說的？」

「是我，怎麼樣！」

話聲剛落，出聲者眼睛就中了一拳，是吳成吉快速擊出，同時向那人的肚子擊出第二拳。被打的人身後突然有人發話：「果然是客家人偏袒客家人。」隨即拿起鉛碗朝吳成吉重重敲下，陳正高想要攔阻，慢了半秒，吳成吉的頭已被擊中。

客家人區五、六人見狀一躍而出，福佬人區也有多人跨出，十幾人打起群架。那是甲板一樓，受限於人群擁擠，船身又一直搖晃，手腳伸展不開，十幾個人扭打後都滑倒在地上，仍繼續打鬥。

好幾百人湧向打架現場看熱鬧，蔡墩土也帶領大批糾察隊員抵達，但擠不進去。此時，擴音器響了，是松村船長親自呼叫：「大家不可以擠向一邊，左舷人太多了，請圍觀者回坐，否則船行不穩會翻船。」

船長的廣播剛停，眾人果然感覺船身向左大幅傾斜，無法站穩。圍觀者陸續用爬的或蹲著跨步回座。

蔡墩土領軍的糾察隊員們因而順利擠入現場，但見黃榮華和陳正高兩個高個子扶著較矮的吳成吉，黃榮華用閩南話大喊：「剛才用碗打糾察隊副隊長的人，有膽出來，我一定要把他丟下大海餵魚。」

衝突雙方見大批糾察隊到達，不敢再滋事。蔡墩土用閩南話詢問群毆的原委，福佬人這區眾口鑠金地說：「是福佬人和客家人起糾紛，吳成吉進場干預，偏袒客家人，才引發群毆。」

黃榮華立刻高聲說：「我聽得一清二楚，吳成吉是進場用客家話勸客家群眾不要生氣，退後一步。」

蔡墩土留六名糾察隊員在現場監視，然後扶著吳成吉回指揮中心，陳正高、黃榮華等人跟隨在後。

回到指揮中心，陳宏仁聽了蔡墩土的陳述後，不經意說了一句：「成吉仔，你那ㄟ凍阿內！」陳正高一聽，大為光火，激動起來，閩南話講得更差，乃改用日語一五一十地說明鬥毆事件實情。黃榮華也幫腔，並一再地說：「我會去找出那個偷襲成吉仔的人。」

陳宏仁對吳成吉、陳正高已有共患難的革命感情，與黃榮華則有宿怨，感情時好時壞。他很快回應，口氣冷冷：「這件事，我們和糾察隊能妥善處理，請你回去機房，別再管這件事了。」

黃榮華站著不走，更大聲地回嗆：「成吉仔的事就是我的事，你們福佬人若偏袒福佬人，讓成吉仔吃了虧，我一定跟你們車拚到底！」

黃榮華越說越激動，又補上一句：「這船上客家人也有一百多人，大家來車拚看看！」戰火似乎要延燒到指揮中心。氣氛僵持著，陳宏仁臉色鐵青，下意識把右額的髮絲向上撥了一下，隨即起身。李玉仁見狀，趕緊站在兩人中間勸解。

此時船行出奇穩定，船身搖晃極爲輕微。甲板上的空氣凝結著。大家忽聞船外空中傳來幾聲十分難聽的鳥叫。那叫聲，粗粗沙沙的，帶有暴戾之氣。幾個人一起轉頭往外一看，哇！竟是如此美麗的景象。七、八隻信天翁飛過，大大的頭下伸出鵝黃色的長嘴，尾巴很短，翅膀卻又長又窄，雪白中帶著黑邊，在蔚藍的天空之下，在墨綠的海面之上滑翔。牠們的翅膀幾乎沒動，只是乘風翱翔，姿勢優美極了。

眾人還來不及多讚嘆，就聽到一陣腳步聲響，是伊藤隆次、山本清鈴、織田一郎三人走來。伊藤抵達後先向大家問個好，然後說：「機房有事要榮華處理，船長請他回去。」

伊藤拉著榮華的手步出。山本和織田也向其他人禮貌性的點點頭，臉上沒有笑容，也沒有說話。

陳宏仁獲得這個下台階，臉色頓時緩和下來。遠遠看見機房內松村船長和張松吉正用望遠鏡看著這裡，秀媛就站在松吉身旁，她沒用望遠鏡。

榮華離開後，宏仁沒再說什麼。一面幫吳成吉檢查頭上的腫傷，擦藥，並輕輕揉著，一面低聲用日語說：「眞對不起，我剛剛好像講錯了一句話，讓榮華和正高氣成那樣，唉！」

同鄉會的幹部聚攏過來，交換了意見，決定不宜再追究剛才的群毆事件，但必須公告，嚴禁此種事故再發生。

陳宏仁想用一種比較特別的方式公告此一禁令。他找到船修復時剩下的紅色油漆，用細籐條爲筆，在一件舊汗衫上用日文寫下：

本船嚴禁再有群毆，違者不論對錯，必將肇事雙方丟入大海，絕不手軟。

台灣同鄉會啓

由於船上擁擠，走動不易，陳宏仁決定由自己拿著放在胸前，並請蔡墩土和吳成吉隨行於身後，在每一條小通道上一步一步慢慢行走，讓每個人都看見公告的內容。

李玉仁原本建議用擴音器廣播此一禁令，但陳宏仁說：「我要用這種活動布告欄的方式，展現我們一定執法到底的決心。」

活動布告欄順利繞行三個樓層，耗費近一個小時。陳宏仁等三人全程表情嚴肅，頭左右擺動，順便進行一次全面巡察。

幸好那時船身沒有大搖。

當晚，船行一夜無事，海浪比白天大了些。乘客們都累了，大搖籃的搖動，似乎幫助了睡眠，連輪值巡查的李敏捷也坐在走道上睡著了，背部只靠著一根細繩子。

林阿亮帶上來的三個假男人，沒能掩飾太久，尤其是晚上睡得東倒西歪的時候。上船的第二個夜晚就被隔鄰的同伴知道了眞相。林阿亮趕緊拿出預藏的鹹鴨蛋和魚乾供鄰居們享用，並說：「女人在外實在不方便，大家同樣是出外人，同樣是台灣人，我們盡量不要暴露她們。她們很可憐。」

當林阿亮對別人說到「她們很可憐」時，菊妹總會正色糾正：「我不喜歡被人說成很可憐，你不要再用這個詞，好嗎？」

被發現眞相的當晚，一名男鄰居伸手朝洪金珠摸乳撫臀，心存挑逗。金珠立刻搖醒兩名女伴，沒幾秒間，男子的脖子已被菊妹和敏子聯手勒住，男子想掙扎反擊，反被勒得更緊，勒到滿臉脹紅，眼白翻出，吵醒了鄰近乘客，合力將三女拉開。

事後，菊妹告訴阿亮：「我們三人早已商定，在船上若被騷擾，第一次就要聯手狠狠反擊，才不會有第二次。」

23

次日早餐後，張松吉來指揮中心。眾人搶著問：「松吉仔，這次是來傳達什麼？」松吉今天特別開朗，微笑著說：「松村船長沒叫我傳達什麼，我只是今晨閒閒沒事過來聊天。船長和伊藤桑昨天下午有一番對話很有意思，你們一定要知道。」

在場七個人，十四隻眼睛看著他。

張松吉講話時，從來很少讓人感覺心裡是高興還是不高興，但這次，歡喜之情，溢滿臉上。他說：

松村船長對伊藤隆次說：「打群架的事情過後，我眞擔心同鄉會那些大男孩會展開一連串的調查、訊問和懲處。幸好他們沒有這樣做。」

宏仁打斷松吉的轉述，插入一句：「那個『戽斗船長』稱我們是『那些大男孩』？」

「一點都沒錯。」

在座幾個人哈哈笑了起來。張松吉繼續轉述：

松村船長接著又對伊藤桑說：「戰爭前，我在一家遠洋漁船上擔任大副，船上有一批水手是沖繩島人，另一批是薩摩人。這兩組人的歷史恩怨你是知道的，他們動不動就吵起來或打成一團。我做事一向積極負責，那時也還年輕，每逢他們打群架便立即調查處理，幾次下來，我發現怎麼處理都不對，越處理越糟糕，後來我自己也被捲入，搞得滿手都是大便。」

在座又傳出哈哈哈的笑聲。張松吉講得更起勁了：

伊藤桑接下去說：「我以前在台灣花蓮工作時，見過閩族村和粵族村的人集體械鬥，只爲了爭奪灌溉用水。現在回想起來，那裡的日本警察都處理太過了。過多的傳訊和棒打，反而會增加更多的械鬥。」

「對，這就是我想說的，機器壞了，要趕快處理；人跟人壞了，不妨慢一點處理。」松村說。

「不只是慢一點處理，有時候不處理反而是對的。」伊藤說。

「剛才同鄉會那些大男孩的不處理政策，值得我們學習呀！經過這個事件，證明他們都是『資格者』。」

張松吉轉述至此，輕聲詢問吳成吉和陳正高：「我偶爾穿插一些閩南話，兩位不反對吧？都聽得懂吧？」

「閩南話我大多數聽有，沒要緊，請擱講。」陳正高用生硬的閩南話回答，吳成吉接著點點頭。

張松吉接著說：

伊藤桑說：「榮華，你也可以採取不處理政策，到此為止，不要去找那個人，為吳成吉報什麼仇啊！」

榮華回答：「沒問題，就這麼辦。」

松吉這一番轉述，使在場每個人的心情都舒坦了起來。外面，放眼望去，陽光強烈，一片藍天，只有偏北處飄著一大片黑雲，像女人新燙的頭髮，一卷又一卷，但還在遠方。

「不知香港快到了沒？」李玉仁看看藍天，心中想著。

在場諸人對張松吉的談話，都顯露出一種渴望再聽下去的表情，松吉覺得很像以前在家鄉，很多人聽阿爸講風水、說地理時的表情，談興更濃了。

只聽松吉清了清喉嚨，這回說出的是不好的消息：「今年開始，台灣不一樣了。現在不但治安變壞，衛生狀況也快速惡化。據說幾個月內就有五千多人染上天花，霍亂在許多村莊大流行，從台灣頭到台灣尾都有。」

眾人聽了都心中一沉，方才的舒暢感消失無蹤。陳宏仁歪著頭問：「這些事，怎麼我和玉仁前陣子和你碰面時都沒聽你說起？」

「那一陣子你們正忙那件事，不想增加你們的心亂。」

「忙哪件事？」

張松吉刻意壓低音量說：「去昌黎村搶劫財物的事。」

「你也知道？」

松吉點點頭。這回換李玉仁問：「那麼松本部長也知道了？」

松吉微微一笑：「現在講已經沒關係了。松本部長不但知道，更是幕後總設計人，不但策畫全局，最後一刻自己也出動了。」松吉看了玉仁一眼，繼續說：「有一天，他們在討論細節時，我見松本部長拍了一下自己的大腿，說：『太好了！至少要安排李玉仁在現場說一、兩句滿洲口音的支那話』。」

「啊！」陳正高突然大喊一聲，喊完警覺地壓低聲音：「那天晚上，玉仁說有兩個從後面圳溝跑了，我追過去，看見一個跟我們一樣蒙面的人，正和那兩個中國兵格鬥，只見蒙面人很快撂倒一人，放走一人。」

陳正高接著點點頭，自言自語：「沒錯，沒錯！那個樣子有像松本威雄，有像！」

在座每個人那天晚上都有「出任務」。那是一個驚悚、血腥的記憶。一個無法抗拒的情勢壓迫著他們。他們，包括台灣人和日本人，在心理上相互支撐，並相互強化它的正當性，然後集體幹了一件滔天大案。這個案子沒有媒體報導，沒有檢警偵辦，但大到讓其中一位「兇手」事後發了瘋病。

現在每一個人的表情都變了。洪敏雄還有驚懼在臉，兩眼張大大，眼球顫搖著；吳成吉茫然看著船外，眼神空洞；蔡墩土突然向船頭張望：「我們離開海南島多遠了？船跑了兩天了，已經離開很遠了。」李玉仁則自言自語：「啊！松本桑，我早料知他已知道此事，但沒想到他才是第一主角，他眞是用心良苦呀！」說著說著竟哭了起來，顫聲說：「今嘛，我非常感念松本部長。」

敏雄注意到玉仁哭的時候，那臉孔和前天晚上睡覺時一樣，一樣的苦，不曉得要如何形容的苦，像孩子吃苦藥粉時那樣的苦臉，看著看著也跟著啜泣了起來；正高、成吉、松吉也受到影響，紛紛擦著眼淚。此時，宏仁用手往臉上由上而下抹了一把，眼眶是紅的，沒有淚水。決心離開這個話題，朝松吉問：「你再說說台灣的動亂吧！我們回到台灣馬上要面對的。」

「剛才說的，有些是三月初我從美軍電台日語廣播聽的，有些是松本部長從日本方面獲悉的，報導都很簡短，就那麼多。」張松吉聲調再放和緩些：「松村船長那邊有個短波電台可聽，但收訊不清楚。最新的情況是各街各庄有頭有臉的人，都出來組織三民主義青年團，民間自己擔當治安和公共衛生工作。我聽到台灣現在的長官已要求官員不撒謊、不揩油。」

「不揩油是什麼意思？是不是說不能加油？」

眾人一起往玉仁的臉上看。

「不是。它應該是說政府官員不要向人民多拿錢的意思。」

「有沒有日本政府官員還暗中留在台灣的消息？」陳宏仁問。

「沒有。」張松吉說。

午餐的廣播此時響起，指揮中心無人理會，沒有人因爲飢餓而想中斷談話。

陳宏仁接著又問：「還有別的嗎？」

「我在台灣和南京兩邊的國民政府電台都聽到要防『諜』、防『共匪』。」

「共匪？什麼是共匪？」在座有兩、三個人齊聲詢問。

「我也不知道。或許玉仁知道吧？」松吉一面拿出粗粗的廁所紙擦臉，一面把話題丟給李玉仁。

玉仁接話：「我也沒聽過。我猜『共』應該是指共產黨，中國的八路軍不就是共產黨嗎？『匪』則是罵壞人時用的話，我們台灣話不是也說『你這人眞匪類』嗎？」

玉仁見無人接腔，怕大家不懂，又補了一句：「所謂共匪，就是罵那些共產黨是匪類。」

「哼！國民政府罵人是匪類。在海南島，他們的軍隊來抓兵時，嘛係眞匪類。」蔡墩土突然冒出這句話。

陳宏仁接話：「不只中國人，日本警察在打人時，日本軍隊在強迫徵兵時，嘛係眞匪類。」

「自古以來，不管什麼帝國、什麼王朝，一、要有夠匪類，才能夠成爲政府；二、不夠匪類，不能維持統治。通常，做政府的一旦做久，都會變得很惡質。如果有一天政府由我們來做，不知我們能否避免變成一群匪類。」李玉仁感慨地說。

眾人一時無語，陳宏仁抓住這個縫隙說了幾句話，台華語混用：「我們也不必對松本威雄那樣謝天謝地啦。他那樣做主要是爲了還有一百多位日本人要送回去；何況送我們回台灣，他負有道義責任。」

談話至此，已錯過了午餐時間。今天的午餐是每人兩個包有一片海苔的飯糰，外加一碗味噌湯。幹部們分別去廚房補領了飯和湯，草草吃了。

張松吉要回機房時對陳宏仁和李玉仁說：「我今天來這裡要說的最重要的事竟忘了說，眞是好笑。」

「是什麼事?」

「香港應該快到了。玉仁曾叫我聯繫香港紅十字會或聯合國救難總署,我打了電報,紅十字會沒有回覆;但小泉健二透過日本『遺返援護局』找到聯合國救難組織,在我們啓航前一刻收到回覆,問我相關詳情。」張松吉說:「他們是否幫助我們,要到了才知道,不過,我們要先想想到了香港後,可能碰到什麼情況。」

「是呀,香港海關若准我們靠岸要怎樣,不准又該如何。我們要先找好哪些人會說廣東話,誰又能說一點英語。」李玉仁接著說。

陳宏仁想起一事:「向乘客募來的款項中,還有一千多塊美金。香港應該能用美金,可用來補充油料、食物和飲用水。」

三人正要討論細節,聽到陳正高呼喊:「樓上有個人快死掉了,宏仁,請你來看看有沒有救!」

陳宏仁衝上去。那是約四十歲的台灣人,臉色黑中帶黃,肚子已高高鼓起,翻看眼睛,亦明顯泛黃而無神。陳宏仁判斷是急性肝病,卻也不敢排除是腸胃疾病。宏仁趕緊去藥箱拿藥,下樓梯時焦急地抓頭髮,心想自己只是醫學院四年級學生,何況又沒有很努力在念,船上也沒有醫療儀器,判斷病情上眞沒把握呀!兩種藥都讓那人服下去吧!宏仁一面疾走一面這樣做了決定。

走到藥箱處,宏仁一面找藥一面想起黃榮華。這批藥材是榮華捐出來的,榮華人眞的很好,「我以後要克制點,別對他發脾氣。以前罵他日本走狗,現在沒這個問題了。」宏仁這樣低聲自我叮嚀。

陳宏仁拿著兩種藥再度上樓時，發現有人正在爲病患把脈，並仔細地推拿。此人是個大禿頭，穿著「大東京製糖會社」的幹部制服，自稱林鴻國。桃園人，略懂漢醫，稱病患是製糖會社的同事，冒昧來看看能否幫得上忙。

林鴻國在說話時，秀媛趕到。宏仁不再忌諱四周都是人，上前牽她的手。秀媛沒拒絕，但只一秒間，她掙脫了宏仁的手，上前蹲在林鴻國身旁幫忙。

林鴻國告訴宏仁：「你的判斷沒錯。我這個同事肝火太旺，是急性肝病，不像是腸胃問題。」也同意將兩種日本藥「軍利丸」和「救肝丸」一起讓病人服下，並補充一句：「此時不可能有藥房抓藥，只好這樣了。」

林鴻國還想說什麼，被擴音器傳出的聲音打斷。松村船長廣播說西北邊有大片黑雲飄近，應是一場午後西北雨，請大家小心，怕淋濕的物品文件和鈔票都要收好。

由於病人已無法自行吞嚥，林鴻國將藥丸和水，分四次灌進病人口內後，強力從頭部由上而下拍打，按揉、推送，一直到胸部，再從其背部由上而下做一次相同的推送，費了半個多鐘頭，滿頭大汗。陳宏仁在醫學院學西醫三、四年，在外公家耳濡目染漢醫多年，倒沒見過這種強行灌藥的手法。

灌藥差不多結束時，一陣強風捲起了船上眾人的頭髮，壓迫著眼簾，瞬間下起了傾盆大雨。一、二樓靠西北的區域有強雨打進，乘客們紛紛挪動屁股避雨，亂成一團，但因太擁擠，也沒能移動多少；幾乎所有人都舉起手，以掌遮頭擋雨，遠看宛如一群投降的士兵——一群戰敗國的軍工、戰勝國的遺民，現在全身濕透透，好像在向老天爺舉手乞降。

三樓約有兩千人完全沒得遮雨，只能淋著，讓子彈似的雨水擊打著頭臉、手臂和頸背。不能弄濕的物品如錢包、船票、文件等則夾在腋下或胯下，以肉身擋著。這場西北雨約二十分鐘結束，因驟起狂風而猛烈搖晃的船身也逐漸回穩，許多人在船身平靜後才忍不住暈船嘔吐。

在三樓，每個人都像剛從池塘中游上岸的小狗一樣，頭髮、身體全濕，只要左右搖一搖頭，便有水珠四散，噴到其他人身上；別人甩甩頭，水珠又濺了回來。一時間整個三樓又像第二場雨似的噴灑著大大小小的水珠，大家互相再淋一次雨。

一樓的陳、林兩位「醫生」工作處附近，一名暈船十分嚴重的乘客發問，陳宏仁聽出那是台北人的口音：「啥米時候會到咱台灣呢？」宏仁回說：「會先到香港，再回台灣。大家多忍耐、多忍耐，香港應該快到了。」

宏仁回到指揮中心時，看見玉仁與幹部們開會，知道在規畫船抵香港後的事情，也加入討論。

一樓朝東的船舷邊，一個高瘦黝黑的青年，漁家出身的鍾明亮，告訴隔壁鄰居：「陸地快到了，應該是香港。」

「你怎麼知道？」

「海上的顏色不一樣了，而且聽見了鳥聲。」

沒多久，一群海鳥飛出，活躍在海面，以海鷗和海燕居多。牠們飛舞在許多乘客眼前，盡情俯仰翩飛。擠在船上像被牢牢綁住全身的人們，看在眼裡，羨慕在心底。

又過了一會兒，擴音器響了，松村船長廣播：「已可看見香港，約廿分鐘後可以靠港。」

24

「香港眞的和海南島不一樣啊！」「那幾棟樓房比台北的總督府還要高！」「是一個眞正熱鬧的地方呢！」播磨丸上的七千人都希望能走向船舷把香港看清楚一點，但大約只有三分之一的乘客能看得到。

約十分鐘後，擴音器傳來副會長李玉仁的聲音：「香港海關不讓本船靠岸，船上所有乘客因爲沒有簽證不能下船，紅十字會安排了小船來接採購人員上岸，在港口附近補貨，請大家安心在船上等待，補完貨，加滿油，即刻再啓航。」

指揮中心推定的八人：陳宏仁、謝秀媛、張松吉、吳成吉、洪敏雄、陳國棟和伙食組兩位成員，加上機房派出的三人：伊藤隆次、黃榮華、大副鈴木義夫，共十一人會合完畢，正準備下船。

船上留守幹部是船長松村俊幸、同鄉會副會長李玉仁和糾察隊長蔡墩土。

十一位採購人員下船後，李玉仁開始整理剛剛被打濕的物件，三個朝鮮人走了過來，包括領頭的崔益三。交談後才得知三人都能說北京話。崔益三解釋：「抱歉，除非有必要，朝鮮人不會主動講日本話和中國話。」

李玉仁說：「這我清楚。我以前的愛人是你們新義州人。她也是這樣想的。」

「你清楚，未必能同感。千百年來，有兩隻手扼住朝鮮人的脖子，一隻從大陸伸過來，明國人，清國人，現在叫中國人；另一隻是海上來的，是日本人。」

「這些，我都清楚。」

玉仁接著談起了朝鮮愛人和新義州的回憶，說：「若非一定要回台灣照顧母親，我很可能留在滿洲，成爲朝鮮人的女婿。」

崔益三似乎對玉仁的往事不感興趣，硬生生切換話題：「機房內那個黃榮華，我原先一直以爲他是日本人。直到那天打群架，聽他用台語怒吼，才知道他是台灣人。」

「哦，我們這一代的台灣人多是那樣。你想想看，我們出生時，是日本政府。家裡說台語，但從搖籃裡就開始在聽日本兒歌了，長大後穿的是日式童裝，上學後被灌輸的國家認同是日本國，效忠的對象是天皇。我的父兄都有兩個名字，一個是漢名，一個是日本名。其中最重要的是，日本人在台灣，雖然警察很兇，但各級學校的日本先生都很好……」

崔益三找到一個縫隙，切入：「朝鮮同樣被日本殖民，但我們不會這樣。」

「我在滿洲時，認眞想過這個現象。朝鮮半島雖然古時分爲好幾個國家，但在日本人統治之前，朝鮮人基本上已有了雛型的國族意識；但台灣還沒有，即使有，也只是漢人的意識。」玉仁說到此處，發覺崔益三眼神凝結，表情專注，對這話題似乎特別感興趣，於是口沫橫飛了起來：「以前台灣北部由西班牙和英國占領，南部是荷蘭人，殖民者各行其是。後來的清國政府對台灣的統治是鬆散的，各地常有民變，清國政府會派個大官來鎮壓，大官擅用各族群的矛盾來平亂，亂平之後又急忙跑回大陸去了。清國官員曾在台灣興建鐵路，但只從基隆勉強建到新竹，南北往來非常困難。台灣雖然是一個完整的海島，但在清國時代，地域上沒被連成一體，族群的矛盾又被不斷地強化，因而，日本人來殖民時，台灣有的只是漢人和番人、客家人和福佬人的族群意識。國家認同呢？是有個『愛新覺羅大清帝國』沒錯，但它很遙遠，遙遠的天朝。這是第一點……」

李玉仁正說得興起，蔡墩土帶著兩名糾察隊員衝了進來，耐心等玉仁說到一個段落才打斷，說有一件重大的事要立刻處理。三名朝鮮人識相地退出。

蔡墩土說：「糾察隊發現有人在船上賣小魚乾，一包包分裝，是登船前準備的，一包賣廿關金，已經賣了三天了。做這項買賣的不是一個人，是一組人。他們登船前由十個人出資，合組成公司。登船那天半夜，船上有人放下繩子，吊人上來，每上來一人收兩千關金，也是這組人籌畫進行的。」

蔡墩土接著說：「我拷打了其中兩人，供出這個內情。登船那天半夜，無票偷上船的其實有十多人，我們第二天只發現七個人。」

「有沒有一個帶頭的？」李玉仁問。

「有，是兩個。我已吩咐幾個糾察隊員看著，不怕他們混入人群。」

李玉仁想了一下，說：「不准在船上做生意是我們訂的規章，一定要執行。一、你多帶幾個人去，把兩個帶頭的綁起來；二、要他們供出還有哪些商品，全部找出來充公；三、至於如何處置那些人，等會長回來後再決定；四、能不使用暴力，盡量不用。」

蔡墩土的執行力不錯，但還是使用了暴力。沒多久，找出大批物品，除小魚乾外，還有滷海帶、鹹蛋、山東大餅，好像可以開一間雜貨店似的物品，全部送到伙食組，給大家加菜。

機房內，松村船長靠在駕駛艙內閉目養神，不久睡著了；其他的作業員也都利用停船熄火的空檔趕緊補眠。不知過了多久，松村在半睡半醒中聽到一個奇怪的聲音，起身察看，赫然發現一人蒙著臉，提著褲子，手上拿著一把開山刀，從黃榮華一家住的小隔間走出來。那人見船長瞪著眼看見了，神色倉皇，快速離去。

松村臉色大變，拔槍追上。那人走入機械室，再無可逃之處。松村拔下蒙面巾，認出是船員石原兵衛。松村立即反鎖機械室，快步走入小隔間，見黎秀琴蜷在地上哭泣，滿頭散髮，衣褲不整，心下既氣憤又慌亂，立即再回到機械室，拔出短槍，低聲喝問：「你幹了什麼事？從實招來！」

石原不敢說，囁嚅地求饒。

松村一時拿不定主意該如何處理，心中浮起伊藤隆次不知說過多少次的話：「榮華是最像我們日本人的台灣人，他簡直就是日本人，我們要好好對待他呀！」

松村收起短槍，慎重告訴石原：「這件事我不會饒你，黃榮華回來也不會饒你。在我還沒想出如何善後之前，我要你暫時不要張揚，不要讓人發現。」

石原直點頭，驚懼在臉，又似心存僥倖。

松村再度走回小隔間看秀琴，她已穿好衣褲，仍在哭泣，並開始嘔吐，一面吐一面哭。幾名船員被吵醒，「船又沒開航，怎麼會吐成這樣？哦，我忘了她正懷孕。」一名船員自言自語了一陣，又睡了回去。

松村想對秀琴說幾句話，但眼下沒有通譯。腦中飛快閃過幾個人，例如留守在船上的陳正高或機房內的幾個台灣人。不過，暫時不能讓正高知道，其他台灣人應該也和她言語不通。松村很快地走回駕駛艙，拿出紙筆，用所能想到的漢字，試著寫字，但寫不出完整的意思，轉念一想，秀琴也未必看得懂。松村一個動念，快步將石原兵衛叫來，用槍押進機械室，以粗繩結實綁在柱子上，然後快步去找陳正高。香港的四月悶熱，松村已頭臉都是汗，但沒時間擦去。

找到陳正高時，松村低聲將事情說了。正高赫然伸手要從松本的腰間搶去短槍，說：「我要去斃了他。」松村按住短槍，長長的下巴上翹，回說：「我已將石原綁了，要殺，等榮華親自動手。」松村接著要正高去安慰秀琴：「有無可能叫秀琴暫時不要告訴榮華？」

「你是什麼用意？」

「我怕榮華受不了刺激，做出太激動的反應。慢點告訴他，情況或許能在可控制的範圍內發展。」

「我先去看看秀琴再說。」

此時，秀琴已停止哭泣和嘔吐，將玉柱緊緊摟抱在懷，像溺水的人緊緊抱住浮木那般，驚懼猶在臉上。見正高和船長進來，表情略爲放鬆，低聲朝正高訴說：「那個蒙面的，拿刀子放在我的脖子，同時把刀子移到玉柱胸口，強迫我……」說到此又哭了起來，兩眼越加紅腫了。正高安慰她：「別太難過，我們已抓到那人，會嚴加懲罰。」

兩人走出來後，正高對松村說：「看樣子不可能。女人受到這種侵害，不可能不動聲色，一定會讓丈夫知道。」

此時十餘位機房作業員已睡醒，見石原被綁在機械室，幹的事沒多久便眾人皆知。其中一名與石原交好的日本船員不聲不響潛入機械室，在裡頭絮絮叨叨低聲交談：

「現在怎麼辦？在船上無處可逃。」

「你幫我鬆綁，我偷偷翻舷，掛在舷外一段時間，避一避。」

「不可能。你的手臂能掛幾天幾夜？」

「快！船長隨時會再進來。快給我鬆綁，我自有辦法。」

陳正高和松村談完後，先去跟玉仁說了。玉仁憂心忡忡：「眞糟糕！榮華不知會鬧成怎麼樣？」

約兩小時後，陳宏仁等人提著大批物品，比伊藤隆次一批人早回船。獲悉此事後，陳宏仁的第一反應是：「船長有無袒護石原兵衛的意圖？」

「完全沒有。」正高回答。

「那就好，我們等著看。」

秀媛則滿臉憂愁，快步走回機房探視秀琴。

陳宏仁隨後告訴玉仁，國際紅十字會和聯合國難民總署各有一位代表前來關心。問明情況後，提供了兩項最基本的人道協助：給播磨丸加滿油和飲用水。機房已在作業。

宏仁順便買了幾份中文報紙和雜誌回來，遞給玉仁：「我們在海南島與世隔離太久了，你一定會有興趣看這些。」

未等玉仁翻開報紙，宏仁又說：「中國國民黨香港支部的書記也一起來見我。那人說國家正在從事剿匪大業，剿匪戰爭比抗日戰爭更艱難，要大量兵員。提到我們船上有七千壯丁，要我回船號召大家投入神聖的剿匪大業。」

「等一下，他用什麼話跟你交談？」

「他帶了一個人，自稱是情報局官員，廈門人，閩南話講得非常輪轉。我的普通話也越說越流利了，你忘了嗎？」

「你怎麼回答他們？」

「人家找上門了，唉，我說，說不定船上會有人願意。我回船上問問看。」

李玉仁正想多問些詳情，蔡墩土匆忙進入，中斷兩人的談話，說：「被綁起來的兩人大聲哀叫，附近幾個區的乘客議論紛紛，會有騷亂。」

蔡墩土隨後將有人在船上做生意的事詳細報告，並將玉仁的初步裁示說了。陳宏仁聽完大為震怒，高聲說：「幹！有這款代誌！應將為首兩人丟入大海，才能維護我們訂下的規律。」李玉仁則說：「清查所有商品時，糾察隊員已經將他們拷打得很嚴重，打得流鼻血，哀哀叫，求饒恕。我想，這樣就夠了；但那群人所有的錢財要再清出，全部沒收，到達台灣後，用這筆錢支付酬勞給糾察隊員、伙食組和機房的作業員。」

但陳宏仁很堅持：「半夜偷吊人上來，又收高額費用，這太可惡了！可以原諒嗎？」

兩個老大意見明顯不同。幹部中除了蔡墩土和李敏捷未持意見外，其餘全部表態贊成李玉仁的主張，陳宏仁只好接受眾議，但臉色很難看。

陳正高正想說些話緩一緩氣氛，機房內爆出了淒厲的怒罵聲。聲響之恐怖，似乎連船外的海浪也被驚動了，當然也驚動了擠滿全船動彈不得的人們。各樓層都出現一波波整齊劃一的扭頭伸頭的動作，向發出驚人聲響的機房張望。

同鄉會幾個人連推帶擠，好不容易走近。透過籐網看到榮華手持一顆手榴彈，要向機械室衝去，但雙臂被船長松村和一位日本船員一左一右擋駕著，三人貼身僵持在那裡，像以一敵二的摔角殊死戰；伊藤隆次著急地在榮華耳邊勸阻，努力想奪下手榴彈，榮華則歇斯底里地喊著：

「把石原交給我！誰把他藏起來了？不交出來，大家同歸於盡！」

整個機房空氣凝結。松村一面用力擋著一面告訴榮華：「小泉和織田帶人去找了，一定會找出來。」

伊藤隆次在旁勸解許久無效，僵持到後來，伊藤竟跪了下去，說：「你是我在海南島最要好的弟兄，你常說我就是你大哥，現在請接受大哥的請求，收起手榴彈。」

黃榮華見狀也立即跪下，兩人以日式跪姿面對面。擋駕的人頓時也鬆開手。榮華流著眼淚，豆大的淚珠滾落到鼻邊，流到頸部，沒有擦去；伊藤也含著淚等候榮華的答覆。

此時隔鄰一艘小型商船發動引擎，傳出正要啓航的笛聲。幾乎在同時，籐網外一陣吵嚷：「讓路！讓路！讓路！」眾人引頸望去，是小泉和織田押著滿面灰青、右頰受傷正流著血的石原兵衛走來。石原被押到互相跪著的黃榮華和伊藤隆次的跟前，見黃榮華手握一顆手榴彈，驚恐上了臉，也跪坐下去。只幾秒間，石原與伊藤對看一眼，又瞥了松村一眼，臉上的驚惶逐漸消滅，顫聲請求：「可否容我切腹？」

黃榮華大聲回嗆：「不行！切腹是一種有尊嚴、有光榮的死。你不值得這種尊嚴。」

「切腹有時用在保全榮譽，但也表示接受懲罰。現在，石原是想表示接受懲罰。」是伊藤的聲音，嚴肅中帶有溫婉，眼睛一直盯著榮華。

伊藤說到「接受懲罰」時，提高了聲量，慢慢吐出。之後，感受到榮華的態度逐漸軟化，輕輕伸出手，握住榮華拿著手榴彈的手，慢慢撥開手指，將手榴彈拿了過去。榮華未再抗拒。

伊藤小心翼翼地將手榴彈交給身旁的織田一郎，起身扶起榮華，並向松村鞠躬，說：「敬謹請求準備切腹儀式。」

松村問：「何時較妥？」

「明天天亮不知能否準備妥當？」

「可以。」

站在籐網外的陳宏仁此時走進機房，高聲高調主張：「我有意見，這艘播磨丸現在由台灣同鄉會主持，我反對再用日式的切腹來處理這件事，好像現在還是日治時代似的。」

「那應該怎麼處罰？」松村問。

「用中式的，支那式的，現在是『中國』了。」一個回答來自籐網外，聲音尖而響亮。大家認出是陳宏仁列星會的一個死黨，名叫順治，手臂掛著糾察隊的臂章。

「支那式的處罰該怎麼做？」松村側個臉再問，下巴長而凸，微翹。

「推出午門外，斬立決。」同一個尖而響亮的聲音，用唱戲的語調高喊，「斬」字語調拉得很長。

網外有人起鬨，笑問：「這艘船上有午門嗎？」

面對這個突發狀況，全場都傻了。伊藤慢慢靠近松村，織田也靠了過去，玉仁適時加入。四個人交頭接耳了一陣，松村高聲宣布：

「沒問題。就照同鄉會陳會長的意思，明天一早執刑。」

25

機房的騷動結束後，陳宏仁從籐網附近走回指揮中心，路過日本人區附近時，感覺船身在一陣顚搖之後動了，喊了一聲：「咦！怎麼這次開船，船長沒照會我？」

陳宏仁折回機房，見李玉仁正走出，問道：「戽斗船長開航向你照會了嗎？」

「有，是我通知他開船的。早上香港海關給的許可通知書，本來就是寫明補完貨加了油立刻離港。我們不能再挨一筆罰金呀！」

「我剛才不是跟你說，國民黨的香港書記來找我，談到想上船徵集兵員？」

「你只說會幫他們問問看，你沒說他們要上船來徵兵。」

「唉！我只是少說了一句，船就被你開動了。他們還在碼頭會客室等我的回話呢！」

「宏仁，你眞的還想做這種事？打了八年的仗，每個國家、民族都已經精疲力盡了，人民吃了千辛萬苦，還不夠嗎？」

「你在教訓我嗎？」

「全台灣、全中國、全日本、全世界的人民都打仗打膩了，打怕了。現在全船的人都盼望早點回鄉，重建家園。你嘸代誌惹代誌。」

「那麼你是故意搶在我前面，讓船早點開走的？」

「有一點這個用意。」

「啪」的一聲，陳宏仁冷不防出手打了李玉仁一個耳光。玉仁被打後也瞬間移動腳步，沒人看清是怎麼做到的，宏仁的脖子已被玉仁的右手臂勾住，臉色由漲紅轉青。玉仁的身體緊貼著宏仁的背部，眼看玉仁正要用力提起宏仁的身體，突然又緊急剎住，放鬆下來，把宏仁放開。

宏仁被放開後，腦海中浮起一個畫面：在島上預備去殺人搶劫前幾天，玉仁接受了格鬥訓練，山本清鈴反覆教他一個貼身勒脖子的動作。啊！就是那個動作，宏仁剛才感到喉頭受到極大的壓力，胸臆間已無法呼吸，幸好玉仁不久即鬆手。

宏仁感到十分洩氣，沒理會四周上千人驚訝的眼神，也沒理會呆呆站在對面的玉仁，逕自走開，走回指揮中心。

陳宏仁一面走一面想，反正船已駛遠了，再怎麼生氣都來不及了。

李玉仁則被張松吉拉進機房。

兩人在大庭廣眾前爭吵又大打出手，對全船乘客來說，其震撼實不亞於剛才伊藤隆次含淚解除黃榮華的手榴彈。

船上石原產業的台灣人和日本人，八個月來每天目睹這兩個台灣青年併肩協力，一起面對一個又一個困難，接受各式各樣的嚴酷挑戰，兩人同心共命，全船的乘客也跟著一起同心共命，怎麼突然會鬧翻呢？

由於兩人爭吵時全程台語日語混著用，日本人在陳宏仁離開後，紛紛向鄰區的台灣人詢問爭吵內容。

「啊！原來如此！」日本人區一時充斥著這類的感嘆句。

山本清鈴在搞懂原委之後，慢慢走出來，向指揮中心的方向走去。早在昌黎村「作案」那段時間，就察覺到宏仁有難得的英雄特質。「脾氣發作再慢一點，再克制一點會更好。」應該去告訴宏仁這句話。

指揮中心裡，每個人都情緒低落。宏仁和玉仁從戰爭結束後就一起帶領大家；兩人是魚幫水、水幫魚，都是老大；萬萬不能也不可以鬧翻呀！

陳宏仁一個人坐在甲板上。「剛才一時衝動打了玉仁一巴掌，其實是打壞了自己的領導權威。這七、八個月來，都是我在扮黑面的，他當好人，可能全船的台灣人和日本人都痛恨我，卻喜歡他呢！」宏仁想著：「我這衝動的脾氣一定要改掉才行。」

宏仁下意識摸了摸口袋裡的筆記本，想寫些什麼，但船搖晃著，不知道下一分鐘是否搖得更厲害。他把手伸進了衣袋，緊緊抓著那個油紙包，緊緊抓著，沒拿出來。

山本清鈴走近宏仁，心中盤算著該用什麼方式和口氣談話。松本部長常說李玉仁好得不得了，要山本在船上多給予協助，但自己心中比較喜歡陳宏仁。感覺宏仁像他的父親，果敢、奔放，帶一點點的魯莽；父親投身軍旅，官拜陸軍大佐。兄長也是同一種性格，在空軍發展得很好。一家男性中就只有山本清鈴像母親，內斂、多慮、深思，不去讀陸軍士官學校，卻去學禪、學劍。

「也可以不找他，不必說，任其發展吧。」山本想著想著，轉了一個念頭。

在指揮中心發呆的陳宏仁見山本清鈴走近，又見其折回，乃起身叫了一聲：「山本隊長，有事嗎？」

「我想來看看你，玉仁用我教他的武術有沒有傷了你？」

陳宏仁不好意思地說：「眞厲害呀！我差點窒息死掉。」

「那是日本居合道中徒手對敵的一招，可瞬間殺人，幸好玉仁及時刹車。」

「我一直好奇，你是武術高手，怎麼會到海南島礦場來？」

「我只是學過武術，不算高手。我是因爲避戰輾轉來的。這場戰爭，日本一般平民也是受害者。」

「日本人願意避戰、能避戰的，不多吧？」

「確實不多。我的師父是一位隱士。我也有隱士的思想。」

山本說完就藉故告退了。回到日本人區，往機房方向望去，看見李玉仁正與伊藤隆次、松村船長、張松吉等人比手畫腳談話，應是在討論明日的處決事宜吧。「日本的切腹和支那人的斬首，現在已經沒什麼差別。總要有個『介錯』[1]的角色吧！不知道會不會找上我？」山本想起船長室那一把武士刀，臉上似笑非笑，老僧入定般坐著。

秀媛對宏仁和玉仁衝突的事渾然不知。她在小隔間裡和秀琴作伴。秀琴想告訴她什麼，欲言又止，許久之後才難爲情地說自己下體處的褲子上有血跡。秀媛低頭一瞧，心喊「不妙」，立即步出機房，想去和宏仁商量此事。

走到籐網附近，見李玉仁正和張松吉談話，一群人圍在一旁。秀媛只多站了一刻鐘，便知道整件事情。玉仁朝她說了一句：「眞歹勢。」她猶豫了一下，用日語回答：「這件事，應該是錯在陳宏仁。」

這是第三次她爲宏仁的行爲感到難過。她緩步走進指揮中心，向大家打聲招呼，暫時沒向宏仁提秀琴的事，一個人整理藥箱，將被宏仁多次找藥時弄亂的藥品，分類排好。

她一面整理一面難過地哭了起來，眼淚一滴滴落在藥品上。她沒有讓任何人看到她哭，但宏仁憑直覺發現了。宏仁想上前對秀媛說點什麼，見她止住了眼淚，緩步走回機房，沒有打算交談的意思。宏仁心如刀割，一臉痛苦，呆立在原地。

宏仁下意識摸了摸油布包裡的小筆記本，想寫些什麼。此時播磨丸離開香港已遠，在外海上，船身的搖晃變大，左右左右規律搖著。宏仁毅然拿出筆記本，後退至船舷邊，在顛動中潦草地寫下：

祈求上蒼助吾，毋使秀媛傷悲，毋使秀媛棄吾。

寫完，在搖搖擺擺中將筆記本朝上伸出舷外，展開於船外的藍天，同時在心中將「祈求」默禱一遍，再收回懷中，之後因搖晃而跌坐在甲板上。

坐了幾分鐘，宏仁把方才所寫下的句子默唸幾次，虔誠祈求，並環視指揮中心四周，確定沒人看到剛才的舉動，特別是張松吉，千萬不能被這人看到。

宏仁想起榮華婚宴前一天拜天公時，松吉在供桌兩旁用臉盆盛滿水，放了毛巾，笑著說是要給天公天婆洗臉之用。宏仁當時笑著對松吉說：「我們學西醫的、學科學的，如果這樣做，會被

---

1 在日本切腹儀式中爲切腹自殺者斬首，免除痛苦折磨的過程。通常由切腹者親友或劍術精湛者執行。

天公天婆笑的。」

「現在，若松吉在此，當會笑我。」宏仁想。

陳宏仁和李玉仁失和後，一個在機房無事忙，一個呆坐在指揮中心，同鄉會的幹部們都心情鬱卒，無人能當調人。

晚餐後，林鴻國前來緊急通知：那位製糖會社的病人斷氣了。宏仁和玉仁分別趕過去，一起善後。一位去世的同鄉無意間成了調人，幹部們藉事使力，促成兩人再度共事。

李玉仁叫人把張松吉請來。松吉從小常跟隨父親去喪葬場合幫忙，有經驗。但此刻，船上沒有嗩吶和弦仔，奏不了哀樂和輓歌。怎麼爲病故的難友治喪呢？放眼過去，黑壓壓一大片頂著亂髮的頭顱，太久沒能好好理髮梳頭的人們。啊！這艘破舊的油輪駛得好慢，好像載不動如此多渴望安定的心似的。松吉思量著，這樣一群久經戰亂的人，對於一個同船同胞的死，不會有太大的驚駭，也不會感到難過吧。

松吉心想，此時此處，簡單肅穆就好。於是請同鄉會同仁徵求佛教徒出來唸佛號，一共出來九人；同時徵求信上帝的乘客唱聖歌並禱告，也有七人站出來，秀媛加入了後者的行列。

喪禮開始，「阿彌陀佛」和「阿門」齊聲合鳴，松吉雙手由下而上舉起，四個糾察隊員合力抬起軟綿綿但服裝整齊的大體，高舉越過船舷，輕輕放下。松吉高喊：「入海爲安，一路好走。」眾人也齊聲跟著唸了。這是船上的人們所能做到的尊敬死者的海葬儀式，爲時僅兩、三分鐘。

海葬結束後，李玉仁躊躇著要去指揮中心還是機房，蔡墩土和吳成吉把宏仁和玉仁一起拉進指揮中心，說有大事發生，大家聽了一定會吐血。

幹部們跟著湧入。吳成吉先開口：「剛才海葬前，我們帶人再去有人賣小魚乾的那一區，搜查了十個股東的行囊，共搜出四萬一千關金。這還不打緊，我在為首的兩人中，其中一人的錢包裡發現一張榆林港務局的工作證，在這裡，大家看……」

現場傳閱起這張工作證。上頭貼著大頭照，寫著：「姓名林玉喜，籍貫福建，年齡廿九，單位工務組養護課，職稱臨時雇員。」

「他是哪裡人？」陳宏仁問。

蔡墩土回答：「台中人，日本時代就在榆林港務局當小使，中國政府接收後被留用。另一個帶頭的也是台中人，在三亞市區開裁縫店。他們半夜吊人上船，是港務局官員事先設計的，這樣才有理由、有證據重重罰我們五百萬關金。」

「嚇！眞的？我不相信。」有人如此驚呼。

「我在拷打時，林玉喜供稱，他們分三批，用三條繩子吊人上來，其中兩批是從海上坐小船板靠近。我問船板一艘買多少錢，林不小心說漏了嘴，說那些小船板是港務局的。

「我越問越好奇，怎麼會有港務局的公務船可用？你們知道我的拷打是很兇的，他後來受不了，供出一開始只是想買些乾貨上船來賣，有一天，林玉喜在港務局的長官的長官叫他過去，說要如此這般做，錢才賺得多。於是他想，反正只要準備繩子，不必花本錢買船板，野心就大了起來，開始去招攬那些買不到船票的人，還保證一定吊得上去。」

吳成吉補充：「那傢伙還說：『港務局當初說只會開罰單一百萬，怎麼後來開出的卻是五百萬！我們知道後也嚇了一大跳。』」

李玉仁聽到此，叫了出來：「原來他們事先已知道港務局會來找麻煩！馬鹿野郎！幹伊娘！眞是他媽的！」在場沒人聽過玉仁罵髒話，今天居然一口氣罵出三個國家的三字經！玉仁罵完後又懊惱地拍了一下大腿，放聲嘆了一口氣，說：「那七個被我們捆去港警所投案的最可憐，花大錢上了船又要回去坐牢。」

「眞是沒有天良，喪盡天良呀！」張松吉也發出感嘆。

陳宏仁在事發之初原主張立刻將那群人丟海餵魚，但玉仁不同意，眾人也附和玉仁。現在，看大家憤慨成這樣，連那麼斯文的玉仁都劈里啪啦成串髒話罵了出來。宏仁感覺好像贏回了一點尊嚴，乃接在松吉之後開口：「這款惡質的人，早該丟下去餵魚。」

蔡墩土馬上附和：「丟兩個？還是十個？」

「兩個就夠了。」

「要像剛才海葬那樣嗎？」

「不必！衣服剝光，綁好，一、二、三丟下去。」

周圍的同伴們沉默著。陳宏仁又說：「阿土，我抬頭部，你抬雙腳，再來兩個協助剝衣服就好。」

幾分鐘後，左側船舷邊，聽到了兩個慘叫聲，一先一後，由強轉弱。

幾分鐘後，乘客們又聽到了一聲聲極爲難聽的鳥叫聲，從船後傳來，許多人回頭一看，是一群如白衣天使般的信天翁。

「牠們或許是在追逐撕咬船上丟下的屍體。」有人說。

「牠們是上天派來的行刑使者。」也有人說。

26

翌日清晨五點多，陽光就刺醒了每個人，沒有人忘記今晨有個大條事情。日本人會乖乖地照陳會長宏仁的意思執行嗎？由日式切腹改爲中式斬首，他們會怎麼做？這場大戲一定要看。眾人吃力地挪動屁股滑移腳步向機房方向推擠，一寸一寸推擠，人疊著人，直到再也疊不上去爲止。

同鄉會的幹部們已先行擠到最前面。洪敏雄和陳正高慢了一步，被淹沒在人堆裡，只能用腳尖著地，仰頭卻看不到天。陳正高靈機一動，大叫一聲：「大家看我！」奮力擠出一個空間，像狗似地爬著，呼喚敏雄站在背上。洪敏雄小心翼翼地一腳踩上正高的肩膀，一腳踩踏其臀部，把陳正高當成了一個人肉板凳。約五分鐘，兩人換一次班。「啊哈！這樣總比完全看不到的好。」後來很多人有樣學樣，用這種方式擠著看。

二、三樓的人也盡可能向船尾擠，看不到的只好用問的。幸好大船受得了頭尾傾斜，若是左右傾斜，船長松村一定會廣播禁止。

執刑的場地在機房走道上，四周以折疊成長條狀的白色衣服圍著。石原兵衛穿著整齊的海員制服，戴著海員帽，腹部綁著一條白布，跪坐在正中央。一把開山刀端正地擺在面前。全體日本人，包括籐網內和籐網外的，每個人也都穿戴著他們認爲最整潔的衣服，全體跪坐著。松村船長跪坐在石原面前，其餘海員也一身齊整，跪坐四周。

黃榮華跪在較遠處。單獨一人，秀琴待在小隔間內，未出來觀看。

播磨丸繼續向北航行，海浪不大。四周除了偶有浪濤聲外，別無其他聲響。

眾人聽聞松村船長拉長聲調唱了一句台灣人聽不懂的日語後，石原便開始慎重地拿起開山刀，朝腹部慢慢移動，刀尖剛剛碰觸到衣服，正要朝腹部皮膚凹入，臉上依然莊嚴肅穆，尚無疼痛的表情出現——就在這一瞬間，背後白光一閃，石原的頭像球一樣滾落在旁，手無力地垂下，刀子跌落，斷頭的頸部冒出許多血。那血漿像台灣農田裡枯水期的井泉，蓋子一拔噴出很多，後來是少少弱弱的冒著。石原的身軀緩緩傾斜，腹部所綁的白布很快變成紅色，而且越來越紅，像染料一樣向下渲染，一直染到鋪在地上的白布。

全場被鮮血和那顆滾落的頭顱所震懾，回過神來才看到站在石原身後擔任介錯人的山本清鈴。山本也是穿戴整齊，還用一條深色手巾在衣領綁上蝴蝶結，正在擦拭一把日本武士刀，一臉肅穆，準備離場。

松村船長此時又拉長聲調說了一句聽不懂的日語，應該是「禮成」之意吧！跪在四周的海員隨即將歪斜的屍體躺正，頭放回頸上的位置，蓋上預備好的白布，開始將四周收拾乾淨。

跪坐在較遠處的黃榮華，此時已無報復與懲罰之心。伊藤事前告訴他，會有介錯人在切腹儀式一開始時即砍頭，這是江戶時代改良的切腹儀式，和中國人的斬首示眾其實一樣。此刻，榮華在心中竟爲石原感到一股哀傷。

榮華跪在那裡，心中不時掛慮著房內的秀琴。事件之後，秀琴的下體便開始不正常出血。船上沒有醫生，若嚴重起來不知要怎麼辦。

榮華繼續跪著沒起身，低頭，閉目，在心中喊叫阿母，要阿母去廟裡拜拜時，祈求神明保佑她的媳婦和肚子裡的孫子。他正帶著她們回家，就快要到了。

播磨丸繼續朝北航行，快要進入台灣海峽。風浪漸大，原先不斷上下振盪的船身，此時變成規律地左右搖晃。

旁觀群眾紛紛退去之後，整艘船變得很吵鬧，大概都在議論執刑這件事吧。李玉仁在走回指揮中心的路上，故意放慢步伐，聽聽大家怎麼看待這個事件：

「好像也沒改變呀！還是日式切腹吧？所有日本人穿戴整齊，跪著觀禮，哪像中式的斬首示眾？一點都不像！」

「不過，確實斬了頭呀，也當眾在執行不是嗎？……說得過去啦，你看那個會長陳什麼仁的在現場看了，也沒再說什麼。」

「傳統的切腹聽說是在肚子上切十字形後拉出內臟，直到血流盡而死；日本人認爲人的靈魂在腹部，才會有切腹這種文化。」

「幸好有武士刀；船上居然有一位劍道高手！」

「能有一把中國劊子手行刑用的大關刀就像了。」

「日本的『介錯』和中國的『劊子手』，在這艘船上竟是同一個意思，奇妙的融合呀！」

「我注意到那些日本人的臉，都只是神色凝重地看著，沒有人激動或傷感什麼的。」

「日本人眞能跪呀！一跪半個多小時，膝蓋不疼痛嗎？」

玉仁邊走邊想，這艘巨輪上載著一大群好發議論的人們。評論盈滿播磨丸，溢於甲板之表。

機房旁邊，日本人正在海葬石原兵衛。張松吉在旁觀禮，見松村船長帶領全體船員扶著蓋了白布的屍體，以齊一的動作抬上船舷，放下，落海，全體海員行舉手禮，然後一起拍手三次。眞是簡單而隆重呀！張松吉心裡想著。「死亡會讓人悲傷，但沒必要畏懼。」這是父親經常說的一句話。

在這場海葬進行的短短幾分鐘內，船身原來是一陣規律的搖晃，又變成輕輕地上下振盪。

看完執刑，陳宏仁心頭亂紛紛。昨天，要求變更執刑方式，是一時衝動想到就說出來的，當時心中也沒定見，沒料到船上的日本人還眞把他的話當一回事。雖然終究還是日本式的，但起碼在表面上已很尊重台灣人了。

宏仁想起第一次當實習生是在台北紅十字會病院。那天不經意地向日本先生問了一句：「爲什麼我們不是去台北醫院，而來到這個次級的紅十字會病院實習？」先生沒回他的話，只輕哼了一聲，下一次宏仁的實習地點就換成了更次級的台北仁濟院。後來外公知道了，用食指點著宏仁的頭，一直唸：「你呀！你阿母生你那麼巧，怎麼可以問這種笨問題。那間官設的台北醫院是日本人看病的地方，日本患者怎麼會被你們這些台灣學生當實習用。」

執刑儀式完畢後，陳宏仁不見謝秀媛在機房，於是從籐網附近走回指揮中心。步伐很快，擔心兩邊會有人衝出來辱罵或挑釁。從昨晚開始，宏仁感覺同鄉會夥伴們和機房的人似乎都以李玉仁爲首，好像不再把宏仁當會長看待。他一面胡思亂想一面快步走著，突然聽到洪敏雄在船艙角落嘶喊，一會兒是哭聲，一會兒是笑聲。循聲找到，見敏雄又發了瘋病，蓬頭垢面，光著屁股，吊著鼻涕。宏仁一陣心酸，知道這兩天自己和玉仁鬧翻，再加上砍頭的血腥畫面，一定是兩件事對敏雄刺激過大。

幾乎是同時，李玉仁和陳正高也趕至。玉仁上前緊抱著敏雄，不斷撫著頭髮和背部，正高幫忙整理衣褲，宏仁說：「你們就這樣看顧他。我去拿藥，幾分鐘就回來。」

萬幸的是，上次發病時給敏雄服的藥，這次也同樣有效，敏雄很快進入熟睡。

洪敏雄的瘋病才過去，黃榮華出現在陳宏仁面前，臉色很難看。宏仁起初誤以爲榮華要來算舊帳，心頭又被高高吊起。只聽榮華聲音低微，顯得十分無助：「你懂婦科嗎？秀琴她下體流血不止。」

陳宏仁心頭一寬又一緊，親切地拉起榮華的手，沒說話，但腦中飛快思量：「她有孕在身，在被侵犯時難免激烈掙扎，不妙呀！如果是流產，如果流血不能止，有危險呀！」

宏仁想到此，告訴榮華：「你先回去，我去藥箱找看看有無相關藥材，找到就去。」

榮華走後，宏仁先找到林鴻國。鴻國正在二樓爲一個病人打脈，看到宏仁，像看到觀世音菩薩似的：「啊！我正要去找你，你那瓶救肝丸再拿些過來。」宏仁走近一看，一張消瘦的臉泛出膽汁般的黃綠，於是快速折回拿藥，幫忙餵服，然後告以榮華妻子的病情，相約前去看診。

播磨丸上有兩處放藥，一處是榮華捐的，也就是石原產業給的；另一處是船長室中爲船員準備的。兩處都是專屬於男性的工作場域，沒有任何婦科用藥。宏仁要做一位無米的巧婦。在前往機房的半路上，心想：「或許這是我的新舞台，當個半吊子的醫生，再從這個舞台重新出發吧。」

27

接近傍晚時分，日頭從西邊照進甲板一樓，斜斜照著一大片黑壓壓的人群，照見一叢叢亂髮和蓄滿鬍渣的臉，像是海南島上收割後的旱糯米稻田。

榮華老婆的情況，玉仁也聽說了。他信步走在一條通道上，考慮要不要過去探望一下，忽聞右側人群中有人呼喚：「李桑，你就是副會長嗎？」

李玉仁回頭，是一個約四十歲的男子。還沒開口，見男子的鼻子沒幾秒鐘就抽動一下，同時流出鼻涕。李玉仁問：「你的鼻子怎麼了？」男子答稱：「我有流鼻的毛病，從小就有的，怎麼治都不會好，去日本治也沒好，嚴重時，鼻水流出來完全沒感覺，眞歹勢呀！」男子一面說一面用手掩住口鼻。

「啊！我想起來了，你就是罵我們是『賊仔政府』的人，陳正高跟我提過。」

「是啦，我姓陳，人攏叫我阿吉仔。那天被那個神經病的陳蝦米仁的會長打成那樣，錢又被硬搶走，有氣沒處發，才會那樣說。」

「確實是我們不對，你罵得一點都沒錯。」

「既然你這樣說，船到台灣時，搶去的錢若有剩，多少還我一點。我要買火車票回桃園，車上要買便當，說不定還要住旅舍。」

李玉仁愣了一下，這問題不知該如何處理才好。這時阿吉仔身旁有人發問：「李桑，昨天那位日本技師跪下來讓黃榮華放下手榴彈，眞是不簡單呀！對這件事你怎麼看？」

李玉仁心想，這問題比剛才阿吉仔問的更容易回答，但還來不及說話，阿吉仔搶先一步：「日本人爲了達到目的，只要有必要，更卑屈的動作都做得出來，你恐怕跟日本人相處還不夠久。」

李玉仁接他的話：「那人叫伊藤隆次，他寧願讓石原兵衛死在自己人手裡，死在自己的文化意涵之中。日本人都是這樣的，看起來是卑屈，但那是日本人維護民族尊嚴的一種表現。」

李玉仁說完，好奇地問：「阿吉仔，你來海南島是做什麼的？」

「我是日本旭光會社派來探勘鎢礦的，一組三個人來，另外兩個是日本人，在那一區。」

阿吉仔接著用日語唱起了一段日本民謠：「人是櫻花，人是武士……」

阿吉仔才唱了兩句，吳成吉就走過來拉著李玉仁去客家人區，這回不是客家人出事，是朝鮮人。一個朝鮮人與日本人口角，引起雙方人馬互相辱罵。眼看就要演變成一場族群衝突，李玉仁一臉緊張，對吳成吉說：「趕快召集糾察隊前來，最少要廿人，要快！」

沒幾分鐘，李玉仁就問明白雙方吵架的內容——起因於一名朝鮮人用日語說，現在搭乘的這艘播磨丸，經常在亞洲各地載運掠奪來的物資，其實是一艘賊船，像歷來經常侵擾朝鮮的日本賊船。有日本人耳尖聽到了，反駁說，既已坐在這艘船上，就請感恩它，不要咒罵它。結果引起朝鮮人的仇日情緒，紛紛譴責日本殖民朝鮮，欺凌朝鮮人。兩個朝鮮人說到激動處，揚起的指頭捏起拳頭，撲過去打架，點燃戰火。

李玉仁眼光飛快繞場一周，看到山本清鈴、織田一郎等武鬥老手袖手在旁，只是靜觀。機房那邊，日本人也透過籐網在看著此處，全無出動之意，稍稍放下心來。

廿多名糾察隊員適時趕到。李玉仁高舉雙手，呼叫糾察隊員也舉起雙手跟著，然後穿入混雜著日本人和朝鮮人的狹窄通道，像一條巨蛇擠進濃密的樹叢。李玉仁個子矮小，走在最前面，似乎特別容易穿山入林。入林之後，李玉仁以日語大聲下令：「糾察隊員分成兩列，背對背站立。」兩層的人牆很快出現，明顯隔開了爭鬥雙方。李玉仁緊接著高喊：「我們的任務只是區隔。任何一方若有人出拳，讓他們打，我們挨著，不出聲，不出手。」連說了好幾遍。

李玉仁下這個指令，聲音很大，是說給糾察隊員聽的。但內容，尤其是最後幾句「我們挨著，不出聲，不出手」，聽在雙方人員耳中，反倒起了平息紛爭之效。叫罵聲頓時停歇，指指點點比手畫腳的肢體也縮了回去。糾察隊員見情勢如此變化，都領悟了玉仁的用意，表演得更起勁，更緊密手拉著手，人人抿嘴，無人出聲，好像眞的準備好有人出拳打過來。

危機在大約五分鐘後結束，日本、朝鮮雙方人馬回座，彼此交頭接耳，不再向對方嗆聲。

站在靠近通道的幾位糾察隊員，聽到山本清鈴對織田一郎說：「這個李玉仁，難怪最近松本部長一直說他『好得不得了』，果然是啊！」

陳宏仁、林鴻國、謝秀媛三人正好從黎秀琴臥病的小房間走出，看了後半段的過程，不發一語。

這場爭端，雷聲大，沒下雨。可是才剛平息，擴音器便響了，是松村船長的聲音：「北北西的位置有一大片黑雲，厚厚的，翻滾著，估計半小時至一小時間會遇上，恐怕有一場大雷雨要來。大家先有個準備。」

廣播完，松村見玉仁走進機房，高聲致意，稱讚玉仁是「排解衝突的能手」。

伊藤隆次也在附近，小泉健二、山本清鈴、岡本末五郎、織田一郎等幹部級的人相繼圍過來。伊藤問起：「你剛才那一手，不是日本式的解決方法。是哪裡學來的？」

「我只是突然靈機一動，幸好有效。」

李玉仁說這話時，張松吉、謝秀媛走來，幾個機房的作業員也上前。海南島工寮前椰子樹下的「戶外讀書會」好像又出現了，碰巧此時船行穩定，玉仁也談興大開。

「伊藤桑這樣問，我眞的要好好想一想。應該是這樣，我從小的家庭教育，可以說就是一種解決衝突的教育。」

「父親有三房太太，子女十四人。家事和產業混合著，茶園、工場、貿易、財務各有不同的負責人和職工，其中有個老管家，我都叫他江伯，家裡傭人全歸他管。同時居中聯繫協調，爲我父親排難解紛，每天團團轉，像個石臼的磨心。」

「這樣的家庭是相當複雜的。家庭成員之間有親情，也有利害；會互相幫助，也常互相鬥爭。許多次嚴重的衝突，幾乎都被江伯化解。江伯的妙方是『自責』，就是把一切衝突都歸疚於自己。沒人有錯，都是錯在他們做僕役的。江伯總會帶幾個傭人，分別向衝突雙方自請處罰，但都只是做做樣子，很多紛爭就漸漸沒事了。衝突有些發生在我和我母親身上，所以刻骨銘心。」

「剛才船上發生衝突時，我突然想起了江伯，想起他的方法。」

「哦！原來如此。」許多日本人如此感嘆。

一向話不多的山本清鈴隨後開口，全場一靜：「我也講一個與僕人有關的故事，那是小時候聽過的一個神話故事。」

「古早的日本，有個父親，產業很大，擁有五十匹馬和一百頭牛。他有兩個兒子和一個忠僕。忠僕是深藏不露的修行者。父親臨終前交代，他死後，馬和牛由兩子均分。可是哥哥強壯而貪心，弟弟文弱而謙讓，父親一死，哥哥即霸占全部家產，只留兩匹馬、兩頭牛給弟弟，並要求弟弟搬走，到海峽對岸的小島開墾過活。」

「忠僕選擇跟隨弟弟，兩人在海島上相依爲命，過著艱辛的生活。不久，弟弟的牛馬老病，無法耕作，生活陷入絕境。忠僕交給弟弟一個小石臼，說你現在想要什麼，告訴這個石臼，然後轉一轉它的磨心，便會有東西跑出來。」

「弟弟先要米，果然有米源源不斷地流出。忠僕再告訴弟弟一個咒語，要的東西夠了，唸咒語，便不再流出。慢慢的，弟弟的生活就好了起來。」

「消息不久傳遍全日本。哥哥聽說後坐船過去，見弟弟剛好在用石臼取鹽。哥哥一見，強行奪取上船就走。石臼因沒人唸咒語，不斷流出鹽。沒多久船就被鹽壓沉，哥哥淹死。石臼無法停止流出鹽，於是所有的海水都變鹹了。」

「哈哈！這兩個故事眞有意思。兩種老僕人，兩個石臼磨心，發人深省。」伊藤感嘆。

「海水眞的非常鹹，大概石臼的鹽現在還在流吧！」一個不知名的日籍海員接著開玩笑說。

松村船長在不遠處聽著兩個故事，聽到忘了正事。此時轉身看向天空，又仔細閱讀碼表，匆忙打開擴音器，說：「北北西的大片黑雲正洶湧而來，夾帶著閃電，請全船注意，機房工作人員全部就定位。」

「戶外讀書會」一哄而散。李玉仁起身前往指揮中心時被謝秀媛叫住，「玉仁兄，剛才那麼多人，我不敢問。我們那天登船時，有人不排隊的時候，還有那天募集罰金時，我注意到宏仁都用了粗暴的手段，我很想知道，如果由你處理，你會有什麼不一樣的做法？」

「我也不知道。我碰到情況時，會憑著當下出現的念頭，決定要怎麼做。眞的是如此。我想，每個人儲放在心中、在腦袋裡的東西不一樣，所以做出來的事情就會不一樣。」

李玉仁還沒說完，陳宏仁走了過來，說秀琴發生一些狀況，需要一名女性進去協助。

秀媛緊隨宏仁走進秀琴住處，玉仁則快步返回指揮中心。

28

松村船長再一次廣播，預告大風暴即將抵達，但播磨丸四周卻出奇寧靜。船身微微搖動，船行穩定，只有高高的天空上飄著零星的怪異雲朵，三不五時疾飛而過。

機房內，站著兩位束手無策，一臉愧歉的「醫生」。黃榮華看在眼中，只覺聲喉黯啞，不知如何是好。

沒多久，海浪激動了起來，船身的顫動變得更強烈了。目送兩位「醫生」離去，榮華的心緊緊懸掛著秀琴，這兩天一直爲她憂愁、操心，胸臆間隱隱作痛的焦心。榮華想著妻子，又想起台灣的阿母，自懂事以來，想說什麼，想做什麼，阿母總能瞬間明白，然後體諒、袒護、支持；眼前的秀琴和阿母完全一樣，一樣讓榮華感到貼心、安心、愉悅，一樣的心靈契合，血肉相連。

「老天呀！能讓我代替一下她的病痛嗎？」榮華心中吶喊著。

然而老天沒讓人有時間多想。風開始發飆，巨大的播磨丸被狂暴的氣流籠罩、撞擊。船外下起了暴雨，是那種打在鐵板上會發出巨大劈里啪啦聲響的淒厲的雨。船身瘋掉了似地搖著。榮華吃力地伏在地面爬向前，右手抱著秀琴，左手提起玉柱。他天生一副大手大腳，肌肉厚實，船身前後衝撞時，用背當肉墊，左右搖晃時用臂當屏風，這樣妻小便不會撞傷。小玉柱在父親懷中驚慌地哭喊著，但外頭狂風巨浪的叫囂，掩蓋了小孩的哭聲。

陳宏仁和林鴻國離開後，謝秀媛仍留在小隔間來不及走。此刻，大風暴來襲，她用手臂圈繞著一根鐵柱，奮力與激烈搖晃的船身對抗。有時，身體會無法抗拒地撞上鐵柱，必須機警地用較多肉的部位迎上，避開頭部和骨節。驚恐中偶爾轉身偏頭，看見榮華那麼樣的護衛妻兒，心中十分感動。榮華顯然忘了室內還有她這個嬌弱的女子，這不打緊，她只是因而想起了父母親，也想起宏仁。宏仁會成為像榮華這樣的丈夫、這樣的父親嗎？

秀媛見榮華一家三口緊緊擁抱在一起，感到自己的孤單。幾次身子像是被誰高高拋起又重重摔下，她不敢哭喊出聲，想起漢文有一句「男兒當自強」，現在，小女子也當自強啊！

她死命地用手臂圈繞著鐵柱，充塞耳際的是外面暴風雨的怒吼、黃玉柱的哭喊，以及一陣陣粗戾的鳥叫聲。

這次來的不只豪大雨，狂風閃電齊至。老天爺好像特別用力地把雨水倒下來似的，船身大幅度傾斜，從一邊到另一邊，接著是前後。當船頭高高抬起時，每一個人都抓緊繩子，先是頭高腳低，緊接著身軀被迫打橫，由後方灌入的海水，被狂風疾捲，變成急流的漩渦，激沖著大家的身體，從頭到腳，從腳到頭，一次又一次地沖洗。沒多久又換成船尾高高蹺起，大通鋪的木板木柱乒乒乓乓連聲巨響，彷彿要分解開來似的。正擔憂著，苦鹹的海水又仰面沖來，沖進每個人的鼻孔、嘴巴、眼睛，這是在甲板二樓的情況。

三樓沒有天花板，沒有海水沖刷，卻搖得比二樓更厲害，還得承受像是有人從天上用力丟下水球、密密麻麻撲擊著全身的劇痛。更恐怖的是那閃裂雪亮的銀光，帶來電流在每個人頭上、身上、腳上游走，茲茲茲茲，來了一批、又是一批！沒有人敢睜開眼睛，每次都是閃電先來，雷聲隨後響起。那是死神降臨。每次雷電過去，眾人便暗自慶幸還能活著。幾次是雷電齊至，許多人感覺好像失去了生死的分界，逐漸失去神智。如此這般，週而復始，過了好久好久，閃電才不再扎眼，而雷聲逐漸遠去，雨勢也變小了，打在頭上臉上已不似剛才的劇痛。大家慢慢張開眼睛，先瞧一瞧鄰座的難友，都還活著嗎？是否也和自己一樣臉色蒼白又發青，嚇出了屎尿？再仰頭遠眺，看看那暴虐的天空是否已然和顏悅色了些？

甲板一樓四周有一米高的船舷擋著，約兩千多人擠在那裡。在整整一個多鐘頭內，不停歇地天搖地動，彷彿密集發生大地震那般，船身像要失控了，有時是左右狂顛，有時是上下振盪。人們像夜市大炒菜鍋裡的小魚乾，一會兒被鏟到左邊，一會兒被推到右邊。不過，還是上下振盪時最痛苦——一種無法形容的痛苦，像麻袋裡的稻穀，被碾米廠工人用力搖一搖，抬起，又用力往地上重重一放，心臟快要從喉頭蹦跳出來的那種強烈恐慌。

指揮中心就在甲板一樓靠近右舷處，船向右邊傾斜時，巨浪直接侵入撲打每一個人。有一次，幾個人看到瘦瘦小小的李玉仁，在甲板上翻滾，失去了控制，再多滾一尺，頭就會撞到船舷鐵板。慌亂中，陳宏仁赫然躍出，趴在玉仁身上，把玉仁的上半身強扭轉向，僅半秒鐘的時間，趴著的兩人的手臂和大腿撞到船舷，避開了頭部。

這個危機之後，船身有約半秒的停頓，玉仁回過神來，說：「好加在！有你來救我。」宏仁回說：「這是以前常打架學……」

宏仁話還沒說完，又緊急躍出，這回是救了洪敏雄。

在宏仁躍出的同時，抓著船舷梁柱的玉仁看見陳正高正頭朝著鐵板滾來，頭先至，已來不及用宏仁那一招。連忙迅速躺平，讓正高一頭猛力撞在自己的肚子上。玉仁腹部一陣劇痛，站不起身，正高慌亂地爬上前：「真對不起，是我不小心把你撞痛了。」

玉仁想說：「是我故意讓你撞的。」但肚子痛得說不出話。

正高沒見過玉仁臉色如此蒼白，身軀又一直發抖，而船身持續激烈顚搖著，海水隨時會猛然灌進。正高緊緊抱著玉仁，抓住一根梁柱，兩人合力抓緊，一直撐到風歇雨停。

奇怪的是，當船上每個人都感到自己隨時可能死去，而緊緊抓住一個牢固的東西，吸著一口氣撐住一條命的時候，沒有人暈船；等到風雨停了，船身穩了，好多人才開始嘔吐。一至三樓都被吐得一塌糊塗，到處都是酸臭的嘔吐物和濕衣服的霉味，像廁所中被遺忘的騷羶。

二樓和三樓的甲板邊緣，飛來十幾隻信天翁。牠們眼睛盯著船內，一有縫隙便飛進，啄食人們的嘔吐物。啄食時腳亂動，喙亂甩，把甲板弄得更髒亂，還夾雜著令人心慌的叫聲。

此外，信天翁一靠近人，就發出難聞的氣味。那是什麼味，沒人說得上，後來學漢醫的林鴻國說像麝香，陳宏仁也說是，那就是了。

不過許多人都說這是二度災難，因爲信天翁飛走後，甲板上仍留有薰人欲吐的麝香氣味。

指揮中心裡的幹部，風雨一停便聽聞甲板各樓層哀聲連連，料想傷患一定很多。陳宏仁在第一時間從驚駭中站起來，翻出藥箱，先念及秀媛不知是否安然無恙，又想應儘快出去幫人看病。等找好了藥，轉身，眼見一旁所有的同伴都脫光光，扭掉衣褲上濕淋淋的海水後再穿上。是呀！要先扭乾，不然全身極不爽快。環視四周，每個人的生殖器都縮著頭垂掛在胯下，像驚嚇過度的烏龜。遲疑片刻，斜睨一個陰暗的角落，看見敏雄正面向船舷寬衣解褲，只讓屁股朝外，於是也選了一個角落，學敏雄的方式褪下衣褲。

宏仁在扭乾衣褲時，發現口袋裡油紙包內的小筆記本全濕了。「啊」了一聲，快速穿回衣褲，仔細翻看能否搶救。眞糟糕！黏成一團的紙張一翻即爛，本子上的字跡大多已經模糊斑駁。

陳宏仁爲此傷心得不得了。他的「心」全在裡面。自從和一位日本先生學得這個方法以來，三年間共寫滿了三本，藏在外公的書櫃。這是第四本。他的心志與心事、即時的觀察與感想、不欲人知的後悔與反省，全在裡面。

不過宏仁還是快速收拾起這份傷心，撥了一下額前的亂髮，抹了把臉，投入救災工作。

同鄉會幹部們在出發救災前，先大致做了分組。張松吉和謝秀媛氣喘吁吁地分別趕到加入，山本清鈴、織田一郎帶著一群日本人也適時來到。宏仁見秀媛無恙，心中一寬。幹部們見玉仁一臉疲憊，要其留守休息，但玉仁堅持一起行動。

第一組是陳宏仁、謝秀媛和林鴻國，以及臨時加入的幫手，在各個台灣人區幫忙止血包紮。林鴻國在短短十分鐘內幫三個人接回脫臼的手臂。有一個骨折的，手骨已經快要穿出皮膚，林鴻國試著幫他把折骨壓回，那人發出殺豬似的哀嚎。

幸運沒有受傷的，有的在找被沖散的物件；有的匆忙脫下衣褲扭乾穿上；有的魂魄還沒回來，兀自坐著哭嚎，像牛在爛泥巴上犁田，屁股被鞭打，偶爾口吐怨氣乾嚎幾聲那樣。

朝鮮人區的情況和台灣人區大致相同，受苦受難後，放縱自己放聲哭喊，是如此的自然。不過，在陳宏仁等人到達時，已有許多朝鮮人相互裹傷，似乎並未期盼醫護人員前來救助。一些人正埋頭清理，跟同一區的客家人搶著做事。

日本人區則在陳宏仁等人到達時已清理完畢，並已在休息，或坐或蹲或跪，也有一起站著的。每個人的臉上寫著淒苦，但也寫著堅忍。這個堅忍而紀律的民族，曾是陳宏仁要武鬥的對象。這樣從台灣人區、朝鮮人區一路治傷救難，到了此區，感覺像是從病院的急診室走到復健室，宏仁覺得自己正在重新認識一個已經認識二十多年的民族；這個民族從他出生就統治他的家國，早已看過、看慣，以爲已看透，現在他正在重看一次，就像實習時帶領他的日本先生，總是在下藥前摘下眼鏡重看一遍病患的病歷卡。

林鴻國和謝秀媛在宏仁沉思的片刻，被兩個日本人叫去，商量如何爲患者壓回折骨。日本患者是先詢問清楚，再找好固定用的竹筷，並解下鞋帶準備綁牢之用，然後由兩人抱住傷患的身體，才讓林鴻國進行。壓回折骨的過程中沒有嘶吼，只見傷患咬著牙，扭曲著臉，不斷發出「唔唔！哦！嘶！」的痛苦呻吟聲。聽在秀媛耳中，她感覺日本人區與台灣人區的哀嚎不大相同，卻同樣令人心疼。

張松吉和洪敏雄同一組。敏雄這時反而相當堅強，聽說一樓左右舷邊有好幾個人死亡，是激烈翻滾時活活撞死的，立即帶領五個人，大家連互問姓名的時間都沒有，快步過去，尋屍，抬屍，集中到一處，總共六具。張松吉另帶三個人上二樓，那裡有四人死亡，其中兩人的致死處在頸部，另外兩人是脊椎折斷。集屍處沒有白布可蓋，而天色已暗，「暗下來的天空，就是天然的掩蓋布。」松吉這樣自言自語。

天黑許久之後，天花板上的電燈炮才亮起來。從燈炮射下來的光線，夾帶著濃濃的水氣和嘶嘶聲響，像是一片片由小而大的三角形的白紗布。

在這場大風暴、大混亂之後，乘客區三位扮男裝的女性身分已然暴露。事實上經過七、八天的耳語，知道的人已十有七、八。此刻，在眾多男性乘客頭昏腦鈍、手腳發軟的時候，三位女性還能沉著起身打掃公共區域的穢物，協助拉繩，讓許多人看了自愧弗如。

李玉仁抽個空和松村船長及秀媛磋商後，將三女請進機房，船長室旁設有沖澡室，讓她們洗澡更衣。之後秀媛請三女搬過去共擠小隔間，三女猶豫許久，最後婉謝了好意，回到原來的大通鋪座位。

「爲什麼不要呢？我和妳們有什麼不同嗎？同樣是查某仔，妳們不過來，我怎麼好勢再自己一人睡那間。」秀媛沮喪而急躁地再度遊說，台語日語混著說。

三女沉默著，秀媛只好隨玉仁回去救災。不久，秀媛再次走向三女的座處，這次由黃榮華陪同前來。榮華請求：「我在機房有重要任務，無法分身，可否拜託三位搬過去幫忙照顧我那重病的妻子和孩子？」說完與秀媛半軟半硬將她們拉去機房，住在秀媛使用的約一個榻榻米大的隔間。

李玉仁的小組在三樓。那裡沒有屍體，但聽說有人在劇烈搖晃中落海。玉仁不安地追問：「你們怎麼知道有人落海？」

「我聽到有人先是大叫一聲，接著是拉得很長的哀鳴，由大而小，由上而下，然後聽到信天翁搶食的叫聲，這不是有人落海，是什麼？」

「是呀！我也聽到身旁出現相同的聲音，一連兩次。」

李玉仁估計三樓落海者不只兩、三人，但一時也無從清查，剛才上三樓時，又在樓梯上踩到嘔吐物，滑了一跤，此時心中湧現濃濃的哀傷，眞是苦呀！剛才就那樣一頭撞死了也好。但玉仁突然想起，這艘船上的七千多人現在心中大概都充滿了淒苦、沮喪，甚至絕望的念頭吧。

玉仁忽然有股衝動想對大家說話，快步去機房找出了擴音器，在測試聲音時，環顧機房四周，發現機房災情較輕，萬幸呀！這裡是播磨丸的心臟！

松村船長幫忙測試完成後，玉仁卻突感哽咽，說不出話。在麥克風前呆了一分鐘，控制好情緒後，腦中才像有機關槍扣下板機似地，一大串句子自動彈跳出來：

「各位，各位一起要回台灣、回日本的朋友們，我是副會長李玉仁。剛才大家都經歷了一場恐怖的試煉，那是上天在試煉我們，看看我們的心志是否堅定，測試我們的體能和耐心是否足夠。我剛才從驚恐中爬起來，心中一時感到悲哀和沮喪，相信現在大家的心情一定跟我一樣吧！我想找人說話，想哭。我剛才偷偷地哭了一下，但當我想到我們的船還是向前走著，我們的故鄉還是一寸寸一尺尺地靠近著，我的心就堅強了一點。我們已接受了一次嚴酷的試煉，我們的心就堅強了一點。大家呀！讓我們堅強地站起來，重新拉好通道的繩索，盡量把地上的穢物清乾淨，互相幫助。我們同鄉會的會長陳宏仁，正帶領幹部們在每個樓層幫助大家，也有許多不知道名字的志工，包括朝鮮人、日本人和台灣人，自動起身幫助需要幫助的人。大家互相鼓勵，互相加油吧！」

玉仁一口氣說到這裡，又換成日語再說一遍。伊藤隆次聽完，感覺玉仁的聲調、口氣和用語有一種特別的感染力。「他這時出來講這些話眞好！我也要學他。」伊藤想念及此，上前接過了麥克風：

「各位朋友，我是伊藤隆次。我聽了剛才玉仁桑的一番話，深受鼓舞。他的話使我想起大正十二年九月關東大地震時，我們全家被埋在瓦礫石堆中，上面堆疊了很多高大厚實的牆板。我們都受了傷，流著血。那年我七歲，記得父親一直說：『忍耐、忍耐，撐住一口氣，千萬不要睡著，睡著就會死去，手指腳指頭子能動，要輕輕動著，救難人員一定會發現我們的。』我們一家四口在地底下這樣撐了兩天兩夜，終於獲救。我想告訴大家，信念可以支撐我們的生命，只要有信念，大家並肩攜手，就會有想像不到的巨大力量。請大家相信我，大家加油。」

伊藤最後用台語說：「咱一定ㄟ魯來魯好。」

伊藤說完不久，發現陳宏仁和張松吉正在船舷邊指指點點，將一群人分組，旁邊疊著一堆屍體，顯然要立即進行海葬，於是和玉仁快速趕過去。一路上見通道的繩子已恢復原狀，人們正忙著整理衣物，有人認出是玉仁和伊藤走近，都點頭致意，投以友善溫暖的目光。

到了海葬現場，陳宏仁正在向大家說明：罹難者共十人，包括八位台灣人和兩位日本人，不包括甲板三樓的落海者。李玉仁瞥了最靠近的屍體一眼，認出是陳阿吉仔，心裡一陣難過，喃喃低語：「唉呀！我還沒想出該如何幫助你買火車票回桃園呢！」再瞧一瞧其他的死者大體，心想，都還那麼年輕，原以爲只要船到了台灣，就有一大段的未來等著去揮灑。

陳宏仁問起海葬是否會引來大量的海鳥，前來弔唁的鍾明亮說：「應該不會，信天翁不會在風平浪靜時出現，何況現在是夜晚。」

葬禮沒有香燭，沒有鮮花。儀式由張松吉和陳宏仁商定，盡可能自死者包袱中找出姓名和家鄉地名，無法確認者則以「無名氏，台灣人（或日本人）」替代。四組共八人抬舉大體，兩人抬一具，由吳成吉呼叫姓名、家鄉地名，再加一句「落海爲安，一路好走」，然後向舷外放下。

海葬進行時，志願觀禮送葬者，排列整齊在旁默哀，以不同的信仰語言，在心中默唸，與神對話。在場只有松吉把記得的幾句「牽亡歌」，輕輕唸出聲來。

在一具具大體落海，張松吉的「牽亡歌」唸了幾遍之後，玉仁用日語高聲說了一段話，卻不曉得說這話的對象是誰：

「放下了。我們放下那些大體了。我們丟下他們在戰爭時期所受的一切苦痛了。大海呀！你葬送了他們回鄉後的未來，你知道嗎？」

陳宏仁聽了，心裡嘮叨著：「講這些有的沒有的，怎麼還要用日語呢？」然後看了謝秀媛一眼，往指揮中心的方向走去。

秀媛站在玉仁的後面。玉仁發出這番感慨時，她向前挪一步，低聲對玉仁說：「我有看到阿吉仔在其中，前幾天我還答應帶他去給我父親治病。」

松吉也心有感傷，邊說邊移步到玉仁身旁：「我從小在葬儀社長大，一直以爲每一位往生者都會有一處長眠的墓地，至少有一堆墳土，但在此處，他們的墓園竟是翻騰不已的大海。」

「你這樣說，我想起布袋和尚的那首偈語：『手把青秧插滿田，低頭便見水中天』。」

玉仁說：「低頭，天在海水裡。我們將那些大體落海爲安，海裡便有一片天堂嗎？」

說完這話便哭了出來，顫聲繼續說：「人很孱弱。尤其此刻，我感覺自己很虛弱，身心都虛弱。」

松吉發現玉仁說這些話時，臉帶淒苦，像在吞服苦澀的藥粉，於是想了幾句安撫的話：「大家都一樣。這場暴風雨彷彿千軍萬馬踐踏過來，我們只是草原上的一群小兔子，沒被踩死就該慶幸了，所以呀！不必悲傷，應該高興才對。」

秀媛也說：「眞慶幸我們能活著，今後更要認眞地去活，不是嗎！阿爸常說，其實大自然給我們的快樂多於苦難，只是人們都記牢牢它給的苦難，而輕忘了它給的快樂。」

「兩位講得眞好！」李玉仁深深吸了一口氣，面向船外，一片漆黑，但定睛一看，漆黑的海面上竟有一絲一絲銀白的閃光在跳動，再舉頭仰望，發現天光很亮。

玉仁深深看了秀媛一眼，說：「妳剛才那些話，應該用擴音器講給全船聽。」

「我不敢，用擴音器就說不出來了。」

「那麼，叫宏仁說。」

「不行，全船沒人喜歡他。」

「其實不會。宏仁不斷替人解痛拔苦，滿懷熱忱，大家都看在眼裡。」

「還是你去說，大家都愛聽。」

一切恢復常態後，已夜半時分。天空掛著稀稀疏疏的大小星星，薄薄如彎刀的月亮走到天空正中央來了。張松吉看看天空，低頭算了一下，自海南島出發至今，已是第九天。

正想得出神，伙食組廣播，說部分食材被海水打濕，炊具也須重整，明天可能無法供應餐食。

全船默然。張松吉聽到附近有人喃喃唸著：「看到那麼多死傷，也吃不下了，只盼能快點到台灣。」

29

大雷雨過後，松村船長知道許多乘客已對航行的緩慢深感不耐，抽空用擴音器解釋：「各位，我們的船剛剛已駛進台灣海峽。好不容易呀！」停頓了一下，接著說：「大家一定盼望我把船開快一點。事實上，油輪的航速原本就比較慢，在正常狀況下，每小時約行二十八千米。而這是一艘中彈後勉強修復的大油輪，修復的材料都是因陋就簡，兩天前碰到那樣的大風暴，迄仍無恙，實已萬幸。此外，七千人加上行李，已是大超載，也是我不敢加速的原因。請大家多多忍耐，多多包涵。」

「進入台灣海峽了，還要多久才能抵達高雄港？」許多人都想問，但都不知道該問誰。

滿是苦難的航程持續了八、九天，生病的人越來越多了。陳宏仁、謝秀媛和林鴻國三人頻頻被叫去看病。一個是西醫四年級學生，一個是西醫訓練出來的護士，再加上一個未出師的中醫學徒，中西醫聯合義診，忙得不可開交，確實也救治了不少人。許多人已不再那麼怨恨「那個叫陳蝦米仁的會長」。尤其秀媛為人裹傷換藥之餘，會親切地噓寒問暖，減輕了許多病患的苦痛和無奈。

又過了一天的上午，靠近機房的乘客又聽到了那男人的哭聲。是黃榮華的哭聲，上次手榴彈事件中大家曾聽過。這次，見榮華和松村船長及伊藤隆次談話，說著說著又哭了出來。

不久，伊藤和榮華兩人相繼走出機房，朝指揮中心走去。通道兩旁的乘客見兩人表情，心想：「又出事了。」

果然，幾分鐘後，傳出陳宏仁的聲音：「我不贊成。我反對。」

林鴻國先起身，走近指揮中心探看。許多人跟在後面，不久越聚越多，已然水洩不通。只有靠近指揮中心的人才聽得到：

「船長說我們現在的位置，距離汕頭港區外的南澳島約一小時可達。高雄港嘛，最快還要兩天半。」這是伊藤隆次的聲音。

伊藤話剛完，忽見榮華屈膝跪了下去，但迅即被李玉仁扶起。榮華顫聲懇求：「秀琴在一、兩個小時內找到大夫看病，止了血，就可救回一條命！」

伊藤未再發言，李玉仁低頭沉思。突聞蔡墩土拉高聲調說：「船上死傷那麼多人，那晚你沒看到我們海葬了十個人，心情很沉重呀！大家都想早一分早一秒到達台灣。」

「伙食組說那天的暴風雨，食物損失不少，萬一時間再拖延，恐怕很多人會餓死在船上。」李敏捷說。

「不會啦，到汕頭一小時，來回頂多耽誤兩個多小時而已。」吳成吉接腔。

「一小時是到南澳島，進去汕頭港碼頭還要時間，萬一汕頭港務局和榆林一樣，給我們刁難一下，那就慘了。」陳宏仁說。

「但是我們怎能見死不救！」陳正高轉頭：「玉仁，你說個話啊！」

「是的，我們不能見死不救，但也不能不考慮全船的危險處境。這件事眞難呀！是不是給我幾分鐘，我去和松村船長仔細算一下時間，然後再來跟會長討論，做個決定，很快就好。」李玉仁回說。

陳宏仁沒再說話，心中飛快想著：「上次在香港，我只是想多停一下，你就急著開航。這次看樣子你們是想去汕頭靠岸，說不定還要再來一次衝突呢！」

「這次會不一樣，會有絕大多數的人站在我這邊。」陳宏仁暗暗想著，一面目送玉仁、伊藤和榮華三人撥開人群朝機房方向走去，全船頓時掀起一陣騷動——隨處可聞爭論：

「眞是自私呀！爲了一個人，要全船七千人忍受痛苦。」

「兩、三個小時還能忍受啦，不是常有人說，救人一命，勝造幾級的浮屠。」

「爲了一個黎呀番婆，不値啦！」

「你小聲點，你這樣罵人黎呀番婆，不怕被揍。」

「我才不怕，等一下我再看到黃榮華走過，我要跳出來罵他，怎麼可以爲了自己提出這種要求！」

「這是人道。唉！這種事叫我來做決定，我也不知該怎麼辦才好。顧了人道，顧不了全船那麼多人的公意，因爲每個人都是自私的。」

「人道！難道儘快讓七千多人離開苦難就不是人道？」

「不能再拖延了，上次那種恐怖的大雷雨再來一次，又不知要死多少人！」

洪敏雄獨自盤腿坐在甲板上，背靠一條繩索。敏雄突然想好好唱幾條歌，但這種氣氛下似乎不該唱。陳宏仁似乎在未雨綢繆某件事，叫蔡墩土去向大家表達意見，也叫李敏捷去日本人區散布糧食可能不夠的憂慮，又轉頭問敏雄：「喂，敏雄，你同意黃榮華的要求嗎？」

「我不知道該如何是好。」敏雄回答，黑眼珠露出極度驚恐的顫搖。

陳宏仁沒再回話，走到一區，加入一群人的爭論。

播磨丸平穩而緩慢地走著。今天船外沒半點風，船舷和甲板的鐵板上蒸出陣陣的燥熱。人肉貼著人肉的感覺，格外令人心煩。

全船的議論才稍微平息，機房內傳出一陣吵雜，黃榮華傷心的哭聲夾雜其中。陳宏仁迅速推擠過去，見榮華像一個坐在禾埕[1]上放聲哭喊而無大人理會的孩子，伊藤在一旁沉默抱著也在哭泣的小玉柱，李玉仁和謝秀媛則在挪移秀琴的身體。啊！是屍體，黎秀琴死了！

松村船長和鈴木義夫大副繼續專心掌舵，未受影響，船身平穩而緩慢地走著。

黃榮華妻子病逝的消息，不久即傳遍全船，船上七千多人既放心又不安地吁了一口氣。

陳正高和吳成吉陪在黃榮華身旁，不斷安慰。伊藤用一點米飯泡水，再用湯匙一粒一粒壓爛後餵在小玉柱嘴中。張松吉和陳宏仁見榮華情緒稍微安穩後，詢問該如何處理秀琴的大體，榮華低聲反問：「能否帶回台灣安葬？」張松吉說：「到高雄港還要兩天多，再從港口運回你們萬巒，在這種大熱天，屍體會腐爛的。」

榮華想了許久才開口：「黎民是一個山岳民族，也是務農的民族，把她埋葬在山間或田邊最好了。不過，我聽說黎民對一般因年老而死去的人，喪禮繁複而隆重；對意外橫死的人則要給大體穿上紅色衣服，俯身埋葬，且不准葬回故鄉。」

張松吉和陳宏仁選擇在上一次海葬的船舷邊送走黎秀琴。同鄉會問了很多人，找到了一件紅色夾克。儀式和兩天前一樣，只是松吉請成吉和正高陪著榮華在遠處觀禮，未讓其靠近。

海葬時，一群家裡拜佛的乘客主動出來誦唸佛號，共十二人之多。伊藤隆次、山本清鈴、謝秀媛和兩位不知名的日本技術員，服裝整齊地站在行列中，跟著唸「阿彌陀佛」，表情肅穆。

海葬了秀琴之後，全船乘客過了一個比較安穩的一天。伙食組將被海水打濕必須盡快食用的米，以及沒收來的食材供給乘客，因而眾人連續四餐吃得飽飽——每人兩碗飯、海帶、鹹蛋及蘿蔔乾，湯裡也有較多的小魚乾。

或許因爲船行較穩，或許是吃得飽了，許多人睡得很好。有幾個區鼾聲齊奏，高低音、前奏、尾音，默契在其中。偶有人講話，是夢話，什麼內心深處的想念都洩露了出來。

睡覺似乎也治療了人們生理和心理的傷痛。李玉仁在睡足七、八個小時之後清醒，感到神清氣爽，哀傷和虛弱感都沒有了。儘管船身依然不停地搖晃，身體好像已能完全適應。玉仁起身想去機房探望剛喪偶的榮華，半路上遠遠看到兩個糾察隊員走到日本人區右側通道的盡頭，朝一個日本人深深鞠躬，口中大聲說著：「多謝，多謝。」玉仁走近，見被鞠躬的是岡本末五郎，很是好奇，停下腳步，聽到岡本一直說：「可以了，你們請回吧！」

織田一郎在附近，慢慢靠近玉仁，說：「那兩個糾察隊員就是曾痛毆岡本的台灣人，當時你護持岡本回房並拿藥給他。」

「哦！你都知道啦？」

「哈，不只是我，松本部長也全部知情。」

織田說完這句話時，兩個糾察隊員靦腆離去。玉仁見兩人一個在頭上、一個在手臂，都包上

1 客家建築中被正屋與橫屋圍繞的開置空間，通常作爲晒穀場與庭院使用。

了紗布，布上滲出鮮紅的血跡。

織田邀玉仁去岡本那邊聊聊。織田解釋：「那天的暴風雨中，岡本的位置最好。他只要靠在那個三角地帶就很安全，許多失控翻滾過去的人，到了他眼前，全被救起。」

岡本用手指了指一群朝鮮人坐的地方，說：「有幾個朝鮮人也被我擋著，一一拉起來，連台灣人算，怕有一打之多。」

岡本頓了頓又說：「那兩個打過我的台灣青年，我不是故意要救他們。在那種萬分危急的情況中，我見人就救，能救盡量救。當時並沒有特別去認臉孔。」

「哇！你是我們的救難大英雄，眞令人欽佩！」玉仁笑著問：「如果你在那時認出了那兩人，你還會出手嗎？」

「在那千鈞一髮，死亡已經逼近的情境中，我沒有想這些。事情如果重新來過，或許我還是救起他們，然後各打一個巴掌，再罵一聲『馬鹿野郎！』。」

「但剛才沒見你打他們巴掌。」

「唉！這都算了、算了。你還好嗎？你們這幾天最辛苦了。你最了不起！」

玉仁如此受褒，機伶地轉移話題，朝織田笑著說：「你的頭髮長好快！可惜船上沒有剃頭刀。」

「小泉桑的長得更快，快要長到肩膀上來了，每天不斷地仰頭甩髮。」

玉仁告辭後，岡本對織田說：「你知道嗎？松本部長有一天告訴我，玉仁這樣的人，日本還要多一點才好。現在支那人去管台灣啦，松本說要在日本爲玉仁找個好工作，勸他去日本。」

織田回說：「不可能的，你沒聽他不時強調自己是台灣人？」

和岡本和織田分手後，玉仁終究沒有去成榮華的處所，而是被另一個景象吸引住了。

指揮中心原本就知悉，航行後第五天開始，就有很多人坐得屁股紅腫，甚至還長了瘡。前幾天被海水沖洗過後，好像稍有消炎，但過不了一天又紅腫不堪，各區都有人哀聲嘆氣，令人不忍。此刻，玉仁目睹了人類自行解決困難的偉大本能。屁股痛時，有的先改爲蹲姿，蹲久了改跪姿，當蹲跪交替都忍耐不住時，用站的。但船行搖晃時，一人站不住，要相約十幾人一起站，手臂挽著手臂，十幾個人的體重加上廿幾隻腳的力量，抵擋船身晃動的力道。

十幾人一起站到雙腳痠痛的時候，再相約蹲下，蹲久再跪，跪久再蹲，然後再一起起身。這種好方法，很快有人爭相模仿，於是在各區都可看到十幾人一組，或蹲或站，動作齊一，此起彼落，用這種辦法和無窮盡的苦痛搏鬥。

若有人想單獨到通道上散步，舒活筋骨，就必須冒上一個大風險：一旦離開那個位置，回去時便已毫無立腳之地。

30

船行又一日。播磨丸緩行於台灣海峽，方向北北東，目標台灣。這天，已近黃昏，船外風和日麗，船尾的引擎卻響亮地放了兩個大屁，接著就熄火了。

大副鈴木義夫，帶了一組人下艙檢視。約廿分鐘後鈴木大副約集全體作業員開會，陳宏仁和李玉仁也在場。鈴木告訴在場大家：「當初日本海軍用鋼筋混凝土修補的中彈部位，已出現裂痕，有海水滲入，流進引擎內，導致熄火。」

鈴木將全體作業員分成兩組，一組用上次修復時所剩水泥修補裂痕；另一組修復引擎，將之拆解，擦乾，再組合。鈴木最後告訴宏仁和玉仁：「放心！可完全修復，但得花一天半或兩天的時間。」

引擎熄火了，擴音器沒電，全船乘客無法知道最新情況，七千多人悶坐原處，不知如何是好。航行十多天以來，引擎聲是全船每個乘客唯一的心靈寄託，很多人是聽著引擎聲睡著的。被困住的、互相壓迫的手腳和腰椎半夜痠痛到醒，也是靠聽著引擎聲以及它帶來的振動，才能再睡回去的。引擎聲響著、動著，表示還能等待，還有希望，一切苦痛還值得咬著牙忍住。現在，大家悶坐原處，內心頓失依靠，心臟慌亂得快要跳出來。

幸好夕陽還在，天還明亮，還可以你看著我，我看著你，用眼睛互相傳遞滿腔的無助與無望。

引擎熄火了，但每個人都感覺船還在走。海洋本身有一股推力，使這艘三百米長、三十米寬、十八米高的巨大油輪，一會兒向南、一會兒向北移動著。靠近機房的乘客清楚地看到松村船長仍專注地在駕駛艙掌舵。

鈴木主持完工作會議，匆忙經過日本人區時被叫住。停下來簡單報告目前情況時，隔鄰幾個區也立刻有人快步挨近來聽，聽完再回去向其他人報告。開完會走下來的陳宏仁和李玉仁也被圍著東問西問，附近幾個區也有「探聽代表」來採訪。這個近七千人的小社會，就以這種方式互通聲息。天黑之後，廚房似乎無法煮飯，遲遲沒有晚餐的消息，沒有人睡得著覺。得到最新、最正確的訊息，成為全船乘客最重要的事。

但這種傳播方式，訊息經常出錯。「一至兩天一定會修好」變成「一至兩天也修不好」，最後甚至出現「一至兩週才會修好」。

第二天天亮後，松村船長在日本人區被纏住，乘客要求解釋台灣海峽洋流的流動情形。松村是說：「一夜之間，向北或向南漂流都不會太遠。」但經輾轉傳播，有的區說已向北漂流，快要到沖繩島了；另一區則稱一直向南漂流，都快要看得到菲律賓了。

三名慰安婦女扮男裝跟大家同船的消息，也一直是乘客們咬耳朵的好題材。兩種謠傳先後出現，一說是看見半夜有人在那裡坐著做愛；一說是半夜有人偷摸其中一女的乳房，結果被一把掐死，丟出船外。

還有一個傳言也甚囂塵上，稱船行大海，向來沒有人敢將碗說成「碗」，在船上都改稱「蓮花」；筷子不能叫「筷子」，要稱「大竹篙」；但我們這艘播磨丸，伙食組在廣播吃飯時都沒改口，「這就是這艘船磨難不斷的原因呀！看看現在不是又說底艙進水了嗎？『碗』這個字是裝滿水的意思，自古船伕都忌諱的。」

播磨丸處境艱困，前途不明，加上資訊混亂，人心更加焦躁，因而出現了一種專門發表意見的角色，指揮中心的幹部們稱之爲「意見家」。

意見家們用一張嘴巴，努力爭取收聽率。那天，有人提出了一個新的觀點：「行船的人碰到姓陳的都要避開，因爲『陳』就是『沉』，不吉利呀！而我們船上當會長那個人正是姓陳。」

「你亂講，咱台語的『陳』不是『沉』，日語的『陳』是唸『進』，進步的進！」蔡墩土聽到這種謠傳，立刻嚴予駁斥。

「你不能不信啊！客家話的『陳』是『沉』，中國話也是啊！」

「總歸一句，這種話不能說，傳到陳會長那邊，他一定會抓狂。」

然而指揮中心的眾人卻驚訝發現，當此言論傳到陳宏仁的耳中時，宏仁居然沒有發脾氣，只是神情嚴肅、反應相當冷淡：「嘴巴長在人家的臉上，要怎麼說，隨伊去。」

宏仁口中這樣說，心裡卻想：「哼！這些人忘了我是『賊仔政府』的頭。如果船上有監獄，應該把他們都抓起來。」

想到監獄，不禁想起大一時曾和學長半夜摸進會客室，將掛在牆上的日本天皇及皇太子的照片取下，切頭，丟在地上。不久被查知，和學長被抓進牢房，關了七天。

意見家們繼續百家爭鳴，播磨丸上的乘客們心情更加紛亂。在此處，謠言不會止於智者，眞理並未越辯越明，許多人沮喪、絕望，甚至想乾脆投海死了算，一了百了，免受拖磨。

巨輪輕輕搖晃，滿載著龐雜的眞新聞與假新聞、好評論與壞評論，毫無方向感的隨海波而遂逐流。

四月的風，吹在臉上很舒服。沒下去修船的幹部在指揮中心吹著海風，閒聊，累了席地靠在船舷邊。陳正高先打起鼾來，蔡墩土也睡去，嘴巴半張。李玉仁半睡半醒，再半秒鐘就要完全進入夢鄉，卻被人叫醒。

來人是陳宏仁和大副鈴木。宏仁說：「一艘中小型的汽船靠近本船，打信號要求接近。本船引擎熄火，沒有信號。該船已逕行駛近，就在右舷，保持距離跟著。」鈴木補充：「對方打的是求救信號。」

三人相約去船長室開會。玉仁率先主張：「我們應立刻放繩梯，下去看看。」鈴木則說：「我們已自顧不暇了。底艙的修護工作遇上困難。引擎不只進水，拆開後發現發動機齒輪已磨損龜裂，除非有電才能熔接焊補。」

「機房不是還有一個小型發電機可用？」陳宏仁問。

「它太小了。現在是用來煮飯應急，若再用來電焊，怕負荷太重，若燒壞了我們將一無所有。」

松村船長聽完，做出決斷：「這樣更應該下去，將發動機齒輪細部拆下，抬下去，用那條船的電熔焊好後再抬回組合。」

鈴木表示同意，當下議定：鈴木回底艙準備，玉仁、宏仁、榮華三人下去查看那艘船。小玉柱托請三女中的菊妹前來照顧。大家想讓榮華投入工作，淡忘喪妻之痛。

三人依信號攀下繩梯，還未上船，遠遠便聞到惡臭。那是上吐下瀉的穢物混合在一起的酸腐氣味、傷口感染的膿臭味，以及多日沒洗澡又多人擁擠在一起的體臭汗臭味。這股惡臭比播磨丸上的更令人作嘔。播磨丸上的眾人數日來自怨自艾，以為坐的是地獄船，似乎這條船才是眞正的地獄。

三人很快分頭搞清楚狀況：

榮華得知這是一艘兩千噸的汽船，日本人在泰國的「山下造船廠」所建造，名叫「山下丸」。船上載著近三百名日軍和六十名軍伕，從曼谷出發。軍伕中有卅五名韓國人、廿五名台灣人。此船曾在南中國海因引擎故障熄火，在海上漂流一週，幸運被發現，由美國軍艦拖往越南西貢靠岸，整整修了一個月後重新啓航。目前機件良好，船行無虞。它靠近時，只有播磨丸的四分之一高。

宏仁得知船長川崎是一位日本海軍少佐，患有心臟病，所攜藥品已用罄，怕會隨時發病甚至喪命。船上乘客因食用腐壞食物，很多人上吐下瀉，這是此船求援的原因。

玉仁另外探得一個內情。此船從西貢再出發時，船上日軍即決定直接駛回日本長崎港，先讓日本兵回家，再折回台灣基隆，放下台灣人和朝鮮人。這個決定被兩方的軍伕知悉後，一路抗爭、吵鬧，甚至打鬥，無一刻安寧。掌控本船的川崎船長堅不讓步，台韓軍伕爭吵無效，打架也寡不敵眾。

玉仁敘述至此，忿忿地提出看法：「我們有藥材有醫生，可以和川崎談判，山下丸應該先在基隆停靠，再回日本，這樣才順道。爲什麼要先送日本兵回國？爲什麼到了現在日本兵還能享受優待？」

宏仁聽了也感到憤怒，說：「你的想法很對，我聽了很爽。我想，應該用醫藥去和川崎談判，先換取山下丸爲我們的發電機熔焊齒輪；至於要船長更改航程，恐怕要用更強的手段。」

三人沉默了片刻。陳宏仁說：「我想用一點流氓的步數，你們聽看看好不好？」

陳宏仁隨後詳細說出他的「手段」，黃榮華一聽完「嚇」了一聲，說：「這樣絕對有效，那是你尙專長的。」李玉仁也點點頭，同時補上一句「但是」，宏仁馬上搶話：「我保證只有恫嚇，不會傷人。」於是李玉仁和黃榮華都同意了。

依宏仁之計，他先獨自回播磨丸籌備，玉仁和榮華留下來跟川崎談判。「只談判交換醫療與熔焊齒輪之事，川崎一定會同意的。更改航程之事暫勿提及，但要讓他相信我們有藥也有醫生，而且透露我們手上有威力強大的手榴彈。」宏仁說完，榮華告訴他手榴彈藏匿之處，並教導拆除引信的方法。

一切依計行事，與川崎的談判也沒太費勁。

當宏仁帶人回來的時候，山下丸全體眼睛一亮，許多沙啞的驚嘆聲，從那些疲病人們的喉間爆出。那是一支蒙面部隊，人人臉上裹著一塊破布當口罩，破布的顏色不一，新舊有別。哦！居然有兩名年輕女子，整艘山下丸騷動了起來。

玉仁和榮華認出林鴻國在隊伍中，兩名女子則是謝秀媛和洪金珠。後來才知道還有許多日本人和朝鮮人參加。

蒙面部隊站定後，陳宏仁與玉仁和榮華互換了一個眼神，看見玉仁比的手勢，知道談判順利成功，於是好整以暇地站在川崎船長旁邊開始用日語大聲講話：

「各位，我是醫生，台北帝大醫學部的。依我初步觀察，你們在山下丸感染的應該是桿菌性的痢疾，是一種類草蘭氏桿菌所引起。症狀是腹瀉、發燒、嘔吐，重者會有毒血症和全身痙攣。我們播磨丸上有特效藥，是東京製藥出品的。」

陳宏仁講到此，在場眾人看到伊藤隆次帶著一組人，分別抬著拆卸後的機械一步一危顛十分小心地走下繩梯。全場寂靜，只有幾個零星的喘息和咳嗽聲，伴著一陣陣隆隆響著的海浪聲。宏仁耐心等著伊藤隆次的人都到齊後，才又開始大聲講話：

「現在開始，播磨丸上的醫護志工分組爲病患施藥。病情較輕者請站出來，一起協同清掃環境。山下丸的機電人員開始爲播磨丸的發電機工作，這位伊藤桑是機電專家，會在旁指導。」

施藥組和機械組分頭忙著。從播磨丸下來的台、日、朝鮮三方乘客分別爲自己的同胞服務。伊藤的小組最快完工。

這當中，川崎船長兩度向陳宏仁詢問心臟病情。宏仁煞有介事地問診後，拿出一瓶救心丸，直說：「你放心。」但又放回口袋，沒交給川崎。

直到所有工作完畢，播磨丸的人員逐漸撤離，川崎再提起心臟病的藥。陳宏仁等到伊藤隆次帶領的技師都已離去，才拉著川崎船長走到全體日本兵的面前，叫來兩名預先物色好的台灣軍伕，交一瓶救心丸給兩人，同時遞交兩枚圓形鐵器，然後大聲說：

「本人現在命令你更改航程。山下丸必須先停靠高雄港或基隆港，放下台灣兵，再北上回日本。若敢違誤，這兩名台灣軍伕會丟出手榴彈，大家同歸於盡。」說至此，高高拉起兩名台灣軍伕的手，兩枚圓形鐵器正緊握在掌心，再接著說：「大家看清楚了，這是我們石原產業研發的手榴彈，威力很強大。」說完大聲而且鄭重地教兩人如何使用，投擲到何處才傷害最大，教完轉身，臉朝川崎船長發話：「至於心臟病的藥，你自己斟酌病情，有必要時向這兩名台灣軍伕懇求給予。」

陳宏仁從頭到尾使用日語，昂首，眼睛圓瞪、微凸，不怒而威。說完在幾名糾察隊員護衛下離開，留下一船的肅靜——感謝的人沉默著，惱怒的人也不敢吭聲。

31

播磨丸的主廚房因引擎故障不能煮飯，登船前臨時增建的一個燒煤的廚房，現在反倒成了救命的所在。伙食組前去指揮中心討論後，決定每人每天供應兩個飯糰，上午一次，下午一次，這已是最大作業能量；還得出動糾察隊員協助分配，大家也一起規畫了配給的細節。

熄火的第二天上午開始執行。每個人領到的飯糰約如鴨蛋大小，一口吃下一個也可以，分兩口吃也可以。有人一小口一小口細嚼慢嚥，說這樣可以多一些口水入肚才不會那麼餓。有人有樣看樣，吃完停了一下，說：「無影，阿呢愈夭。」[1]

播磨丸上的人們從小都生活在嚴厲的物質配給制度下[2]，食物都是限量限價取得，惜物與節儉，早成習慣。但此刻，對於即將到來的飢餓，都恐懼在心。

在客家人區，一個竹東人一面細嚼著小飯糰，一面用日語告訴坐在隔壁的朝鮮人：「以前念書時，中午帶飯，先生會檢查飯盒，看看有沒有在白飯裡摻入番薯簽，若沒摻，會被罵；過幾天會有經濟警察到家裡臨檢，看有無私藏白米。」

1 台語，「沒這回事，這樣吃更餓」的意思。

2 二戰期間，日本政府在台灣實行統制經濟，嚴格管制所有物資的生產和流通，並於台灣各州增設「經濟警察課」，執行管制與配給。

「你知道我家怎麼藏米嗎？將竹竿裡的竹節橫梗用鐵器一節一節戳掉，變成一整條長長的空洞的竹竿，米放裡面，一共十幾條竹竿，靠在牆角或橫放屋外，絕對不會被查到。」

「朝鮮也一樣，」朝鮮人說：「你們知道我母親如何藏米嗎？將每件衣服的縫線拆開，放入白米，再縫回去，所以掛在牆上的衣服都很重。等警察走了之後，再小心地拆線，取出，再縫回。現在閉上眼睛，都還會浮現母親和姊姊縫衣藏米時，歪頭露齒，斜起下巴咬斷線頭的畫面。」

另一個朝鮮人也開口：「戰爭後期，我們全家住在橫濱，幾乎所有的日本人一天只吃兩餐。米飯一定要摻一半養豬養牛的飼料，叫豆粕。那豆粕恐怕比台灣的番薯簽更難吞嚥。」

「現在如果有點番薯簽或豆粕來吃，該有多好！」有人感嘆：「這麼小的飯糰，不吃很餓，吃了更餓啊！」

玉仁此時在指揮中心，面帶愁容，清楚大家都餓著，自己也餓得手腳發軟。但是現在能怎麼辦呢？玉仁相信人類千百萬年來是餓過來的，是餓著演化的。人類自古就和野生動物一樣，覓食是人生第一大事，經常要狂奔幾里路，才能追捕到獵物；要勞筋拉骨才能獲得一次飽肚。然而這裡不是山間田野，要到哪裡去拚搏裹腹？他出身富裕，自小沒挨過餓，而現在眞的很餓了。玉仁靜靜癱坐在船舷邊，不想起來走動，體會到飢餓眞是一個奇妙而恐怖的過程。先從腹肚出現，像第一波地震來襲，人會有知覺；但餓久了，餓會跑掉，感覺身體還有氣力，會誤以爲地震過去了，沒事了；其實飢餓像鬼的精靈，已化身成千百萬個灛泥巴混著棉絮，出現在腳部，帶來一種疲軟欲垮的感覺，然後是手臂，然後是身軀，然後腦中會浮起強烈的進食欲望，化做沛然莫之能禦的勇氣，想不顧一切地去覓食，去爭奪食物。

玉仁非常非常想吃東西。他想家了——家裡每餐開飯一定是兩大桌，主桌由家人圍坐共食，父親坐在大位，菜餚餐餐豐盛；另一桌是職員桌，由江伯為首，菜色略有不同，但也擺滿桌子；廚房還有一個小餐桌，桌上永遠有飯菜，是為輪班的工人流水般分批回來用餐而準備的。唉！離家好久了，正逢時局大變，家裡吃飯時還是這般盛況依舊嗎？

李玉仁想家想到忘了神，兩名糾察隊員有氣無力地來報告：「靠近左舷中間地帶的一區，傳出有人在賣鹹鴨蛋，一顆賣五圓金，生意非常好，傳得強強滾。我們去查了，原來傳言是真的，那區許多人在吃鹹鴨蛋，配著白開水。飢餓的人的鼻子對食物的氣味特別靈敏，我們擔心會出亂子。」

陳宏仁一聽，立即反應：「這怎麼可以！我們已寫明不准在船上做生意，是誰在賣？要抓出來！」

李玉仁急忙站起來，朝宏仁說：「這事我來處理，你在中心坐鎮。」說完帶著蔡墩土、陳國棟前去。該區已擠滿了人，略加打聽，賣蛋的是林阿亮。大家都認識阿亮，石原產業田獨礦山的同事，台南人。林阿亮見玉仁等人到來，趕緊解釋：「我只是吃飯糰時自己剝一顆蛋配一配，隔壁幾人想要，我就分一點給他們，後來是他們不好意思，拿錢說要跟我買，於是就傳成了我在賣鹹鴨蛋。」

林阿亮不放心，貓一樣靈動的眼睛輕輕一眨，說：「這是自然而然形成的買賣，不是我一開始就想做生意的。」

李玉仁問：「你一共帶了多少上船？」

「我沒算，大概六十幾顆。」

「一次帶六十幾顆就是存心要做生意的啦，還說不是。」蔡墩土質疑。

蔡墩土還想指責，李玉仁揚一揚手掌，說：「趕快分吃完，不要引起騷亂就好。」然後朝糾察隊員發話：「走，我們回去，沒事。」

三人正要離開現場時，林阿亮拿了七、八顆蛋硬塞到陳國棟手中，低聲說：「拿去指揮中心給工作人員們吃，我請大家的。你們要做事，沒吃是沒氣力的。」

回到指揮中心，玉仁向幹部們請求：「這艘船上的人們已承受了太多苦難，大家都太苦了。拜託大家，別再追究了。」

陳宏仁竟也點頭稱是：「你這樣想，我非常有同感。」

林阿亮的騷亂剛平息，又傳出有個地方有飯可吃，是黃榮華那邊，在機房。非常多人朝機房的方向推擠而去。

原來機房內有一個獨立的小型發電機，現在供電給機房內的小廚房，日夜不停地煮飯，送飯糰給艙底工作的搶修人員。黃榮華因爲要照顧小孩，沒有下艙工作，除了被叫去「山下丸」之外，大多留守機房。底艙有吃剩的飯糰時，榮華便分給其他人吃。

榮華無意間救了很多人，卻也把甲板弄得秩序大亂。

紛亂中，榮華偷塞了一些飯糰給陳正高，請他拿去指揮中心。而正高心腸軟，一路上許多「路人」或哀求或半搶，或擁擠中被順手摘瓜，抵達指揮中心時只剩下一半。

黃榮華後來閒不住，把玉柱托給菊妹，下去和伊藤並肩工作。

伊藤與榮華這幾年終日與機械為伍，碰到疑難時，總是對看片刻，便會有好的解決方案自腦中蹦出，有時伊藤想得快，榮華也常能搶先一步。現在榮華來了，松吉不經意說了一句：「到台灣後，你們這樣一起工作的機會就沒有了。」伊藤一聽失神地停了下來，定定看著榮華：「是呀，馬上就要離別。這樣貼心的工作夥伴，眞令人懷念呀！」伊藤沉默片刻，對大家說：「我們還是會再見面的。我想在台灣下船，先去花蓮移民村看看我買的房子，然後到處拜訪台灣的老同事。」

「日本人都將被遣返，你的房子可能會被沒收。」

「沒關係。我去看一看，從台灣被遣返也不錯。」

同鄉會的幹部在指揮中心分食榮華的大粒飯糰配著林阿亮的鹹蛋。「你們要工作，有吃才有氣力。」林阿亮一句話，使他們心無愧疚，吃一點充充飢。

幹部們略為飽肚之後，正想偷閒休憩片刻，黃榮華神色倉皇地跑上來，說伊藤隆次在工作時手臂割傷，血流不止，秀媛要求援助。宏仁火速拿藥衝下去。

幫伊藤處理傷口時，陳宏仁見伊藤神情極為疲憊。松吉在旁說明，龜裂的發動機齒輪已在伊藤主持下熔焊妥當，整座大引擎正在重新擦拭並組裝。這段時間工作人員都輪流睡覺，只有伊藤堅持不休息，如今大致已完成，就快修好了。

陳宏仁聽了甚為感動，扶伊藤坐下，自己坐在身旁，意在強迫其休息。這是陳宏仁第一次如此親近這個人。以前，一方面因為伊藤是日本人，二來他是榮華好友，而宏仁一直敵視榮華，連帶地就一直保持距離。

伊藤並未閉目休息，主動和宏仁聊起天來，同時叫榮華一起坐下來。

伊藤跟宏仁談起在台灣交的一些好朋友，「你的個性很像我在花蓮的一個老同事，叫黃運金，運金做事嚴格而積極，個性有點衝動。不過，終究是一個負責任而且有貢獻的工作夥伴。」

宏仁不知如何答腔，只聽伊藤又說：「你知道嗎？日本社會並不排斥這種人。我們的父祖輩經常告訴小孩：要從嚴厲的對話裡找到體貼的一面，也要學會從體貼的對話中找到嚴厲的一面。」

「非常感謝你，伊藤桑，謝謝你的諒解。」陳宏仁真心表達謝意，正想也談談自己的過去時，甲板一樓指派李敏捷來呼喚，要陳宏仁上去處理一個新的狀況。

陳宏仁離開後，謝秀媛剛好替另一位技工包紮好小傷口，走過來，憂慮寫在臉上，低聲問：「伊藤桑，陳宏仁不只個性衝動，還有粗暴傾向，這你知道嗎？」

黃榮華也聽到這問話，正替伊藤擔心該怎麼回答，沒想到伊藤只瞅了秀媛一眼，很快作答：「日本一些有成就的男人，在工作領域上很粗暴，回家對家人卻很溫柔，希望宏仁是這個類型。」

秀媛又問：「聽說你要在台灣下船？」

「是，沒錯。」

陳宏仁到了甲板一樓，伙食組來報，有人使用一種尖尖的器具，鑽破薄鐵片製的米庫，漏出一粒一粒的米，然後放在還有熱度的蒸氣管上蒸軟後吃了。這個方法一傳十，十傳百，伙食組已無法阻擋。

指揮中心對事態已完全無策，幹部們也已餓到手腳發軟。陳宏仁有氣無力地對李玉仁說：「我們要想一些讓大家可以忘記飢餓的方法才行……」

洪敏雄在一旁聽到這句話，自懷中摸出兩片竹片，上次在榮華婚宴中使用的那兩片，慢慢走在正中央的通道上，用竹片伴奏，高亢地唱起歌來。唱的是〈望春風〉。

很少人能像敏雄那樣熟記歌詞。這首台灣人耳熟能詳的歌，就只有他一人唱獨角戲。唱到第二遍，「**十七八歲未出嫁**」一句時，跟著唱的人才多了起來。陳宏仁在旁點數了一下，共有九個人張唇，獨唱漸漸變成了合唱。

敏雄唱得興起，旋律一變改唱〈快樂的出航〉。一開始也是沒人跟唱，但當唱到「**卡麼脈**，**卡麼脈**」時，合唱又出現了。

啊！大家似乎獲得了淡薄而短暫的歡娛，許多人挪動一下屁股，轉個腰，像發了霉的棉被獲得翻晒。宏仁和幹部們在指揮中心目睹此景，感嘆地說：「唸歌治夭，只有敏雄能做到。」李敏捷接話：「我發覺敏雄每次唱歌時，眼珠子變得特別穩定，他也用唱歌在治療自己。」

在敏雄的帶動下，一個台灣人也走出來，在另一區的走道上，手上拿著兩個「尪仔」，也就是布袋戲的戲偶；大家見那人以右手掌穿入戲偶下部的布袋中，托了起來，操作起布袋戲中的一些動作。

「哦～哈哈，這是我的尪仔在整理冠帶，伊要出場了哦。」

「刷落來，伊要向大家斟酒。」此人手中的戲偶做出了斟酒的動作，唯妙唯肖，日本人區首先有人鼓噪叫好。

「哈哈！呵呵！伊斟好了酒，今嘛伊向大家舉杯。」戲偶換了一個滑稽的動作，全場又是一陣笑聲。

「各位，我係台灣北管亂彈戲的傳人，小名叫盧柑，椪柑的柑，今嘛，我要唱幾段〈金魁生〉：

無知小子，敢來江頭賣水
有志男兒，特來錦上添花

盧柑手中的尪仔生動的舞著，一會兒擺出搖扇子的動作，一會兒又呈發呆狀。

唱完兩句，見大家興奮地鼓掌，興頭大起，又舞著掌中戲偶，唱了兩段：

竹作轎，木做橋，扛轎過橋，轎橋雙雙搖
草野地，水野池，掘地開池，地池兩雙宜

洪敏雄的風頭被盧柑搶去，大家伸長脖子向盧柑那邊望去。李玉仁開懷了，說：「布袋戲尪仔也能治天，這個盧柑不輸我們的敏雄啊！」

李玉仁這話剛講完，就看到兩個日本人走到通道上，一個是石原產業的護衛隊長山本清鈴，另一個不認識，兩人各拿一支扇子對舞起來。那個舞法，玉仁認得是「HAYASHI」，以前在早稻田讀書時看過幾回，是日本人在節慶或祭典時用來迎接神靈，並祈求農作豐收、人才興旺的一種歌舞。眾人見兩人先是將一隻腳高高抬起，一人抬左腳，另一人便抬右腳，抬腳時上身向前彎了下去，同時扇子朝空中一揮，口中拉長音調地唱出：「YAHA……」

兩人第一個音還沒唱全，全場突感船身輕微振動了一下，從船尾開始傳至全船。哇！啊！是引擎發動了，船可以開了！兩個日本人的歌舞立刻被全場的歡呼聲淹沒。歌舞才剛開始，就被迫結束，沒有人對它感興趣了。

這次，可不是一般的高興。像肺部失能的病人及時被戴上氧氣罩，那是一種獲救的慶幸感，一種苦極之後的甘甜，一種先想狂笑後又想痛哭的情緒。全場，包括甲板一、二、三樓，像陰雨已久的晒穀場突見陽光，每個人都寬了心——這下好了，等一下可以有整碗飯吃了。

此時已近傍晚，播磨丸引擎熄火後，已在台灣海峽整整漂流了三天。

這三天，除了下去「山下丸」的那五、六個小時之外，謝秀媛和張松吉一直在底艙照護搶修人員。底艙採光與通風皆差，搶修工作艱辛而危險。秀媛只偶爾在倦極之時，與松吉輪流靠在鐵壁上睡上幾小時。

此時，工作結束，她先在船長室旁的沖澡室洗完澡，便進入自己的小隔間。三位女伴不在。她躺下，想補個眠。靠西舷之上的彩色天空映入眼簾，夕陽剛剛沉下而雲朵還有餘暉，一大片雲呈波浪狀，一層又一層，每一層都有彩色的鑲邊。那色彩，起初是淡紅，只一眨眼，變淡黃，沒幾分鐘，竟成鮮豔的紫色。她第一次看到如此豔麗又快速變幻的雲彩，海上的天空竟是如此妖豔！別人都有看到嗎？只一人獨享多麼可惜！若有宏仁在旁一起觀賞多好。但現在不可能，她對宏仁越來越失去信心，有那般粗暴言行的人，會被這種美景感動嗎？宏仁是一個能共享如此美景的人嗎？

又憶及剛過世的秀琴，若秀琴此刻還在，倒是一個好伴。在出事之前，秀琴臉上總洋溢著幸福和滿足。女人求什麼？榮華如此愛她、護她，玉柱越長越好，終日黏著母親，另一個生命在肚裡，榮華一定經常輕撫其肚皮，一起盼望胎兒平安誕生吧。啊！女人一生何求，今後若能擁有這些就夠了。玉仁那天要我用擴音器向全船講話，那是很好，但一個女人如此張揚，宏仁會怎麼想呢？

秀媛胡亂想著想著，不覺深深墜入夢鄉。

這期間，宏仁曾想來機房探望秀媛。榮華說：「所有機房內的人勞累了三天，讓他們好好補眠吧。」

32

播磨丸的引擎重新發動後不久，伙食組開始忙著煮飯，松村船長調整擴音器，幾分鐘後船長的聲音響遍全艙：

「各位，真恭喜！我們這艘船又能繼續航行了。台灣海峽和巴士海峽是一個洋流匯流的海域，冬季時黑潮在台灣東南海域分成兩支，主流向西南流入南海，構成了南海的冬季環流；另一支流流入台灣海峽，沿海峽東側，亦即台灣島的西部海域北上。此外，台灣海峽上有明顯的季節風，冬季吹東北季風，夏季吹西南季風。

「現在是四月初，北上的黑潮已漸消失，東北季風也已停止，所以，現在是海流和海風都處於換季待變的時刻。播磨丸熄火後，便處於無秩序漂流的情況。

「我剛剛已確認了我們現在的位置，請各位向西看，可以看見一片黑黑的山影，那是南澳島，汕頭港外的小島。我現在正在調頭，折回向東的方向，航向高雄港。我原計畫停靠基隆港，但高雄會比較快到達。如果沒有意外狀況，以本船的速度，還要兩天半至三天才能到達。」

黃榮華聽完，心想：「原來是到了汕頭，如果一開始能駛來，秀琴或許不會死，引擎熄火後也不必漂流。」

松村船長廣播後，同鄉會的幹部們再度忙碌起來。艙底的工作人員中，各有一位日本人和台灣人病倒。一樓有四個人死亡，三個台灣人，一個朝鮮人；二樓有三人，三樓有兩人，都是靜靜的坐在那裡，鄰座的人以為在睡覺，船身重新開動搖晃後，才被發覺已斷氣多時。

幹部們憑默契各自分工，陳宏仁約了林鴻國下去引擎室為患者看病；其餘的人分赴三個樓層收屍，集中在上次海葬的船舷邊。

海葬的方式和前幾次一樣。由於死者中有一位朝鮮人，朝鮮人全部到齊，張松吉刻意點數了一下，發現朝鮮人中，約一半站在基督徒的隊伍，另一半站在佛教徒的行列。

海葬這九具大體時，蔡墩土見林鴻國走到一具屍體旁，掏出一張船票，放入屍體上衣口袋，連說「眞失禮」「對不住」。蔡墩土等林鴻國離開後，好奇走近一看，認出此人是登船時因爭先恐後被陳宏仁打傷，登船後又因沒有船票而被捆綁，後來還是蔡墩土證明此人確實有票才獲釋。

蔡墩土想起此人曾說：「我確實有票，你是親眼看到過的，不過我收得好好，不知被誰扒走了。」

現在，蔡墩土終於知道林鴻國就是那位無票夜吊上船，並在次晨查票前，即時扒票入袋的高人。

海葬結束，蔡墩土向陳宏仁、李敏捷等人述說此人此事。陳宏仁的反應是：「我們現在不能對他怎樣，因為他在船上熱心幫助病患，後面幾天還要靠他。」

李敏捷則說：「我想請他教我幾招扒手的技術。」

李玉仁剛好走過來，聽說此事，脫口而出：「哦！那他也是支付了黑市的兩千關金上來的；不過還好，聽說製糖會社派來的，薪水都很高。」

播磨丸安穩地走著，松村船長先前才說距離高雄港還有兩、三天，如今又過了一夜，應該剩兩天航程不到了。

不過，越靠近家門口，好像磨難越多。那天半夜，船尾的人們在昏睡中被機房的吵鬧聲驚醒。人們舉頭，暗夜中看不清什麼。依稀聽到黃榮華焦急叫喊，夾雜著幾個女人急促尖銳的聲響。各區走出了幾個「探聽代表」去籐網附近採訪，回來後在各區七嘴八舌：

「嚇！是黃榮華那個小兒子死掉了。」

「唉！眞可憐，才兩歲不到，他母親才剛剛走掉。」

「不對，不對！我搞錯了。是小孩半夜啼哭，年輕的爸爸用壓碎的白米飯摻和湯水餵食，噎到了。」

「十分嚴重哦，小臉已轉黑青，快沒呼吸。那個阿媛護士，正在幫他做人工呼吸。那幾個女的，做慰安婦的，也手忙腳亂，拍拍這裡那裡，忙著搓揉。」

此時船尾幾盞電燈突然打亮，半夜裡擴音器響起，是松村船長急促的聲音：「會長陳宏仁、還有那位漢醫先生，請儘快前來機房，幫忙急救小孩。請用跑的，要快！」

陳宏仁和林鴻國在微弱的燈光下，像兩條昂首的大蛇搖搖晃晃向機房游走過去，速度很快。距離機房約二十米處，陳宏仁突然摔跤，向前撲倒，緊隨其後的林鴻國也倒在宏仁身上。幾乎是同時，客家人區一個朝鮮人站起，用日語高聲向機房大喊：「舉起小孩的雙手，高高拉起，然後拍他的背，快！快！」

由於距離太遠，船行引擎聲又吵，機房沒人聽到。更前面一個台灣人站起，大聲重述一遍，接著更靠近機房的日本人又同時起身重述一遍，三個高聲喊叫的接龍，才讓機房內的伊藤隆次聽到。「嗨！我來試！」伊藤大聲回應。

約半分鐘後，一道響亮的孩童哭聲出現。接著傳出的是黃榮華發出的「呵呵呵」聲音，聽不出在哭還是在笑。幾乎是同時，伊藤哈哈笑了出來，最後幾個女子傳來的聲音，也讓大家確定那是高興的歡呼。

黑夜中被吵醒的人們都深深地吁了一口氣。瀰漫在四周的，是台灣海峽四月上旬夜深露重的空氣。

幾個「探聽代表」此時又趁機上前抓著籐網朝機房窺探，回去後激情地轉播著。一些知名的台式「意見家」們趁勢蜂起。全船又掀起各式立場分明的評論。

在指揮中心，陳宏仁靜靜坐在甲板上。額頭、手腕、膝蓋上，共有五處擦傷，都是小傷。但他非常沮喪，更大的傷痕在心裡。宏仁是一個打架經驗豐富的人，剛才，十分清楚，有人趁黑突然伸腳，故意絆倒他。不知是哪一個曾被他揍過的人懷恨在心，趁機報復。是誰呢？要查嗎？有可能查出來嗎？登船時兩次向人動粗，似乎已經嚇到了秀媛。如果明天再去查，再有鬥毆，秀媛看到豈不更糟糕？宏仁想著想著，下意識伸手進口袋，摸到的是自己的「心的屍體」，悵然想起筆記本已全部濕爛，不能再用了。「我如何能吞下這口氣？能不吞這口氣嗎？眞不可原諒呀！這人竟只想到報怨仇，完全不顧孩子的安危！」他在暗夜中思前想後，偶爾捏緊拳頭，久久無法再入睡。

天亮後，船上每個人吃了整碗的米飯加味噌湯後，另一個壞消息從擴音器傳出：「當初沒料到航程會拖那麼久，新建廚房裡的燃煤已用罄，下午開始又只能靠一個廚房作業，而庫存的米也所剩不多，因而，小飯糰配給下午起恢復，一天一粒，一天一次。此爲情勢所逼，不得不如此。請大家堅忍，就快要到台灣了。」

全船默然，沒有抗議，沒人申訴。每個人都心知肚明：後面恐怕還要一天半，要靠自己的體力和意志力撐到最後，撐不到的，這條船就是他的墳場。

馬拉松選手是用跑步撐到終點，播磨丸上的人們要用靜坐或靜沾堅持到高雄港。

播磨丸的最後航程出奇順利。過了大半天，松村船長廣播，說半天之內可以進港。沒有人歡呼鼓掌，因爲都已無氣力，半天對一些已經生病的人來說，恐怕是太久。

就在松村廣播之時，一個人匆匆走進指揮中心，神色倉皇。陳宏仁認出是配屬在伙食組的日本人。那人直接走向李玉仁，拉著玉仁的手，口中直說：「有麻煩，有大麻煩，快來幫忙。」

李玉仁一隻手被拉著走，另一隻手向指揮中心同伴招呼，蔡墩土、吳成吉、陳正高和陳國棟魚貫跟了過去。

到了廚房，他們看到幾個人圍在大煮飯鍋旁邊，工作人員打開鍋蓋的瞬間，便有三、四個人奮力上前，冒著火燙，伸手便去挖飯，挖到立刻往嘴裡塞。此時，工作人員會用鏟飯的大鏟子往那些人的屁股上重重擊下，由於鏟子只有一把，只能左側的人上前打一下，再換右側的人打一下，而不管打得再重，那些人都不畏縮。

幾個已挖到熱飯入口的人，除了屁股挨打之外，手指頭紅腫起泡，嘴唇赤紅，看來口腔也已燙傷，那些灼熱，好像不會痛似的。

另一邊，洗米槽的甲板上，另外兩人蹲著撿拾洗米不慎流出的米粒，一粒一粒撿起，放入口中，用力咬爛，吞入肚裡。牙齒啃咬米粒的咳咳聲清晰可聞。

李玉仁被這副景象嚇壞了，呆立原地，雙腿微微發抖，感覺心臟在滴血，頭要裂開似的。他自幼豐衣足食，即使在物資嚴格配給時期，家中還是藏有大量食物。這是有生以來所見，最令他痛徹心扉的景象。

回過神之後，玉仁見同鄉會的幹部們正在維持秩序，四個人手牽手站成一排，用身體圍住大煮飯鍋。蔡墩土不斷斥喝甚至揮拳作勢要打人，態度粗暴，玉仁上前勸阻：「腹肚夭無罪，不要打罵。」

蔡墩土見此亂象，心中著急，不住粗言粗語。玉仁發了脾氣，大聲說：「他們已夠悲哀了；用人牆維持秩序就好，不要再增加任何人的苦痛了！」

李玉仁急著想去機房，臨走情緒失控，振起手臂，對蔡墩土咆哮：「你再罵人打人，就是匪類，我絕不饒赦你。」

同鄉會同仁從未見過這個書生氣質的副會長如此抓狂。

李玉仁心中有許多話要對全船的人說，急著要用擴音器，但張松吉和松村船長把他叫住，告訴他：「留在海南島的松本威雄，從播磨丸出發的第八天開始聯絡日本各港口，沒有發現任何我們抵達的紀錄，於是向日本『遣返援護局』報告播磨丸的情況：說船上有七千人，擠得像沙丁魚一般，食物和飲水最多可維持十天；而該船從海南島榆林港啓航至今已是第十六天，若失蹤或失事，將是世紀大災難。」

松村又說：「遣返援護局透過駐日美軍，再透過台灣國府的空軍，在鵝鑾鼻西南方海面發現了我們。現在，船上的通訊設備已與高雄港取得聯繫，再三、四個小時即可抵達。」

玉仁又問了更多詳情，決定儘快讓全船乘客知道，撥開擴音器，一時心頭亂紛紛，說得有點急促：

「各位朋友，我是副會長李玉仁。我們再過幾個小時就會抵達高雄港。台灣現在是中國政府，叫做中華國。哦！眞歹勢，我講錯了，是中華民國。這個新的國名請大家記好，多唸幾遍。松村船長和他們聯絡上了，他們正在爲我們的到達做準備，台灣的報紙也登出了我們這條船的消息，好幾輛救護車在港邊等候，高雄的市役所騰出了堀江公學校操場和教室。哦！我又講錯了，現在叫國民學校，不叫公學校。還有，高雄的鄉親煮好鹹粥在等我們，應該是那種油油的、稠稠的、混著油蔥和肉末的鹹粥吧。我們下船後便能……」

玉仁說到此，不知爲何動了情緒，喉嚨哽咽，說不出話。松村船長在旁見狀，拿過麥克風，說：

「各位要前往日本的朋友們，我是船長松村俊幸，播磨丸在高雄港停留後，要再繼續往北開，目標是沖繩那霸，日本遣返援護局已安排運輸機，我們將換機飛回日本本土。台灣的朋友下船之後，船行可以儘量加快。」

船長說完，玉仁已恢復平靜，接過麥克風又說了一些話。那是從大煮飯鍋旁快步來此時，一路上想好要說的話：

「各位，我們這趟辛苦的航程已到了最後，大家要撐住呀！手腳或腰背麻掉了，請大家互相按摩捶打，千萬不可睡著。不要放棄啊！用力吸氣，吐氣，吸氣，吐氣，這已經是我們台灣自己的空氣了，是高雄港的空氣了。大家加油、再加油！敏雄，你還有氣力唱幾條歌嗎？怎麼不見他站起來，敏雄呢？」

玉仁突然很掛念敏雄，匆匆結束廣播，離開機房。通道兩邊，看過來的都是無神無氣力的眼睛。找到敏雄時，看到宏仁和鴻國正在爲他順氣，推拿胸腹；宏仁說敏雄只是昏睡了過去，但玉仁心中升起了不祥的感覺。

玉仁站在敏雄前面呆了幾分鐘，突感天旋地轉，站立不住。鴻國扶著玉仁坐下，見其十分疲憊，雙目緊閉，均勻地喘息著，意外地發覺此人臉上好苦。

宏仁看在眼中，突然想起方才玉仁說的「用力吸氣，吐氣，吸氣，吐氣」，靈機一動，跑向機房拿起擴音器，用台語和日語交互著說：

「各位朋友，我是會長陳宏仁，高雄港馬上要到了。我這裡有一個辦法可以幫助船快一點到達。我現在請大家跟我一起從一百唸到一，每唸一個數就用力吸氣吐氣一次，每數到十的時候停一下，一起喊出來，喊『加油，加油，我要活下去』，你用什麼語言喊都可以。好不好？當我們這樣從一百唸到一的時候，台灣就很近了。請大家相信我。好，我們來試一試，請大家站起來，一面數，一面動也可以。」

陳宏仁說完，清了清喉嚨，開始喊「一百，吸氣，吐氣」，停了一下，喊「九十九，吸氣，吐氣」。宏仁刻意喊得很慢，擴音器清楚傳出了吸氣吐氣的聲音。數到「九十」時，再用日語大聲喊：「加油，加油，我要活下去！」喊完又用台語喊一遍。

一開始跟著數的人不多，數到「九十」時才有人跟隨。此時，各個樓層都有人自動站出來，站在走道上帶動大家。陳正高、黃榮華、李敏捷在三樓，高舉手臂，左右擺動，鼓勵大家：「喊出來，大聲喊出來，一起喊！」吳成吉、張松吉、蔡墩土在二樓，帶頭喊，喊到燒聲；李玉仁已能站起來，與謝秀媛、敏子在一樓走動；伊藤隆次和崔益三也站了出來。陳宏仁在擴音器裡繼續數著，數到「八十」時，各樓的聲音都大了些，到「六十」時，「加油，加油，我要活下去！」已經是一個整齊的合奏。六千九百多個虛弱的呼喊，集合成了一個聲量宏大的吶喊。

這個辦法，效果十分明顯，但大家聽到宏仁的喉音漸漸沙啞了，但還繼續用力去喊，聽起來像是咽喉快要裂開了。這情況讓人擔憂，全船吶喊的聲勢逐漸轉弱了下來。此時，一樓的乘客看見那位做護士的，自稱阿媛的小姐，快步走進機房，擴音器傳出的聲音變了，變成一個圓潤、柔嫩又甜美的女人聲音。隨之而來的，各樓層又陸續走出來一些人幫忙帶動，全船的喊數又越來越帶勁，很多人喊著喊著流下眼淚噴出鼻涕依然哽咽地跟著；也有人喊著喊著突然仰頭，面朝舷外天空，夾帶著滿腔的憤怒，將喊數變成吆喝。

當喊數破了「二十」，跌進「十九」時，眾人清楚聽到了海鳥的鳴叫聲，好像已有海燕和海鷗飛舞在四周。這是海岸已近的景象，全船的人更振奮了，站起來喊數的人更多了。秀媛越唸越慢，當數到最後的「一」時，松村船長把擴音器接過去，說：「恭喜大家，約十五分鐘後，本船即將靠岸。」

松村說完，一個清喉嚨的聲音傳出，隨後人們聽到了一首歌，許多石原產業的人聽洪敏雄唱過，但這次顯然不是敏雄在唱，是一名女子，歌聲高亢、奔放，非常動人：

na yi ya na ya hey
na yi lu wan
na yi ya na ya hey
ho yi ya na
ho yi ya no
yi ya na ho
yi yo in ho yi ya
ho yi ya na hey
ya ho yi ya ho ha hey

第一遍唱完，唱歌的女子自我介紹：「我叫卡拉布拉魯，台東卑南族人，日本名字是敏子，我很喜歡唱歌，我現在要再唱一遍。」她一直唱著，整整多唱了兩遍。

在唱第三遍時，洪敏雄醒轉，虛弱地靠在林鴻國懷中聽歌。李玉仁走近，問這條歌到底是唱什麼，敏雄緩緩回答：「它的歌詞沒有意思，只是聲音和旋律。你心中想要什麼，就會唱出一個意思出來。我上次在榮華家把它唱得很快樂，現在她唱出了鼓勵，像出去打獵，碰到大野獸或遇險受傷時，要互相打氣才能脫困。」

此刻，玉仁發現敏雄的眼球，那原有的驚慌顛搖不見了。

播磨丸在卡拉布拉魯的歌聲中，緩緩駛進高雄港，果然有幾輛救護車等在碼頭。那天是中華民國三十五年四月十二日。

國家圖書館出版品預行編目資料

播磨丸 / 李旺台著. -- 初版. -- 臺北市 : 圓神, 2016.12
288面；14.8×20.8公分 --（圓神文叢；205）

ISBN 978-986-133-601-5（平裝）

857.7　　105019306

www.booklife.com.tw　　reader@mail.eurasian.com.tw

圓神文叢 205

播磨丸

作　　者／李旺台
發 行 人／簡志忠
出 版 者／圓神出版社有限公司
地　　址／台北市南京東路四段50號6樓之1
電　　話／（02）2579-6600 · 2579-8800 · 2570-3939
傳　　真／（02）2579-0338 · 2577-3220 · 2570-3636
總 編 輯／陳秋月
主　　編／吳靜怡
專案企畫／賴真真
責任編輯／周奕君
校　　對／周奕君 · 吳靜怡
美術編輯／李家宜
行銷企畫／吳幸芳 · 詹怡慧
印務統籌／劉鳳剛 · 高榮祥
監　　印／高榮祥
排　　版／莊寶鈴
經 銷 商／叩應股份有限公司
郵撥帳號／18707239
法律顧問／圓神出版事業機構法律顧問　蕭雄淋律師
印　　刷／祥峰印刷廠
2016年12月　初版

定價 270 元　　ISBN 978-986-133-601-5